11 倪匡珍藏限量紀念版

衛斯理傳奇之

原子空間

（含：原子空間・紅月亮）

倪匡 著

無窮的宇宙，
無盡的時空，
無限的可能，
與無常的人生之間的永恆矛盾，
從倪匡這顆腦袋中編織出來。

——金庸

原子空間

目錄

紅月亮

原子空間

序言

「原子空間」這個故事寫在一九六四年——故事中一再提及這個年份，大約是在「天外金球」這個故事的前或後，距今足二十二年，創作這個故事的時候，現在許多讀者，還沒有出生。二十年是足足一代，可是故事看來仍然「新鮮」，校刪之際，十分高興。這次校訂，刪去了中間沒有意義的一大段，而自己最滿意的一段，是寫地球到了西元二四六四年，面臨毀滅之前，人類的末日心態的可怕和醜惡。這種末日心態，倒絕不是憑空幻想，而大有根據，凡是到了末日亂世，都會有這種情形出現。

這個故事基本上是一個悲劇，人，不論科學怎麼進步，人怎麼進化，除非真到了永恒星人那樣，總不免是在大大小小程度不同的悲劇之中翻滾，但如果真的和永恒星人一樣的，那算是甚麼生活，那樣的生活，又有甚麼樂趣？

真是矛盾之極！

倪匡

第一部：最怪異的航機失事

春天的天氣，多雨而潮濕，難得這一天卻是晴空萬里。我心情比天氣好，因爲昨天，接到未婚妻白素從東京打來的電報，說她在今天可以到我身邊。

不但我高興，老僕人老蔡，一清早就將家中上下，打掃得乾乾淨淨，纖塵不染，飛機十一時二十分到，可是從九點鐘起，老蔡便嘰嘰咕咕，不知催了我多少次，叫我快些動身。他是我們家的老僕人，我尚未成家，他極爲不滿。

我一則怕他不斷地囉唆，二則我也實在心急要和白素會面。這些日子來，我只知道白素在有著「亞洲最神秘地區」之稱的地方，有過一段非凡的經歷，但其中詳細情形究竟是怎樣，卻不知道。當然我急於和她見面，還不止爲了想知道她這一個時期中的冒險生活，我和她已有許久未曾相見了！當我到達機場時，還只是十點五十分，白素所搭的那班飛機要半個小時之後才到。這半個小時幾乎是一秒鐘一秒鐘地等過去的。

好不容易，等到了十一點一刻。這時，來接機的人多起來，每一個人的面上都帶著愉快而又有些焦切的神色：他們的親友，立刻就要從萬里之外飛來了。

我怕是這許多人之中最心急的一個，我不斷地看著手錶，好不容易又過了兩分鐘，飛機應該出現了，可是藍殷殷的天空上，卻一點跡象都沒有。

我緩緩地吸著氣，心中自己安慰自己：沒有事情的，當然不會有什麼事，天氣這樣好，即使是瞎子也可以將飛機順利飛達目的地。

可是，不安在人群之中，迅速地傳開來，說笑的聲音靜了許多，人人都望著天空，這時候，時間似乎又過得特別快，竟已是十一點三刻了。

接著，不安的情緒更濃了，接機的人開始交頭接耳，面色慌張，終於有人叫道：「去問辦公室，究竟發生了什麼事！」

有兩個中年人走出了人群，我跟在他們的後面，又有幾個人跟在我的後面，我們迅速而又沈默地向機場辦公室走去。辦公室的門打開，一個頭髮已經花白的中年人在門口站了一站，面色十分沈重，望著我們不說話，而辦公室中其他的職員，也望著我們。

他們的眼光十分奇怪，充滿了憐憫，我心中不禁感到了一股寒意，我伸手推開了前面的兩個人：「我們在等候五〇七班機，我的未婚妻在飛機上，告訴我，發生了什麼事？」

那中年人的聲音，十分沈痛：「五〇七班機和機場的聯絡，十一時整，突然中斷——」

他才講到這裡，人群之中，已發出了一陣騷動，有一個婦人尖聲叫了起來。

我忙道：「沒有消息麼？」

那中年人吸了一口氣：「一架軍用飛機報告，說發現客機撞毀在東南五十哩外的一個荒島上。」

我一伸手，按住了那中年人的肩頭：「沒有可能的，這絕無可能。」

那中年人無力地搖頭，他一度未曾徹底明白我說「沒有可能」這句話的意思。我說這句話，不單爲了不希望有這件事發生，我的意思是指確確實實：沒有可能！

聯絡突然中斷一定是由於突如其來，或是嚴重的破壞。

可是飛機不是發生爆炸，而是撞中了一個小島，巨型的噴射機，飛行高度極高，通常至兩萬呎的高空，如何會撞到了一個小島的山峰上面去？在附近幾百哩內，沒有一個山峰高過海拔兩千呎的，所以我說這件事不可能發生。

這時，不幸的消息傳開，人開始圍了攏來，我的額上冒汗，白素在這架飛機上！我冒出來的，是冰一樣的冷汗。

那中年人溫和，但是堅決地推開了我的手：「先生，請保持鎮定，情形或者不如報告中那樣壞，我們已會同警方，立時出發去視察。」

我深深地吸了一口氣：「我和你們一起去。」

那中年人搖了搖頭：「不能接受你的要求，希望到現場去看一看的人太多了，而我們準備的只不過是一架小型水上飛機。」

我轉過頭去，看到一個高級警官正推開人群，向前走來。這個高級警官隸屬於傑克中校的特別工作組，叫泰勒，我認識他。我取出了一份証件：「我有國際警方的特別証件，要求參加飛機失事的調查工作。」

泰勒來到我的面前，友善地向我點了點頭：「這件事正需要你參加！」

他和我一面說，一面便拉著我向人群中擠去，那中年人跟在後面，辦公室其他的職員，則安慰著惶惶的接機者。我們擠出了人群之後，又有三個人加入了我們的行列。兩個是失事飛機所屬航空公司的代表，一個是青年警官。

那年輕警官在行近來的時候，向泰勒行了一個禮：「所有的水警輪都駛往出事地點了，另有一架軍機看到了失事的飛機。」

泰勒忙問道：「怎麼樣？」

那青年警官道：「兩次報告是一樣的都荒謬到使人無法相信，絕對難以相信！」

泰勒抽了一口氣：「仍然是：飛機的一半插進了岩石之中？」

那年輕警官點了點頭。我竭力使自己的心神不再繚亂，我問道：「什麼叫作飛機的一半插進了岩石之中？」

泰勒低著頭，向前疾走了幾步，才道：「我們接到的報告是失事的飛機，插進了一個小島的岩石之中，你明白這個意思麼？」

我和其他幾個人都搖了搖頭，表示不明白，飛機撞中了峰石，當然跌下來焚燒，什麼叫作「插進了峰石中」？如果飛機的前半部插進了峰石中，那麼它的後半部呢？難道留在峰石外面，安然無恙？

泰勒搖頭道：「我也不明白，但那空軍中尉發誓說他看到飛機的前半部陷在峰石中，到機翼的一半，後半部則露在峰石之外，像是那小島上是一大塊乳酪，飛機撞上去，就陷進去了——唉，我是在複述那位空軍中尉的話。」

我冷笑道：「想不到醉鬼也可以駕駛軍機。」

泰勒道：「我們也以爲他醉了，或者他是一個十分富於幻想力的人，可是他卻能清楚地叫出這架飛機的編號來，這表示他的確看到了這種奇異而不可思議的情形，他是個智力正常的人——而且如今，又有第二個人看到了這個情形。」

我想了一想：「這兩位空軍人員要和我們偕行？」那年輕警官道：「不，他們說他們的神經受了震盪，需要休息。」

我苦笑了一下，一架巨型的客機，前半部陷進了岩石中，後半部卻安然無恙地露在外面，這的確會使人神經受震盪，我們這裡幾個人，還未曾見到這種情形，只不過聽到，便已經面色變白了！

一輛小型吉普車將我們送到一架水上飛機的旁邊，在機旁，又有兩個人在，經過介紹，這兩個人是機場的飛行問題專家，一般的飛機失事，他們只要到現場揀起碎片來略事研究，便可以知道失事原因。

他們兩人帶著很多應用的儀器。駕駛員向眾人致意之後，飛機開始在跑道上滑行，隨即破空而去。

我的面色極之難看：「如果不是有意外的話，現在——」我看了看手錶，已是十二時三十分：「現在我已經和未婚妻一齊到家了！」

十二時五十分，看到那個小島了。

泰勒的手中一直持著一張地圖，這時，他緊張得面色發青：「就是這個小島，就是這個！」

那小島和海中的任何荒島並無分別，有相當高，直上直下的峭壁，峭壁的另一面則十分斜，整個小島，其實就是一座自海底冒起來的山峰。

那飛機呢？我沒有看到，照理來說，我應該看到，如果那飛機真的是插進了岩石中的話，我應該看到它。

但是我卻沒有看到！

我叫了起來：「不是這個小島！」

泰勒抬頭向窗外看去，當然他也沒有看到甚麼飛機，他連忙又看手中的地圖，然後又抬起頭來，喃喃地道：「是這裡，兩個人所報告的經緯度都和這個小島吻合，一定是這裡！」

水上飛機開始下降，機翼下的「船」很快地接觸水面，在水面上滑行，濺起老高的水花。

水上飛機是繞著那個小島在海面上滑行的，當飛機滑行到小島的東南面時，我們看到了那架飛機！

剎那間，人人都像木偶一樣呆著不動，飛機劇烈震盪，顯然是駕駛員也大受震動，幾乎令水上飛機失去控制的緣故。

水上飛機又繞著小島掠了過去，直到又回到了小島的東南，停了下來，我們也再度看到了那架飛機，才有人叫道：「天啊！」

叫的人是兩個飛行問題專家之一。別以爲那架飛機真的是插在峰石中。不是，它不是插在峰石中，而跌在沙灘上，它幾乎沒有受到什麼損傷——我的意思是說它的一半，它的後半部幾乎沒有受到什麼損傷。那麼，它的前半部呢？它沒有前半部。

是的，在沙灘上的只是半隻飛機！

陽光照在那半隻飛機上，發出亮閃閃的銀輝，只有半隻飛機恰好齊機翼後部斷去，像是有一柄碩大無朋的利刃，將飛機從中剁了開來一樣。

好一會，才有人打開機門，放下橡皮艇。

沒有人說話，只有我問了那兩個專家一句：「這是怎麼一回事？」

兩個專家的一個道：「可能是一股突如其來的氣流，將飛機切斷了，你應該知道高空氣流的厲害。」

我沒有再問下去，因為那專家在講這句話的時候，連他自己也露出了不相信的神色。而他的話充滿矛盾，不要說在這樣的天氣是不會有突如其來的氣流，如果有的話，半隻飛機從高空跌了下來，能夠這樣完整無損麼，能夠看來那樣安詳地在沙灘上麼？而且，飛機的前半部呢？機上的人呢？

當我踏上了橡皮艇之際，我被這一連串疑問弄得我像是踏進了一隻冰箱，遍體生寒。

那不單是因為和我闊別已久的白素在這架飛機上，而是整個事情，實在太詭異了。我已知道，連同機上服務人員，在這架飛機上，有著八十六人，這八十六人，如今都陷入了什麼境地之中？

我和泰勒首先躍上了沙灘，向前奔去，到了那半架飛機的殘骸之前。飛機尾部略陷入沙灘之中，沒有燃燒的痕跡，沒有爆炸的痕跡，我們又迅速地繞到了飛機的前面，那時候，我們這幾個人，更是沒有一個說得出話來。

從遠處看來，飛機像是被一柄巨大的利刃切成兩半，從近處來看，它簡直就是被一柄巨大的利刃所切開來的，像是果刀剖開蘋果一樣，切口平滑，絲毫也沒有捲口，所有的一切，在經過「刀口」之際，都斷成兩半！

而機艙內部則是空的，空得一無所有，沒有人，沒有椅子，沒有一切，只有空的機艙。

我們又不約而同地抬頭看天，天空碧藍，幾乎找不到一絲浮雲，我們抬頭看天的動機一樣，心中感到了極度的惶惑，所以都想看一看，在上午十一時，究竟天上產生了什麼樣巨大的力量，使得這架飛機成爲這樣子？還有半架飛機，和機上的人，又到哪裡去了呢？根據先後兩架軍機的報告，這架飛機本來是「插」在峰石上的，現在跌下來，它的前一半難道還「陷在」峰石中？

這是荒唐透頂的想法，但即使這樣假定，也找不到任何痕跡。我們這些人的眼光，從碧藍的晴空，轉到嶙峋的峰石上，峰石上何嘗有著曾被飛機「插進」過的痕跡？何況，「飛機插入峰石」，無稽之極！

那兩個飛行問題專家面色蒼白地在摸著飛機的斷口，我一直跟在他們的後面，想聽取他們兩人專家的意思，但是他們一直不出聲。

小島嶼上靜到了極點，只有海水緩緩地拍著沙灘時所產生的沙沙聲，但突然間，在我們的頭頂之上，卻響起了一種十分奇異的聲音。有點像飛機聲，但是卻又夾雜著一種「嗡嗡」聲，似乎還有人在高空大聲叫嚷，我們連忙抬頭向上看去。

可是天上卻仍然什麼也沒有，而那種聲音，也立即靜止，就像剛才根本沒有這種聲音，全是我們的錯覺。

我忙道：「誰有望遠鏡？」

泰勒遞了一隻給我，我彷彿看到了有一點銀光，閃了一閃，但是隨即不見。也不知道那是什麼，可能那是一架路過的飛機，可能，可能，不知怎地，我的想法變得莫名其妙，我竟想到，那可能是飛機的前半截，還在繼續飛行！

那兩個專家苦笑著：「我們怎樣作報告？一架飛機斷成了兩截，另一半不見了，只有一半，完整無損？」

我指了指那半截飛機，心亂如麻：「看來你只好這樣報告了，這是事實！」

那兩個專家怔怔地站著，一言不發，這是超乎每個人知識範圍以外的事情，除了發怔以外，還有什麼事可做？

我走開了幾步，在海灘上拾起了一枚貝殼，螺的天地就在一枚貝殼之中，人類的天地呢就在地球上，地球在整個宇宙之中，和一枚貝殼在沙灘上，有什麼分別呢？人類直到如今，連闖出地球還未曾做到，人類的知識又有什麼值得誇耀？

（一九八六年按：這個故事寫於二十多年前，人類的宇宙飛行不及今日，但今日，這句話倒也適用。）

我握著那枚貝殼，在沙灘上沈重地踱著步，泰勒他們站在沙灘上，望著全速駛來的水警輪，用無線電話告訴水警輪的指揮，水警可以不必再前來了。

本來，警方出動大批水警輪，準備來拯救傷亡，可是如今連人影不見一個！我提議自己留在這裡繼續研究。

泰勒答應了我的要求，他又命令道：「七０四號水警輪，繼續向前進。」他轉過頭來，對我道：「這艘水警輪由朱守元警官指揮，他是一個十分能幹的年輕人。」

我點了點頭，我知道朱守元這個人，他曾破獲過不少海上走私案件，是一個能幹的警官。

泰勒和其餘人，匆匆地登上橡皮艇，向水上飛機划去。

小島的沙灘上，只剩下了我孤零零的一個人，那種詭異的氣氛也就更甚。

我望著那半截飛機，希望這時在機艙中突然走出一個人來，我不敢奢望那走出來的人是白素，只希望有一個人出來，告訴我究竟發生了什麼事！

我向飛機的機艙中走去，進了機艙之中，我一直向機艙的尾部走，空無所有的機艙給人以進入一口棺材的感覺。

我來到機尾部分，那裡是侍應生休息的地方，和機上調弄食品的所在，我大聲地叫著，希望有人應我，但是我卻得不到任何人的回答。

而且，我還發現，所有可以移動的東西，全沒有，剩下的只是一個機殼，像是有一場強力的颶風，將一切可以刮走的東西，盡皆捲走了。

我頹然地在機艙中坐了下來，雙手緊緊地捧住了頭，喃喃地道：「給我一個資訊，這究竟是怎麼一回事！」

我眼前突然一陣模糊，那陣模糊是由於我雙眼之中含滿了淚水之後所產生的，在朦朧中，我恍惚看到了我面前多了一個人。我陡地站了起來，我面前的確是多了一個人，但卻不是白素。

那是一個穿著十分整齊的警官，年紀輕，高額、薄唇，一看就知思想靈敏，意志堅決。

我站起來，他向我立正、行禮：「朱守元，奉上級的命令，接受你的指揮。」

我疲乏地伸出手來，和他握了一握：「歡迎你來幫助我。」

朱守元轉動著眼珠：「這究竟是怎麼一回事？」

他那種不慌不忙的態度，先使我有了好感，眼前的情景，他從來也未曾遇到過，但是他卻絕不驚惶，這表示他有著腳踏實地，一步一步去探索事實真相的非凡決心。

我搖頭道：「直到如今為止，一點眉目也沒有，一架客機，八十六個人，在良好的天氣中飛行，聯絡中斷，接著，有人看到它插在峰石上，而我們趕到時，便是這個樣子。」

朱守元望了我半晌，突然道：「聽說，你的未婚妻正是在這架飛機上？」

我轉過頭，回答他的聲音，也變得十分生硬：「是的。」

朱守元道：「對不起，你有什麼吩咐？」

我默默地走出機艙，朱守元跟在我的後面，我向小島上指了一指：「這個島不大，你指揮所有的人去搜索，找尋一切可能屬於這架飛機上的東西，不要錯漏。」

朱守元跑步而去，不一會，幾艘快艇，載著三五十個警員，向小島駛來，十分鐘後，這三五十個警員，已遍佈小島的每個角落。而在水警輪上，還有十來個有潛水配備的警員，正在陸續下水，在小島附近的海域搜索。

我也參加了搜索的工作，向那個山峰攀去，心中想，如果那飛機曾經停留在峰石上，那麼多少會有一點痕跡。

可是，直到攀到了山頂，仍是一點發現也沒有。

我和朱守元一起攀上山頂的，同時看到了一樣東西，在山頂一塊峰石上，那是一塊正方形的金屬塊，大小恰如一隻方的乒乓球，在太陽光中，閃著銀輝。

朱守元快步走向前去，想將那個金屬塊拿起來，可是他的手放在金屬塊上，卻並不取起來。

朱守元退後了一步，面上現出了訝異之極的神色來：「衛先生，你……拿拿看。」

我伸手去取那只金屬塊，可是也拿它不動，那麼小的一塊金屬，我竟拿不動！天下還有更比這個荒謬一點的事情麼？

我用更大的力道，但是那塊小小的金屬，卻仍然不動，用力去推，用的力道之大，相信那金屬塊就算是從峰石中生出來的話，我也可以連石頭一齊推倒，可是金屬塊仍是一動不動。

就在這時候，朱守元忽然叫了起來：「衛先生，你看！」

他的手指著一株松樹，樹幹上的皮被人剝去了一大片，白色的松木上，寫著一行整齊的英文：「沒有一個人可以拿得起或推得動半架飛機。」

第二部：自天降下兩個怪人

我眯著眼睛，將那行字又看了一遍，不錯，那行字是這樣寫的。

然而，這又是什麼意思呢？

自然沒有一個大力士可以拿得起半架飛機，那是白癡也知道的事情，那麼，樹幹上的這一行字，又是什麼意思呢？為什麼不說「一架飛機」，卻說「半架飛機」，「半架飛機」……我只覺得天旋地轉起來，不知該如何才好。

朱守元則仔細地在察看著那些字，他看了好一會，才道：「這是用一種火燄燒上去的，衛先生，你看這些字深入木裡，只怕經過三五百年，仍舊可以和如今看來一樣清楚！」

我吸了一口氣：「先別研究這行字是怎樣寫上去的，你得研究它是誰寫上去的，為什麼留一行字在這裡，那行字究竟是什麼意思！」

朱守元抬頭望天，而我則凝視著那一小塊金屬塊，我發覺那一小塊金屬塊似乎在搖動，我定睛看去，不錯，它是在動——會動的金屬，這究竟是什麼，我伸手去按住它，等到我按住它之後，我才知道移動的不是那塊金屬，而是承受著金屬的那塊大石，那塊大石正在慢慢地傾斜！

大石又是怎樣會傾斜呢？我後退了一步，仔細看去，只見大石在向下陷去，在石旁的浮土，因為大石的下陷而翻了起來。

看情形，像是那塊大石因為不勝重壓，所以才在向下面陷去的，但是大石上卻沒有什麼東西在壓著，只有那一小塊金屬，而那一小塊金屬，不過寸許見方。

朱守元也回過頭來看，看到了大石正向下陷去，他失聲道：「什麼事，地震？」

我還沒有回答，便看到那大石傾斜的勢子突然加速，倒了下來，三尺長的石根，從浮土中翻起。

而那一小塊金屬，滑下了大石，山頂上的面積十分小，它在滑下大石之後，撞在另一塊石頭之上。

那一撞的力道，竟令得那塊石頭露出在外的部分，完全陷進了土中。

那一小塊金屬開始向下滾去，那麼小的一塊，向下滾動之勢，卻使人感到它是一塊數十噸重的大石塊，整個山頭，似乎都在震動！

我連忙奔向前去，眼看著那一小塊金屬以驚人的速度向下滾著，突然落在沙灘上，一落到了沙灘上，立時沈了下去，浮沙蓋了上來，那一小塊金屬在剎那之間，便無影無蹤了！

我仍是望著下面發呆，這塊金屬是什麼呢？它何以如此沈重？如果說它的分量，竟能令得那麼大的一塊大石傾斜，那麼，它直跌下沙灘，不知要陷入多深的地底。

那時，我思緒中亂成一片，不知道那塊金屬究竟是什麼玩意兒，但是卻隱隱感覺到，這塊金屬，和這次奇異得如惡夢一樣的飛機失事，有著一種奇妙的聯繫。我以最快的速度攀下山峰，我還可以清楚地記得那一小塊金屬的陷落地點。

我用手扒了扒浮沙，一點結果也沒有，只好在這上面放上一塊石頭，作爲記號。

朱守元這時也已下山峰來，沿島搜尋的人，又向沙灘集合，蛙人也浮出了水面，他們的報告一致：一無所獲。

我默然無語，朱守元站在我的面前，等候著我的指示。過了好一會，我才道：「請你回去告訴泰勒，我很感謝他，同時告訴他，最好不要公開發布這次失事的真實情形，如果公開發布真實情形，我想會引起難以估計的一場騷動。」

朱守元望著我，顯然還不很明白我的意思。

我向沙灘上那半架飛機指了一指：「你想，是什麼力量使得這架飛機忽然斷成了兩截，而飛機中的一切，包括八十六個活生生的人都消失無蹤？是外星人已開始進攻地球了！還是冷戰已變成了熱戰？如果一公開，敏感的人便會發出各種的揣測，會引起混亂。」

朱守元有點無可奈何地點著頭：「好，我去傳達你的意見。」

我又道：「再請你留下一些乾糧，一個帳篷和一艘快艇，我要繼續留在這個荒島上。」

朱守元有些吃驚，他望了望那半架飛機，面上的神色更是不安：「衛先生，你一個人留在這裡，不會有什麼用處。」我苦笑道：「我也不以爲有什麼用處，但是我卻需要有一個極端靜寂的環境來供我的思索，暫時不想回市區去——」

我之所以要一個人留下來，是因為白素在這裡消失的原故，即使她已在空氣中消失，我留在這小島，也可以離得她近一點！

朱守元嘆了一口氣：「如果不是我職責在身，我一定和你一起留在這裡。」

我黯然道：「謝謝你。」

朱守元照著我的吩咐，將一個帳篷，和許多必需品，搬到了島上，又留下了一艘燃料充足的快艇。

水警輪走了，島上只剩下了我一個人，我抱著膝，在海灘的一塊大石上坐了下來，望著那半架飛機，如果我有辦法使時光倒轉，我就可以知道那架客機在飛過這個小島上空時，究竟發生過什麼事情了。這當然是夢想，除非我能以快過光的速度向後退，要不然我怎可能追回已過去的時光？

細細的浪花，拍擊著沙灘，幾隻小小的海蟹正在沙灘上忙碌地掘著洞，島上靜到了極點，我腦中亂成一片！

我呆呆地注視著海水，忽然之間，我又聽到天上有那種「嗡嗡」聲傳來，抬起頭，天上什麼也沒有，那可能是一隻野蜂，我想，然而突然間，天際出現了一點銀輝。

那一點銀輝，和我上一次聽到那種「嗡嗡」聲之後，用望遠鏡所觀察到的一樣，只不過此際，那點銀輝卻向下落來，到了有拳頭大小一團的程度。

估計它仍在一萬呎以上的高空，由於距離遠，更由於那團東西發出的光芒十分強烈，所以看不清那是什麼，我只是可以肯定，那不是飛機。

在一萬呎以上高空飛行的東西，而不是飛機，這使得我直跳了起來。那團銀輝閃了一閃，便不見了。

緊接著，我似乎看到有什麼東西飄了下來，但因爲正迎著斜陽，看不清飄下來的究竟是什麼，用盡目力張望著，因爲長時間地注視著強光，所以眼前出現了一團團紅色綠色的幻影，我閉上了眼睛一會，才睜開眼來。

當我睜開眼來的時候，出乎我意料之外的是，沙灘，在離我不遠處，已多了兩個人。

那令我覺得意外之極，這兩個人是怎樣來的，我一無所知，一時之間，我除了定定地望著他們之外，絕沒有別的可做！

那兩個人也望著我，他們身上穿著十分普通的衣服，只不過腰間圍著一條十分闊而厚的腰帶，有點像是子彈帶。

沙灘附近，仍然只有我那一艘快艇，這兩個人從何而來？他們衣服不濕，當然不是泅水，那就只有一個可能：自天而降！我又感到一陣紊亂，兩個人從天而降，看來他們不像外星人，那麼他們是什麼人呢？

我望著他們，一言不發，他們開始四面張望著，然後又望著我，其中一人終於打破了沈寂：「你是什麼人？」

我反問道：「你們是什麼人？」

那兩個人互望了一眼，那一個人又道：「這裡是什麼地方？」

我仍然不回答而反問：「你們是怎麼來的？」

那兩個人的神色猶豫：「我們……我們是怎麼來的？我們是怎麼來的？」

聽他們的自言自語，竟像是連他們自己也不知道怎麼來的。左邊那個比較年長的人道：「我看我們的飛船失事了。」

我更莫名其妙：「什麼飛船？」

那兩個人以一種奇異之極的目光望著我，甚至流露出恐懼的神色來：「你是什麼人，你……難道是從別的星球來的？」

我實在忍不住想大笑了起來，這是什麼話？我正在懷疑他們是別的星球上來的，他們倒懷疑起我來了，我沒好氣地道：「我當然不是別的星球來的。」

那兩個人像十分膽怯，輕聲問我：「那麼這裡是什麼地方——我們的意思是：這裡是不是地球？太陽系中的一個行星，是不是？」

我揮了揮手：「不是地球，你們以為是什麼，是天狗星麼？」

那兩人「噢」地一聲：「是地球，我們還在地球上，你是地球人，怎麼不知道我們的飛船，你怎會不認識我們？」

我苦笑了起來，這是什麼話，這兩個人其貌不揚，既不是電影明星，也不像足球健將，我憑什麼要認識他們？他們一定是十足的瘋漢！

我聳了聳肩：「我爲什麼要認識你們？」

左邊的那個道：「天啊，他不認識我們，有這種人麼？你難道是不看報紙，不聽新聞？」

我大聲道：「我每天看六份報紙，你們究竟是誰？」

那兩人道：「我們是最偉大的星際飛行員法拉齊和格勒。」

我道：「好，算我不看報紙好了！」

這兩個自稱是「偉大的星際飛行員法拉齊和格勒」的傢伙，卻不肯離去，反將我當成精神病人似地打量起來。

法拉齊——那年輕的一個問道：「就算你不看報紙，你難道不知道飛船起飛的消息，天啊，這是地球上每一個人都在談論的事情！」

我本來是想瞪著眼睛，將這兩個人好好訓斥一頓的，但這時候，我的心情十分亂，白素生死未卜，而那架飛機失事又如此神秘，令得我心中亂哄哄的，實在沒有心思去和這兩個人吵架。我於是不耐煩地道：「好了，算我孤陋寡聞，讓我一個人靜一靜！這裡剛剛有一架飛機失事，你們又不是看不到！」

那兩人一聽得「飛機」兩個字，才一齊抬頭，向我所指的那半截新型的噴射客機看去，只見他們的臉上，現出了極其驚愕的神色來，一齊叫道：「老天，這是什麼東西，這個小島是一個博物院？」

那個叫格勒的傢伙還指著我的鼻子笑道：「原來你是一個博物院的管理人！」

我當真想衝向前去，揮拳相向，這兩個人的行動不像瘋子，可是偏偏他們講的話，卻只有瘋子才會講出口來。

試想，一個腦神經正常的人，怎會見到了半截巨型的客機，便和「博物院」聯想在一起？

我睜大著眼望著他們，看他們可還有什麼新花樣弄出來，他們卻不再和我說什麼，只四面看著，現出十分焦急的神色。法拉齊道：「你在事前，可有什麼感覺麼？」

格勒答道：「一切都很不正常，好像飛船突然向下沈了一沈，我覺得船艙中一切儀表的指針，在剎那間，都停止不動，然後，然後……」

格勒緊鎖雙眉，像是在搜索適當的字句，才道：「像是有什麼巨大的力量，將飛船納進了一個不可思議的軌道中，我記得看了一下速度計，指示線已超過了最高速度。」

法拉齊猶有餘悸地道：「不錯，飛船的外殼似乎整個不存在了，不行，我們得趕快向總部報告這些事才行，還有，我們的領航員革大鵬呢，他又到什麼地方去了？」

我開始只當格勒和法拉齊兩人是在講瘋話，可是我越聽越覺得他們兩人所說的事，正是一段空中失事，會不會他們因爲失事而震驚過度，所以有些胡言亂語，將飛機說成飛船呢？

如果是這樣的話，那麼他們兩人，應該是這架客機中的人了？

我心中陡然地生出了一線希望，連忙踏前了一步：「你們不妨鎮靜一下，剛才你們提到什麼人？領航員革大鵬？」

我想以循循善誘的方法，導引那兩個人講出飛機失事的真相。

可是那兩人一開口，我又不禁倒吸了一口氣，他們齊聲道：「是的，革大鵬，他是亞洲人，我們的領航員，最傑出的太空探險家——」兩人又稍帶委曲地道：「你知道革大鵬，也應該知道我們，我們是三位不可分割的太空伴侶！」

我心中暗罵，孫子王八蛋聽過他媽的革大鵬的名字，但是爲了在這兩人的口中套出真相來，我卻不得不陪著笑：「我記起來了，你們的確是偉大的宇宙飛行員！」那兩人的虛榮心像是得到了滿足，咧開了嘴，笑了一下，看來他們十分高興，我又忙問道：「你們的飛船中人很多，一個叫白素的美麗中國小姐，如今怎樣了？」

當我問出這一個問題的時候，我的心中實是緊張之極，因爲如果這兩個傢伙說上一聲：「白素麼？她已經跌死了。」的話，那我就等於墜入黑獄中，永世不得超生了。

可是這兩人卻不回答我，他們卻是瞪了我一會，才互相低聲交談了起來，法拉齊道：「奇怪，這種古老的病症如今居然還有？」

格勒也道：「是啊，高頻率電波可以輕而易舉地使腦神經恢復正常，他為什麼不去接受那種簡單的治療，卻一個人在荒島上呢——咦，這個島，法拉齊，你不覺得這個島也不很對勁麼？」

這兩個人，毫無疑問是瘋了——我在聽了格勒的狂叫之後，這樣斷定，他們可能因為飛機失事之後受了驚恐而成為瘋子的，我想知道飛機失事的真相，自然要先使他們的神經恢復正常才是。

我並不發怒，只是笑了笑：「高頻率的電波可以治癒神經分裂？這是誰發明的？」我要向他們不斷問問題，問得他們難以自圓其說，他們便會發現自己在胡言亂語——這便是我使他們恢復清醒的方法。

「誰發明的？」兩人一齊高叫了起來：「這你也不知道麼？看來你的記憶完全失去了，你的『個人電腦』呢？為什麼你不通過你的『個人電腦』來幫助你恢復記憶？唉，高頻率電波操縱人體神經的方法是誰發明的，虧你問得出來，你這問題等於是叫一個小學生——」

當他們講到這裡的時候，我想他們要說的一定是「等於問小學生二加二等於多少。」

可是他們卻不是這樣說，他們的話，令得我目瞪口呆，他們這樣道：「你這問題，等於叫小學生解六次代數方程式一樣，有誰答不上來？」

我真想伸手在他們兩人的額角上按上一按，看看他們是不是在發高熱！如果不是他們一上來便自稱是地球人，事情發展到這一地步，我實是不能不將他們當作外星人了。

我自認不能使他們恢復正常，但認定他們是失事飛機中的人，我不能使他們恢復正常，神經病專家總可以的，我要使他們去接受治療，首先要使他們回市區去。

我又忍住了氣，向他們笑了笑：「你們要不要跟我到市區去？」

格勒瞪了我一眼，不理睬我，從他的衣袋中，取出一隻如同打火機也似的東西，拉出了一根天線。

那根天線閃閃生光，不知什麼金屬鑄成，他伸指在那東西的一個鍵盤上按了幾下，直到發出「的的」之聲，然後，他對著那東西道：「星際航空總部！星際航空總部！」

他叫了兩聲，面上現出十分訝異的神色來。

而在這時候，我的訝異也到了頂點！

格勒手中的那東西，分明是一具極其精巧的遠距離無線電通話器，那東西之精巧之極，是我從來也未曾見到過的！

（一九八六年按，這種無線電話，現在已相當普遍，雖然體積還沒那麼小，但肯定再過二十年後，就一定沒有不同了。）

那樣看來，他們兩人，不止是瘋子那樣簡單了。

就在我心中充滿了疑竇之際，格勒道：「法拉齊，我的通話器壞了，試試你的！」

法拉齊也取出了同樣的一隻東西來，他口中所叫的，也是「星際航空總指揮部」。可是叫了幾聲之後，他面色也不怎麼好看。他奇道：「怪事，怪事，怎會不能和總部聯絡了？」

我走向前去，伸出手來：「那東西……給我看看。」我想他們不會答應我的，但法拉齊竟毫不考慮地便將那東西交到了我的手中。

那東西只不過一寸高，半寸厚，但是上面卻有著七八個儀表，還有許多刻度盤和指針，看得我眼花繚亂，莫名所以。

我雖然不知道那究竟甚麼，和它的用途、用法，但可以肯定的是——如果不是工業極之發達的國家，萬難製造出這樣的東西來。

我不禁問：「請問，你們是甚麼國家的公民？」

法拉齊和格勒兩人望著我：「你說甚麼？」

我問道：「你們是屬於哪一個國家的？」他們一齊將「國家」兩個字念了好幾遍，面上忽然露出驚恐的神色來，向後退開了幾步，就像我是甚麼怪物一樣，兩人後退幾步之後，又互望了一眼，格勒才道：「你……肯和我們一起到有人的地方去麼？」

我連忙道：「當然可以，你們可以和我一起，乘這小船到K港去，這是離這裡最近的一個城市。」

法拉齊格勒兩人，隨我所指，向停泊在海灘的快艇看去。

那是警方配備的特快艇，性能十分佳，可以說是新科學的結晶。但是那兩人看了，卻像看到了非洲人用的獨木舟一樣，嚷道：「天啊，你從哪裡弄來這些老古董的？」

我驚訝道：「老古董，你這是甚麼意思？」

格勒道：「我猜這是一艘螺旋槳發動的船隻，是不是？那還不是老古董麼？」

我雙手交放在胸前，道：「好，那我很想知道，最新的船是甚麼？」

法拉齊高舉雙手，表情十足：「你沒有見過麼？那是『渦流船』，是繼『氣墊船』之後的產物。」

我瞪大了眼睛望著他們兩人，我實在想看清楚是怎樣的人，但看來看去，他們和我一樣，可是他們的說話，為甚麼那樣奇怪？

為甚麼在他們的口中，小學生會解代數方程式是絕不奇怪的事情，又為甚麼目前正在研究，還未曾普遍推行的「氣墊船」，在他們的口中已經變成落伍，而代之以我從來也沒有聽過的「渦流船」了呢？

（一九八六年按：氣墊船如今普遍之極！）

法拉齊看到了我那種莫名其妙的神氣，不耐煩地道：「渦流船是利用海水或河水流動時所產生的能量作發動力的，它可以無休止地航行，那比起用原子能來發動，又省時得多了。」

我又呆了好一會，才道：「抱歉得很，你們所說的這種船，我還是第一次聽到，你們如果要到有人的地方去，那只好坐這艘船！」

格勒笑道：「那也好，可以發思古之幽情，倒也不錯。」

法拉齊皺著雙眉：「格勒，你太樂觀了，我覺得事情十分不對頭，你想，我們無緣無故地離開了飛船，卻又碰到了這個怪人——」

我連忙更正：「我不怪，你們才是怪人！」

法拉齊笑道：「那是相對的，好吧，我們就和你一起到有人的地方去，K港的新聞記者要交好運了，我們竟會在飛船飛行之後，不飛出太陽系去，而到了K港，我相信一小時之後，全世界的新聞記者，都要向我們作大包圍。」

格勒拍了拍我的肩頭：「朋友，那時候，你也要變風頭人物。」

和這樣的兩個瘋子在一起坐小艇，實在使人有點不寒而慄，但是我除了硬著頭皮將他們帶回去之外，卻又沒有別的辦法可想。

我們上了小艇，兩人饒有興趣地看我發動小艇後，小艇向前飛駛而去，船後濺起連串水花，速度之快，令人有頭昏目眩之感。

可是格勒卻嘆了一口氣：「老天，這艘船一定是蝸牛號，它的速度竟如此之慢！」

我想要反唇相譏幾句，恰好在此際，一陣飛機聲，傳了過來。

七架噴射式軍用飛機，在我們的頭上掠過，留下了七條長長的白煙。人類竟能創出這樣東西來，這實是難得的事。

法拉齊和格勒兩人，在聽到了聲音之後，也抬頭向上看去，他們兩人一看，面色就變了。

第三部：時光倒流一百年

他們面色變得如此難看，呆住了一聲不出，我忙道：「你們可是想起飛機失事情形來了？」

但是兩人就像完全未曾聽到我的話一樣，他們齊聲叫道：「天啊，這是什麼？」

我忙道：「我不相信你們未曾見過飛機。」

格勒叫道：「這樣的飛機，居然是有翼的。」

我實在忍不住了，倏地站了起來，小艇因之晃了一晃，幾乎翻轉：「你們兩人少說些瘋話好不好？」

法拉齊和格勒兩人一起望著我，他們的面色十分嚴肅，而且毫不瘋狂，好一會，法拉齊才道：「飛機的雙翼，朋友，早已淘汰了。」

我冷笑道：「什麼時候淘汰的？」

法拉齊道：「是圓形飛船和茄形飛船興起的時候，有翼的飛機因為速度的致命缺點，而遭到了自然的淘汰，已有很多年了。」

我索性和他們弄個明白：「那麼，這種事發生已有多少年了？」

法拉齊道：「大約有四十多年了。」

我大聲道：「你們兩個渾蛋！四十多年之前，飛機還只是在雛型的發展階段，是兩層翼翅，要人推著才能飛上天空的東西。」

格勒和法拉齊兩人互望了一眼，格勒顯得十分心平氣和地道：「我想我們之間有一點誤會，你所說的那種飛機我們也知道，那是西元一九二〇年左右的東西，對不，朋友？」

法拉齊和格勒兩人，總算講了一句較為清醒的話！

我吐了一口氣，道：「是，那是一九二〇年左右的事情，到了第一次世界大戰結束的時候，飛機突飛猛進，在第二次世界大戰之後，飛機的發展更是驚人，甚至有了可以飛出地心吸力的X——五五型的飛機，是不是？」

格勒點頭道：「對，你說的對。」

我心平氣和地道：「好，那麼請你告訴我，有翼的飛機被淘汰，是什麼時候的事情？」

我以為我的這個問題，一定可以難倒他們，而令他們的頭腦，從此清醒了。

卻料不到法拉齊竟毫不考慮道：「四十多年以前，大約是西元二〇二〇年左右，因為有翼的飛機的速度無法突破音速的四倍，所以淘汰了。」

我當真忍不住要大聲叱責了起來，但是我仍強忍著：「那麼，如今是西元幾年？」

法拉齊和格勒兩人互望了一眼：「朋友，我們的忍耐有個限度，如果你連自己活在什麼年份都不知道，那麼你就大有問題了。」

法拉齊和格勒齊聲道：「我們可以告訴你，如今是西元二〇六四年，也就是說，當那個偉大的嬰孩在馬棚中出生到如今，已經兩千零六十四年了。」

他們兩人講得十分正經，西元二〇六四年，哈哈，我認真想大笑起來，然而在那一瞬間，我突然有了一個荒謬的念頭，那一瞬間所產生的想法，令得我的手猛地一震。

快艇是由我操縱的，我的手一震間，快艇猛地一個轉彎，幾乎傾覆，我連忙關閉了快艇的引擎，喘了一口氣，法拉齊和格勒兩人齊聲道：「喂，你究竟是在鬧甚麼鬼。」

我在一時之間，竟至於講不出話來，我先揮了揮手，意思叫他們不要激動，我對他們是沒有惡意的。兩人居然明白了我手勢的意思，不再作聲。

我深深地吸了一口氣，道：「看來我們真有誤會了，我絕對相信你們的神經正常。」

他們笑道：「笑話，我們以爲你是神經漢呢？」

我又道：「你們所說西元二〇六四年，可是，先生，據我所知，我是活在一九六四年，我們相差了一百年。」法拉齊和格勒兩人，乍一聽我的話，不免現出驚愕的神色來。

但是，他們隨即大笑起來，笑得前仰後合，令得快艇左搖右擺。格勒一手捧著肚子，一手拍著我：「你的話實在太滑稽，太好笑了。」

我卻苦笑著：「你們明白了真相之後，或者不覺好笑，你們是二〇六四年的人，但是現在卻是一九六四年，你們回來了，不知是什麼力量將你們拉得倒退了一百年，你們明白麼，整整一百年！」

（一九八六年按：這個故事寫在一九六四年，距今二十二年，時間的超越和倒流，一直是幻想故事的好題材，至今不衰。）

由於我說得十分緩慢，十分正經，所以法拉齊和格勒兩人的笑聲止住了，但是他們兩人的神情，仍然十分滑稽。

格勒像是竭力想說兩句輕鬆一些的笑話，他聳了聳肩，又十分勉強地笑了一笑：「那麼你又怎知道，不是你自己超越了一百年時間？」

我道：「我但願是這樣，但事實卻不是，我們現在所坐的快艇，是最現代化的交通工具，『氣墊船』還在研究之中，至於『渦流船』，那還在人類知識範圍之外，最能幹的科學家，也還未曾想到這一點。你們剛才看到的飛機，是最新式的飛機，至於無翼飛機，現在一九六四年，還是研究室中的圖樣！」

法拉齊和格勒兩人的面色漸漸蒼白，我不再發動引擎，任由快艇在海面上飄著，兩人呆了好一會，才道：「這太無稽了！時間可以由速度來控制，但是要有比光快的速度，朋友，人類還未曾找到快過光速的任何可能！」

我苦笑道：「我不管是否有快過光速的可能，但是你們是被一種比光速更快的速度，倒捲回一百年來了，那恰好是地球繞太陽的一百轉。或者是地球忽然之間不轉了，或者是太陽忽然飛快地轉了一百轉，抵消了地球繞它的一百轉……」

我自己也是越說越糊塗了，時間、速度的相對關係，實在還不是我們這一代所能弄得清楚的。

格勒道：「照你那樣說，那麼你又爲什麼不回到一八六四年去呢？」

我幾乎跳了起來，我回到一八六四年去？這太可怕了，這和我到了另一個星球上有什麼分別？在這時候，我看到了法拉齊和格勒兩人蒼白得可怕的面色，我也明白他們兩人心中的恐懼到了什麼程度！

我忙道：「或者我說的不是事實，你看，你們兩人的服裝，不是和我的沒有什麼分別麼？」

格勒和法拉齊兩人的面色更難看，法拉齊道：「在二〇一〇年左右，人類開始認識到在服裝上變花樣是十分愚蠢的事，因爲那花費許多精神和人力，阻礙科學進步，所以自此之後，衣服的樣式，實際上沒有改變過，但是質地卻不同了——」

我伸手去摸他們身上的衣服，那是我從來也未曾見過一種輕軟的料子所製，這種料子的溫度，和體溫完全一樣，是以當我的手指摸上去的時候，我甚至像是感不到它的存在。

穿這樣料子製成的衣服，那當然十分舒服，然而那時，我鬆開了手之後，卻呆住了一句話也講不出來。

我在那一瞬間想到的「荒謬」念頭，竟然並不荒謬的時候，我已經夠吃驚的了，但如今，這居然是實實在在的，兩個一百年之後的人，不知被什麼力量帶回來了，就在我的身邊，我實在沒有法子不發抖，不覺得發冷！

這兩個人和我大不相同，他們甚至於不知道國家——在二０六四年，一定沒有國家（世界大同實現了？），我腦中亂到了極點。

好一會，我才道：「你們……還想到市區去？我的意思是，你們能夠在……」

我覺得十分難以措辭，猶豫了半晌，才繼續道：「你們能夠習慣……一百年之前的生活？」

法拉齊和格勒兩人，互望了一眼，又呆了片刻，格勒才道：「我們在歷史上知道，一百年之前的世界，十分混亂？」

我點頭道：「不錯，夠混亂的。」

法拉齊望著我：「我們不知你是什麼人，但看來你願意幫助我們？」

我苦笑了一下：「可以那麼說。」

格勒道：「我希望你不要將我們的身份透露出去，你能答應麼？」

我望了他們半晌：「我想這很容易，因為你們的外型，看來和如今的人，沒有什麼分別，人們絕不會疑心，你們可以習慣——」

法拉齊道：「我們要回去！」

我攤了攤手：「你們沒有離開地球，在原來的地方，又怎說得上『回去』呢？」

法拉齊道：「你明白，我也明白，我的意思是我們要回到我們生活的年代中去。」

我望著茫茫的大海：「我看不出你們有什麼可能回到一百年之後去，你們……將一天一天過日子，到你們出生的年份，只怕你們早已死了！……」

「到你們出生的年份，只怕你們早已死了」，這句話，聽來是何等有悖常理？但是人類的常理，本是建立在速度、時間相對不變的關係之上的。如今，不知一種什麼力量，已打破了數百億年來這種速度和時間的關係，那還有什麼常理可言？

法拉齊和格勒又不出聲，過了許久，他們才無力地道：「我們會盡量設法尋求方法，我們的飛船，我相信還在，我們的領航員革大鵬，是極其傑出的科學家，他或者會有辦法。」

如果在忽然之間，我發覺自己在一百年之前，我最希望的是什麼，當然會是回到自己的年代！而且我也不能肯定他們沒有法子「回去」，他們不是「來了」麼？

法拉齊和格勒兩人，似乎還存著一線希望，希望我所說的不是事實，然而，當快艇漸漸駛進市區的時候，他們絕望了。

他們首先看到了來往的船隻，當然全是螺旋槳發動的船，沒有一艘「氣墊船」，更不要說什麼「渦流船」了。他們面如死灰，一言不發。

等到我們的小艇漸漸駛近碼頭的時候，他們兩人睜大了眼睛，望著近碼頭處來往的車子，他們不由自主地嘆了一口氣。

我安慰他們：「你們不必難過，你們的外型和我們完全一樣——實際上，我們根本同是地球人，只要你們不自我暴露身份，我負責替你們保守秘密。」

法拉齊和格勒兩人互望了一眼，都哭喪著臉：「可是……我們的家人呢？他們……在什麼地方？我們還能與他們會面麼？」

我感到了一陣莫名的惘然，這絕不是我們這一代人的知識所能瞭解的事。不要說我們這一代，連法拉齊和格勒，這兩個一百年後的人，也不能瞭解，因為他們曾說，人類還未曾知道一種速度超越光速，那就是說，實則上不能使時光倒流，然而，他們卻倒退了一百年之久，那是一種什麼力量，使得他們這樣的呢？

他們剛才問及，他們的親人在哪裡，他們的親人，當然應該在地球上，但是由於時間的不同，他們的親人大都要在六七十年，甚至八九十年之後，方始出世，就連他們自己，照理也要在七八十年後方始出世！

這多麼令人茫然難解，我越想越亂，法拉齊和格勒兩人，當然也是一樣地心情紊亂，所以我只得安慰他們，因為我的處境，比起他們來，要好得多了。我道：「我想你們不必失望，你們既然是被一種神秘力量帶回來的，那麼，只要找到了這種神秘力量，就可回去了。」

兩人喃喃地道：「但願如此！」

這時，小艇已經靠岸了，有兩艘水警輪停泊在碼頭上，一個警官見到了我，和我打了一個招呼：「衛先生，傑克中校等著你。」

我答道：「對不起得很，我有十分要緊的事情，不能和他相晤，請你轉告他，這艘快艇，是朱守元警官借給我的，請代我還他。」

那警官答應了一聲，我和法拉齊、格勒兩人，上了的士，一直到在我家的門口，停了下來。我按門鈴，老蔡面無人色地來開門，他見到了我，張大了口，說不出話來。

看到了他驚惶的樣子，我也不禁陡地一怔：「你怎麼了，老蔡。」

老蔡啞著聲音道：「我已經知道了，白小姐所坐的那班飛機……收音機說這架飛機已經失事……一個人都沒有生還。」

遇見了法拉齊和格勒兩個人之後，因為那種超乎知識範疇之外的特殊奇幻之感，使我置身於如同夢魘也似的境界之中，暫時忘記了白素。

而如今，老蔡的話，像是利劍一樣，刺入了我的胸膛，我想起了白素的美麗、溫柔、勇敢、機智和她的超群的武術造詣，以及一切可愛之處，我頹然坐倒在沙發上，不知以後的日子該怎麼過。

在過去的許多日子中，白素雖然不在我的身邊，但是憑著通訊和熟人的傳遞消息，我總是可以知道她，在亞洲最神秘地區的那一段時期，我得不到她的資訊，但我也可以知道憑她的機智勇敢，足可以化險為夷。

然而，如今她在哪裡呢？

我無法回答自己的這一問題，我腦中也只覺得一片空白，瞪著眼，只覺得眼前的幾個人，人影漸漸模糊了起來。直到法拉齊和格勒兩人，忽然發出了一下尖叫，我才陡地站了起來。

格勒連忙搶過來扶住了我：「你的面色太難看了，你……你可不能出事啊，我們……我們……」

我明白了他的意思，他們闖進了一個只是在歷史上讀到過的，完全陌生的境界之中。我是他們唯一的依靠！

我苦笑了一下：「你們不必為我耽心，我……沒事。」

法拉齊道：「朋友，你遭到了什麼困難，或者我們可以幫你解決！」

我心中一動，忙道：「對了，我正想向你們請教，請你們仔細地聽我的經過，然後給我一個正確的答案，別打斷我的話頭。」

我吩咐老蔡倒三杯酒來——這時我們三人都需要酒。

於是，我開始詳細地描述那次飛機失事，我深信他們能夠知道這次飛機失事的原因，因為他們是一百年之後的人，人類科學的進步，以幾何級數進行，往後一百年的進步幅度，至少相等於過去的幾千年！所以我進述得十分的詳細。

他們們兩人一直沒有插言，直到我講到在小島頂峰上，發現了一小塊方形的金屬，和樹上的留字之後，法拉齊才道：「那是半架飛機。」

我停了下來，望著法拉齊。

法拉齊答復道：「那的確是半架飛機，你拿不動，將大石壓得傾斜，向一邊滾去，陷入沙灘之中不見的那小塊金屬，就是半架飛機。」

我仍然睜大眼睛，望著他，因為我全然不明白他在說些什麼。

而在這時候，格勒則低呼了一聲：「天，這是怎麼一回事？我認為這是革大鵬做的事！」

革大鵬——我總算聽懂了這個名字，而且我還記得這個名字，那是他們的領航員，一個在他們那個時代，也是十分傑出的科學家。

法拉齊接著點了點頭：「我看也有點像，壓縮原子和原子之間的空間，這正是他和幾位科學家一齊在研究的。」

我忙道：「怎麼一回事，什麼事是革大鵬做的。」

格勒年紀較長，講話也比較鄭重一些，他想了一想，才道：「如今我們也說不出所以然來，但據我猜想，那飛機中的人，一定都活著。」

我呆了一呆，心中想鬆一口氣，但是我立即又想到：就算格勒的話有根據，那些人活著，那麼他們是活在什麼時代呢？是活在一百年後，還是一百年前？如果白素沒有遇到什麼災難，只是我們之間的時間，忽然相差了一百年，那和她死了，又有什麼不一樣？

本來我是想大大地鬆上一口氣的，但是一想到這一點，便難以出聲了。

法拉齊陡地站了起來：「格勒，我明白了，那全是革大鵬的把戲，他一定秘密研究成功了使時間倒流的一種方法——」

他的話沒有講完，便又搖了搖頭：「這似乎不可能，即使他成功了，爲什麼又要拋開我們？」

法拉齊和格勒兩人的話，令我越聽越是糊塗，我先不去理會什麼革大鵬，我只是關心那架飛機，我道：「你們憑什麼肯定那架飛機上的人都活著？」

格勒搓了搓手：「那應該從頭說起，首先，這次飛機失事，我們……假定是一件人爲的事件。」

我又問道：「人爲的，是誰？」

格勒又道：「我們假定是革大鵬，我們飛船的領航員，因爲他是原子空間問題的權威，你知道什麼叫作原子空間麼？」

我道：「顧名思義，當然是物質的原子與原子間的空隙。」

格勒道：「是的，嗯！……在你們的年代中，一般認爲水是不能被壓縮的，但是實際上，水是液體，在水原子之間，有著極大的空隙，所以水才是液體，如果將一滴水，放大幾億倍，那麼就可看到，一滴水和一堆黃豆一樣，每一粒豆，就是一個原子，原子和原子之間，有著空隙——。」

他講到這裡，略頓了一頓，道：「當然，我這個一堆黃豆的比喻，是不怎麼好的，因爲事實上，水原子之間，空隙大得十分驚人，一立方公分，也就是一CC的水，如果是正常的情形之下，是千分之一公斤，也就是一克重，可是你知道，如果這一CC水，它們的水原子之間的空隙被抽去，原子和原子之間，一點空隙也沒有，緊緊地擠在一起，那麼這一CC水有多重？」

我聽得目瞪口呆，只好反問了一句，道：「多重？」

法拉齊介面道：「一萬公斤。一滴水，就那麼重。」

我呆了好一會，才道：「那麼……你的意思是說，我所看到的那塊金屬，是……半架飛機……的物質，它們原子與原子的空隙消失了結果麼？」

兩人點了一點頭：「是。」

我仍是莫名其妙，在我的心中，有著太多的疑問，我又道：「那麼，飛機上的人呢？」

法拉齊道：「我們如今只是猜測，我們估計，機上的人，大約是在飛機失事之前，被弄走了，不在機中——」

我越聽越是糊塗，忍不住插言道：「弄走了？弄到什麼地方去了？」

法拉齊攤了攤手：「我們只是估計，當飛機撞向那小島的岩石時，事實上只有半架，它的前一半，已被另一種力量縮成了一小塊，而兩架軍機在空中飛過，看到那架飛機『插』在岩石中，那可能是飛機剛撞上岩石的一剎間，而不是真的插進了岩石。」

我將他們兩人前後所曾說過的話，一齊細想了一遍，我覺得他們雖然未曾明言，但是可以聽得出，一切事情——空中擄人，將飛機的前半部壓縮成一小塊，將飛機的後半部留在沙灘上——全是他們的領航員革大鵬做的。我想了好一會，才問道：「造成這一切的，全是那個叫革大鵬的人，是不是？」

法拉齊和格勒兩人，並不回答，只是嘆了一口氣。

也就在此際，只聽得他們兩人的身上，同時發出了一陣極其清脆的「滴滴」聲。

兩人「啊」地一聲歡呼，一齊取出了那只打火機大小的通訊儀來，將一個小小的按鈕，按了下去，立時聽得一個十分粗豪的聲音道：「法拉齊，格勒！」

那粗豪的聲音立時再度傳出，打斷了他們的話頭，道：「由於遭到了一些意外，所以我與你們失去了聯絡，你們也離開了飛船，如今飛船停在五萬一千尺的空中，你們的個人飛行帶可能達到這高度麼？」

格勒叫道：「不能夠，可是，領航員，我們——」

他的話又未能講完，那粗豪的聲音又道：「那你們盡量飛高，我在探到了你們的所在之後，派子船出來，接你們回來。」

兩人又大聲叫道：「領航員，我們……我們到了一九六四年，你……知道麼？」

革大鵬——那粗豪的聲音自然是革大鵬所發出的——沈聲道：「我知道，我有話對你們說。」

格勒向我望來：「對不起，衛先生，我們的領航員會有辦法，我們要去和他會合了。」

我忙叫道：「喂，飛機上的人在哪裡？」

我不知道我的叫聲，革大鵬是否聽到，而格勒和法拉齊兩人，已經向外走去，這時天色已經十分昏暗，他們兩人一到門口，圍在他們腰際的那條帶子，突然發出「嗤」的一聲響，我只看到他們從衣領上翻起了一個罩子，罩在頭上。

接著，這兩個人，便以一種我從來也未曾見過的高速，向上升去，一剎間便已不見了。

在他們兩人向上飛去之際，我曾企圖向前去，抱住其中的一人，我的動作十分快疾，而且離他們又十分近，可是我那一擁，卻未曾撲中。

當我再抬起頭，夜空暗沈，哪裡有什麼人？

而如果我這時對人說，剛才我和兩個一百年後的人在對話，而他們如今飛向天空去了，那麼，任何人都要將我當作瘋子！

我將自己埋在一張古老的沙發中，雙手捧著頭，苦苦地思索著。由於法拉齊和格勒兩人的突然離去，以致使我竟懷疑起他們兩人，曾在我面前出現過？兩個一百年以後的人！那難道是我在看到了飛機失事之後，想到白素存亡未卜時的幻覺麼？

我猛烈地搖著頭，想使自己清醒些，思想可以集中一些，我突然看到，在我對面的沙發中，坐著一個人，那人正望著我！

我定睛望著他，那是一個四十歲左右，皮膚黝黑的方臉中年人，目光十分銳利，鼻尖鉤形，像是鷹喙。

他正目光灼灼地望著我，我眨了眨眼睛，那人仍坐在我的面前，他是怎麼來的？門關著，我顯然未曾站起來替他開過門，老蔡又出去了。他是什麼人？

我還未曾開口，那人便向我笑了一笑：「衛先生，我來自我介紹，我是革大鵬，我——嗯，可以說是中國人，我是蒙古戈壁大運河附近出世的。」

革大鵬，「戈壁大運河」，我只知道蒙古有大戈壁沙漠，所謂運河，當然是一百年之後的事情，一百年之後，如果人還不能將沙漠改變為綠洲，那反而太奇怪了。

那麼，這個革大鵬，他就是那艘什麼飛船的領航人，那個一百年之後的傑出科學家！

第四部：百年後超人

他正在我的面前，絕非是一個幻影，由此可知，法拉齊和格勒也是實在的，並不是我的幻覺。我望著他，一句話也講不出來。他饒有興趣地向我屋中的陳設打量著，從咖啡機上取起一具噴氣式的打火機，「拍」地打著了火，又「哈哈」地笑了起來：「我們的會面，十分難得！如果不是宇宙忽然神經病發作，我們怎麼有可能相會？要知道我們之間，足足相差了一百年！」

足足相差了一百年！

那就是說，革大鵬什麼都知道，他知道他自己回到了一百年之前。（在這裡，用「回到」這個動詞，實在是不十分妥切的，因爲他所在的地點不變，只不過時間卻倒流了，他實在沒有動過，但是除了「回到」這個動詞之外，又想不出別的詞句。）

他對自己的處境，知道得十分清楚，那麼，他又爲什麼不像法拉齊和格勒那樣，大驚失色？何以他還顯得如此高興呢？

我語音乾澀，勉強開了口，問道：「那你高興這樣？」

我也不知道何以我什麼都不問，會問出這樣一句話來的。人在極度的驚慌之中，講的話有時不免會可笑。但革大鵬卻得意地點了點頭。

我緩緩地道：「你……你和他們兩人不同。」

革大鵬道：「不錯，我和他們不同，你可知道，我們的飛行，對他們兩人來說，是一種榮耀，但對我來說，卻是一種懲罰！」

我一點也不明白他的意思，他揮著手，神情顯得相當激動：「我是一個最偉大的科學家，我要研究太陽，利用太陽中無窮無盡的能量來供我們使用，但是另一班昏庸的所謂科學家卻不准我去碰太陽，他們將我貶到火星上去建立基地，這對我來說，不是懲罰麼？」

我有點明白，即使過了一百年，科學已進步到了我們這一代人根本難以想像的地步，但是人性仍和如今一樣。

革大鵬自然是一個野心勃勃的人，我不信他所說的事情是那麼簡單，但是他不容於群，那卻是事實，而且我可以肯定他在那次向火星的飛行中弄了什麼把戲，要不然，也不會回到我們這一時代來。

我平靜地問他：「我明白了，你在飛行中玩了花樣，是不是？」

革大鵬走近幾步，俯身看我，目光炯炯：「是的，我準備了一套假的飛行儀表，使法拉齊和格勒兩個傻瓜，以為在向火星飛行，實際上，我們是在飛向太陽，我要堅持我的主張！」

我攤了攤手：「可是，那又是怎麼一回事，你們怎麼會忽然又……又回到了你們祖先的的時代來了呢？這不是你故意的麼？」

革大鵬呵呵地笑了起來：「我也不知道這是怎麼一回事，但是既來之則安之，你說是不是？」我在革大鵬得意的神態之中，突然感到了一陣異樣的恐懼。

這個人，他和法拉齊和格勒不同，他們兩人發現自己到了一百年之前，便面色蒼白，心情慌亂，然而革大鵬卻興高采烈。

那是爲了什麼？

答案實在簡單之極——因爲他在我們這個時代中，是一個真正的超人。

那情形，就像我忽然帶了一個坦克師團回到了一百年之前，有誰能抵擋得我？如今革大鵬一定想到了這一點！

一時之間，我不知該如何才好。革大鵬一直在笑著：「當突然之間，我發覺飛船又回到了地球的上空之際，我也不禁呆了一呆，還以爲他們在太陽的附近布下了障礙，不讓我去利用太陽的能量——」

當革大鵬又道：「我降低飛船，這才發現我的處境，那時，法拉齊和格勒兩人，因爲那一下突如其來的振盪，而還在昏迷狀態之中，我看到了那架古老的飛機，於是——」

我陡地跳了起來：「那架飛機，你將那架飛機怎樣了？你說，你將飛機上的人怎樣了？」

我雙手按在他的肩頭之上，他目光嚴厲地望著我：「坐下，聽我說！」

老實說，我是一個天不怕地不怕的人，革大鵬的目光，令得我不由自主地後退了一步，那並不是懾於他的目光，而是想到他是一個一百年之後的人，心中起了一種十分怪異而難以形容的感覺的結果。

但是，我立即又興起了一種可以說十分可笑的感覺：不錯，他是一百年之後的人，但是那有什麼了不起？算起來，我無論如何是他的祖先！

我重又踏前一步：「你將飛機上的人怎麼了？」

革大鵬又厲聲斥道：「坐下，你給我坐下！」

我冷冷地道：「革先生，你是一百年之後的人，怎能對老前輩這樣無禮！」

革大鵬怔了一怔，忽然「哈哈」笑了起來，他陡地揚起手，向我的臉上摑來。

我早已看出他不懷好意，不等他的手揚起，五指一翻，便向他的手腕抓去，那是「外擒拿法」中的一式「反刁金龍」，自然十拿九穩。

我五指一緊，已將他的手腕抓住。然而也就在我五指一緊之際，一陣觸電似的震動，傳入了我的體內，不但使我的五指彈了開來，而且令得我整個地彈了起來，跌在沙發中。

我這個「祖先」，終於坐了下來。

倒在沙發中，全身如同被麻醉了一樣，好一會，才勉強牽了牽身，革大鵬冷冷地道：「你肯坐下，那就好得多了。」

我翻著眼，一句話也講不出來。

革大鵬道：「飛機上的人都還在。」

他只講了一句話，我已經舒了一口氣。

革大鵬又道：「我使飛機在半空中停了下來，將機上的人全部接下，然後，使飛機的前一半，壓縮成一小塊，再令半隻飛機撞向一個小島。這是我初次示威，向你們這群老古董示威。」

我的耳際「嗡嗡嗡」作響，因為我的猜測，已經証實。

革大鵬道：「在飛船上，每個人都很合作，只有一個女子，卻給我麻煩，她叫白素。」

我再度跳了起來，狂吼道：「你將她怎麼了？你……你若是虐待了她，我絕不會放過你！」我的面色鐵青，聲音也變得出奇的尖銳。

白素的性格，我自然知道，革大鵬可以使任何人屈服（包括我在內），但是他若是想令得白素也屈服的話，那絕無可能。

那麼，他將白素怎樣了呢？我一想到這裡，自然而然，聲音就變得尖銳起來。

可惡的革大鵬卻只是望著我，並不出聲，我俯身前去，又待將他抓住，但是他卻冷冷地道：「小心些，高頻率的電波，會令你喪生！」

我想起了剛才抓住他的時候所起的那種如觸電也似的感覺，不由自主地縮回手來。

革大鵬奸笑了一下——一百年後，人類在科學上的進步，顯然已到了我們這一代人所無法想像的地步，但是人心卻依然一樣險惡，革大鵬的那種奸笑，令得我為之毛髮直豎。

他一面奸笑，一面道：「別緊張，她沒有什麼，我只不過給了她一點小小的懲戒。」

我聽到這裡，已經忍無可忍了。

但是我卻反而鎮定了下來，我坐了下來。我所坐的那張安樂椅，是我最常坐的一張，這幾年來的冒險生活，使我要應付各種各樣的不速之客，所以在這張椅子上，我也有一些小小的機關。

我的手伸到了椅墊之下，在椅墊的一個暗格中，握住了一柄手槍，然後，我陡地揚起手來，槍口對準了還在奸笑的革大鵬。

革大鵬在我舉槍對住了他之後，仍然在笑著，他反倒伸手向我手中的手槍指了指：「這是什麼，喔，這就是你們所謂致命的武器，是不是？」

我冷冷地道：「不錯，這武器在你來說，或者落伍，但不信你的身子能擋得起它的一擊，那就像我的身子，甚至不能擋得起羅馬時代的武器一樣。」

革大鵬向我笑了一下，忽然他的手臂振了一振，手又在胸口上按了一按，他的衣領突然向上伸起，形成一個半透明的頭罩。

而自他的衣領之中，也伸出兩個圓形的罩來，將他的雙手罩住。

透過半透明的頭罩，我依稀可以看到革大鵬的面上，現出十分得意的神情。

他的聲音，聽來仍是十分清楚：「我這套裝備，可以抵禦太空中流星群的襲擊，你若是不信我可以擋得起你手中那種古老的武器，你不妨試試。」老實說，本來我拔槍在手，並不想將他打死，因爲將他打死之後，我怎樣和白素會面呢？

我的目的，只是想他知道，他雖然來自科學已發展到如此驚人的一百年之後，但是仍不能橫行無忌。因爲武器總是武器，小刀子是幾千年之前的武器，直到如今一樣可以殺人！

可是我錯了。

我錯在未能正確地估計未來一百年科學進步的幅度！

試想，我們這時代的人，在太空飛行中，爲了防止流星群的襲擊，要將太空船的外殼，作複雜的加固處理，還不能確保安全。

然而革大鵬身上那一身看來和普通衣服一樣的衣服，和那樣的一個頭罩，便使得他可以防禦太空的流星群！

流星群襲擊的力量多麼驚人，手槍的子彈射上去只不過如同一塊紙片飄在他的身上而已！

我呆了半晌，手一鬆，「啪」地一聲，手槍落到了地上。革大鵬「格格」地笑著，踏前兩步，將手槍拾了起來，他的手上的那種半透明的套子，竟極其柔軟，絕不妨礙他雙手的行動，道：「這是你們慣用的武器麼，請你看看，它在我的身上，可以起什麼作用！」

革大鵬一講完，便扳動了槍機。

他連續不斷地扳著，一連七下，將槍中的子彈，完全射完。

七顆子彈，每一顆都射中了他的身子。子彈一射中他的身子，便發出刺耳的「滋」地一聲，化成了一團氣。那種白氣，給人以固體的感覺，那是金屬在極度的高熱，或是高壓之下所化成氣體。

最後一顆子彈，他是射在頭罩上的，我看到子彈嵌著不動，當然射不穿他的頭罩，然後，革大鵬用槍柄在頭罩上輕輕一敲，那粒子彈便落了下來，革大鵬伸手接住，向我丟來，嘲弄地道：「這是你們時代致命的武器。」

我木然地伸出手，按過了那枚子彈，可是我的手才一碰到那顆子彈，「滋」地一聲，便被烙去了層皮，子彈還是灼熱無比的！

我其實是應該料到這一點，才從槍膛中射出來的子彈，當然是灼熱的！

革大鵬冷笑著：「由於你和你的未婚妻都那樣不知死活，所以我有必要更好地介紹一下我自己，你同意麼？」

在那樣的情形之下，我實在連講話的餘地也沒有了。

革大鵬拍著他自己的心口：「我，革大鵬，是你們這個時代的人所絕不能抗拒的，你們這個時代最厲害的武器是氫彈，是核子武器。你們可想得到，有一種新的元素，是水星的中心部分來的，我們將它叫作『維納斯——十五』，這種元素如果發生核子分裂，你知道會有什麼樣的效果？」

我仍是不出聲。

革大鵬道：「它的效果加以控制，你剛才已經看到過了，那是一種地球上絕未曾出現過的高熱，在萬分之一秒內，產生高熱，可以令得任何物事，都化爲氣體。而如果用來製成武器，那麼，以月球爲基地，放射一次，便可以令得地球變成半個圓形——它的另一半溶掉了，成了宇宙塵。而地球在成了半圓形之後，由於相互引力的改變，半圓形的地球，將成爲一顆流星！」

革大鵬滔滔地嚷著，我絕不懷疑他所講的話的真實性，我只是無力地問道：「不見得這種武器你帶在身邊吧？」

革大鵬笑了起來：「當然不帶在身邊，那是一種巨大的裝置，而且實際上，人類是無法使用這種武器的，我剛才說以月球爲基地，你難道未曾聽出什麼破綻來麼？嗯？」

我腦中一片混亂，哪裡還顧得上去理會什麼他的話中的破綻，我只是搖了搖頭。

革大鵬得意地笑道：「當地球毀滅的時候，月球在突然之間消失了地球對它的引力，當然也要飛逸得不知去向了，除非有人想自殺，否則是無法毀滅地球的，因爲地球一毀滅，所有的天體，都要受到影響。」

革大鵬的話，令得我莫名其妙，我吞下了一口口水，道：「那麼，你講了半天『維納斯——

——十五』所製成的武器，目的是什麼？」

革大鵬道：「很快就要說到正題了，不能以任何星球作基地來使用這種武器，但是，以我的飛船——有著抵抗星際之間的萬有引力設備的飛船作基地，就可以使用這種武器。」

我厲聲道：「毀去了地球，對你有什麼好處？」

革大鵬聳了聳肩：「我當然不會將地球毀去，地球是我權力的根源，我只不過告訴你，我不可抗拒。」

我苦笑道：「你就算使我明白了這一點，我也看不出有什麼作用。」

革大鵬道：「我可以使你明白這一點，也就可以使每一個人明白這一點，讓我們再將話題回到你的未婚妻身上來，她所受到的懲戒，只不過是單獨囚禁，我不想我所擄獲的少數人中，居然有著對我不屈服的人，說服她，這是你的工作。我喜歡堅強的人，但是我不喜歡頑石，你明白了？」

我心中不禁高興了一下。

他要我去說服白素，那麼我自然可以和白素見面。和她分別了那麼久，使我更渴望見她，即使是俘虜，也在所不計了。

革大鵬的一切，我已經弄得很清楚了。

他是一個心理不正常的人，在他的時代中，也是一個被放逐的人。在他被放逐到火星的途中，想玩弄花樣，使飛船飛向太陽。可是在他飛向太陽的途中，突然發生了變化。

那是原因不明的一種變化，這個變化，令他未能飛近太陽，而又回到了地球的大氣層中。只不過在那個原因不明的變化中，一定產生了一種比光的進行還要快上許多許多倍的速度。所以，當革大鵬操縱的飛船，重回地球的大氣層之際，時間相差了一百年！

我相信，當革大鵬乍一發現這一點的時候，他一定也大吃一驚。

然而，革大鵬卻立即想到，在他的時代中，他的野心受到遏制，被放逐到火星去，然而在一百年前，卻沒有什麼可以阻攔他野心的發展。

革大鵬於是毀滅了那架飛機，擄走了機上的人員，下一步，他自然要向全世界宣佈他是人類的主宰。可是偏偏在他擄去的人中，有一個白素，白素絕不向他屈服，這令得他十分掃興，連幾十個人中，也有人不屈服，全世界三十億人，該有多少人不屈服呢？所以他必須使白素低頭。

這也是他爲什麼來找我的原因。

我略想了片刻：「好，將我帶到你的飛船上去。」

革大鵬點頭道：「是，我也要向你展示，我的飛船，實際上是一艘……嘿嘿，是一艘可以到達任何星球的堡壘！」

他突然一伸手，握住了我的手臂，將我拉向門口：「我按動飛行帶的掣鈕之後，巨大的噴射力，將會產生一個將我們兩人包住的氣囊，這個氣囊帶著我們以極高的速度上升，你或許不會習慣這樣的飛行，但卻是絕對安全，一點也不必害怕。」

他的話才一講完，突然之間，我的身子震了一下。

只不過是一震，沒有任何別的感覺。在一震之際，我本能閉了下眼睛，然後，我立即又睜開了眼來。

我可以保証，我閉上眼睛的時間，絕對不會超過十分之一秒。

但是就在這十分之一秒內，眼前的一切全都變了，看不到街道和其他的房子，只看到絮絮的白雲，因爲包圍著我們的氣囊的衝擊，而翻翻滾滾，四下散去。

我們向上升去的速度，快到了極點，然而卻一點也沒有逼迫的感覺。

革大鵬甚至還在和我講話：「你知道麼？我們如今上升的速度，是每秒鐘七點九公里，凡是達到這個速度的任何物體，包括人在內，都可以飛出地心吸引力。」

我當然也可以開口說話，但是我卻講不出什麼來。

突然之間，我看到了那艘飛船。

我的天啊！我一直以爲那艘飛船，是一艘圓形的，或是橢圓形的太空船，但如今我看到了它，我才知道我完全料錯了。

它是球形的，但是卻像多層停車場似的分好幾層，它的全部體積，像是一座球形的七八層高的大廈，在其中一層中，我看到有許多閃著亮光，好像眼睛一樣的物事。我們其實早已停下來了，但因爲眼前的奇景，我竟懵然不知！

革大鵬向前指了一指：「你看怎樣？」

我竟傻氣地問了一句：「那麼大的飛船中，只有你們三個人？」

革大鵬道：「足夠了，我們的時代，電腦代替了人的工作，要那麼多的人作什麼？電腦永遠不會有不一致的意見，可是人呢？只要有兩個人，就會有兩種不同的意見！」

他取出了一根金屬棒，在球形大飛船的中間部分，指了一指，一扇門無聲地打了開來，革大鵬伸手一推，我已到了那艘球形太空飛船的裡面了。

裡面的空氣，十分清新，令得人精神爲之一振，我一走進去，再轉過身，革大鵬卻已不見，而我走進來的那扇門，也已關上。

我連忙向前走了幾步，去查看那扇門，在我的面前，只是一整塊的灰白色的金屬，根本沒有門！

門，當然是有的，沒有門，我又是從什麼地方進來的？但是由於製作的工藝太精巧了，所以門縫便看不出來。然而，革大鵬又到什麼地方去了呢？

我正在猶豫著，身後已響起了革大鵬的聲音。

我陡地轉身，我面前一人也沒有，革大鵬顯然已到了另一個所在，而他的聲音，自然是通過傳音設備過來的了。

只聽得他發著奸笑，道：「你向前走，在你的右手邊通道處，第三扇門，門上有一個紅色的『3』字的，就是你要進去的房間。你不要亂闖，執行守衛責任的電子儀器，反應靈敏，絕不是你所對付得了的。你未婚妻在裡面，你可以見到她。」

我的心狂跳起來，連忙向前奔了過去，這艘龐大的球形飛船之中，不但空氣清新，而且處處光線都十分柔和。我奔到了革大鵬所說的房間前面，房門無聲無息地移去。房間中的陳設十分簡單，但也很舒適，我看到一個女子，背對著我，支頤而坐。

第五部：主宰世界的夢

我的心跳動得更加激烈，那是白素，我認得她一頭柔髮，認得她天下最美麗的背影（當然她也有最美麗的正影），我想說話，可是竟發不出聲音來，我只是向前騰雲駕霧似地跨了兩步。

我的腳步驚動了白素，她陡地站起，轉過身來。她的面上滿是怒容，她一定是以爲我是革大鵬，然而，她才一轉過身，怒容便消失了，她的面上，現出了極其迷惘的神色來。

她那種神色，使得她更具有夢幻一樣的美麗，我本來想大聲叫她的，但是我發出來的聲音卻低得僅可以聽得到，我低聲叫道：「是我，是我！」

白素面上迷惘的神情慢慢消失，她陡地向前撲來，我也突然向前迎去，我們擁在一起，誰也不說話，在我們的心中，都唯恐對方是個突然出現的幻影，而不是一個實體，唯恐這剎那間捕捉到的幻影，在另一瞬間便消失，是以我們盡可能用力地擁在一起，直到革大鵬的聲音，突然響了起來。

只聽得革大鵬冷冷地道：「好了，男女主角的戲，演得差不多了！」

我們倏地分開來，但是還是那麼貪婪地注視著對方。

革大鵬刺耳的聲音，仍然在室內響著，而且又似乎越講越是高聲，但是我和白素兩人，卻根本未曾覺得除了對方的聲音之外，還有別的聲音。

我在她眉梢上吻了一下：「慢慢說也不遲，我要知道得最詳細，每一個細節，而絕不是一個簡單的故事。」

白素微笑著：「我也是。」

我知道她說「我也是」是什麼意思，那是說，她也希望知道和我分別之後，我的一切事。我可講的也實在太多了。

我們分別了那麼久，雖然是在這樣的情形之下見面，積蓄了那麼久要講的話，還是像瀑布樣地倒瀉。我們爭著說話，也不理會對方是不是已經聽明白了自己所講的話，而且我們所講的話，其實也都是些沒有什麼意義的話，只是充分享受重逢的喜悅，所以才不斷說著。

這種情形持續了多久，我們自己也無法知道。直到室中突然響起了一陣難聽之極的聲音，令得我們體內的神經，因爲這種聲音，而產生抽搐性的震動，才不得不停下口來。

那種聲音只不過響了幾秒鐘，接著便又是革大鵬的聲音。直到這時候，我才注意到革大鵬的聲音，並不是由一個角落中傳來，而似乎就在我對面的空氣中發出來的——就像他人在我對面。

這當然是一種一百年後的新傳聲方法。

革大鵬的聲音，十分憤怒：「你們還有多少話要講？」

我和白素互望了一眼，我由衷地道：「如果可以講下去，至少再講一百年。」

革大鵬冷笑了起來：「別忘了我要你來這裡的目的。我不想第一批俘虜中便有人反抗！」

我又和白素互望了一眼，甚至不必講話，便會心微笑。我道：「我可以知道你一批俘虜的名單和他們的身份麼？」

革大鵬道：「那和你無關——」

可是他講了一句之後，忽然改變了主意：「好，除了機上人員、無足輕重的人外，機上有兩個阿拉伯油商，有兩個美國的情報人員，亞洲某國的國務大臣和他的侍從文武官，義大利著名的高音歌唱家，還有一個大名鼎鼎的人物，他是最近被敵對勢力轟下臺來的過氣將軍——但他還滿懷野心，最先瞭解到目前的處境，而向我宣誓效忠的就是他。」

我緩緩地道：「那麼，所有的人都已向你宣誓效忠，只有我未婚妻一人例外？」

革大鵬近乎咆哮地道：「是的，只有她一人。」

白素清脆的聲音響了起來：「本來只是我一人，但現在變成兩個人！」

我握住了她的手，昂然道：「正是。」

過了幾秒鐘，才聽得他發出一連串的冷笑聲來。

我連忙低聲道：「我們眼前的處境，你完全知道？」

白素的面色，略顯蒼白，她點頭道：「是，我完全知道，革大鵬和我說了。你也知道了？」

我點了點頭，正想再說什麼時，房門突然被打了開來，我看到了法拉齊。法拉齊的臉色，十分難看，他望了我一眼後，面上更有羞慚之色，立即低下頭去。

而他的身旁，則有著一架形同美容院中，女士們燙髮的大風筒差不多的儀器，在那半蛋形的罩子之下，有著許多儀表。

他推著這架儀器，走了進來之後，立時又匆匆退了出去，好像他是一個小偷，唯恐被我當場抓住一樣。他一退了出去之後，門也自動關上。

而那架儀器雖然在房內，絕沒有人去碰它，它卻自動行動起來，那蛋形的圓筒，揚了起來，向著我和白素兩人，我和白素兩人，不論逃向何方，它總是向著我們。

如果不是它有著自動追蹤人的能力，那麼一定是受著無線電的控制。

過了片刻，我們不再躲避，白素冷冷地道：「這算是什麼玩意兒？」

革大鵬的聲音道：「這是我可以採用的唯一辦法。」

我沈聲道：「那是什麼意思？」

革大鵬道：「你們兩人拒絕對我效忠，對我的尊嚴是一個重大的打擊！」

我和白素盯著那具儀器，沒有法子知道那是什麼。

它的體積雖然不大，結構之複雜，卻使人眼花繚亂，難以明白它的真正用途。

革大鵬的聲音十分狂，在我們的面前，他有著超時代的優越，他正處處在表現這種優越感：「在我們的時代，星際飛行已經十分普通，別的星球中往往會有生物，不論是高級的或低級的生物，發現了之後，都要將他們帶回地球去研究。」

我冷笑道：「你和我們講這些，又有什麼作用？我們並不懂這些。」

革大鵬道：「聽下去，你就會懂了。將別的星球的生物帶回地球，必須先製成標本，但是要活的標本，這具儀器，就是活標本製作儀，你們是聰明人，想必一定聽明白了？」

我和白素互望了眼，事情已很明顯了。

所謂「活的標本」，當然是生命猶存，但是卻絕沒有思考能力的東西，那也就是說，這具儀器，有著破壞人或一切生物思想細胞的能力。

我們都沒有出聲。

但革大鵬一定通過什麼設備，可以看到我們臉上的情形的，他哈哈地笑了起來：「你們明白了？不錯，由這具儀器放射出來的極強烈的放射性射線，可以使一切生物，停止生長，喪失思想，只是維持原狀，但生命卻延續著，可以說是長生不老。」

我吸了一口氣：「你要將我們變成這樣的人？」

革大鵬道：「正是，如果你們竟不服從我，不向我效忠。」

我望了白素一眼，白素也望著我，在那樣的情形之下，沒有任何辦法可想。然而，也就在那一剎間，我的心中突然一亮，白素顯然也想到了同一問題，因爲我看到她斜眼望向那具儀器。

我在剎那之間所想到的辦法，可以說有極其簡單的——將那具儀器毀去！

在飛船中，不見得有許多具這樣的儀器，而將這具儀器毀去之後，不但我們可以暫免於難，也可以使這樣可怕的事情不致於發生。

而凡是精密的儀器，都容易破壞，我們兩人同時想到這一個辦法，白素的行動，比我更快，她在斜眼向那具儀器一看之間，陡地抓起了一隻銅製的裝飾品，向那具儀器拋了過去。

那裝飾品砸在幾個儀器之上——看來是這具儀器最脆弱的部分。

但是這具儀器卻一動也不動！

革大鵬的笑聲，卻接著響了起來：「你們太天真了，自從在天狼星的旁邊一顆小行星中，發現了一種生存在強酸中的怪人，而那種強酸又將我們的一艘太空船完全腐蝕之後，我們已經發明了幾乎在任何力量下都難以摧毀的材料！」

我略想了一想，昂然走到了那具儀器之前，挺身而立：「好吧，將我們變成活標本，別忘記，這對你來說是失敗，証明你不能征服全世界，我不覺得統治一大群不會思想的人，有什麼樂趣。」

白素見我向前走去，連忙也站在我的身邊。

革大鵬不再出聲，我們反倒連聲催促他，但是他的聲音仍未見傳來。

那是一股極其難堪的沈默，因爲我們不知道革大鵬究竟想對我們怎樣。

這具儀器，毫無疑問可以接受遠程控制，說不定只要他手指一動，一按下鈕掣，我們兩人，便變成了活標本，這使人不寒而慄。

我冷靜地說：「你知道你是怎麼回到一百年之前的麼？」革大鵬氣呼呼地道：「當然知道，機器記錄了一種空前的宇宙震盪的震波，每一個震幅突然突破時間一百年！」

我吃了一驚：「那又怎樣？」

革大鵬道：「哼，那就是我爲什麼會回到一百年之前的原因，飛船在飛向太陽途中，恰好墜入這種宇宙期性震盪的震源之中，一個震幅，便將我們的飛船，送回了一百年，也就是我們的飛船，以和光的前進相反方向，忽然加速了光速的一百倍，所以我們就來了，如果我能夠控制這種震盪的話，那麼我可以回到一千年之前，兩千年之前去。」

白素道：「可是你不能控制這種震盪，你甚至回不了家，逼得要在我們這個時代，做一個不屬於我們這個時代的可憐蟲！」

白素的話剛一講完，房間的門，突然打開了，革大鵬衝了進來。

他滿面怒容，站在我們的面前，大聲道：「誰說我喜歡回去？」

革大鵬這樣聲勢洶洶，不再通過傳聲設備與我們交談，而要親自現身，這使得我和白素兩人，立即明白了一點，革大鵬雖然口中所說著不願回去，似乎願意在我們這時代稱王稱霸，但是實際上，他的內心十分軟弱。這可憐的統治者，他一定在懷念屬於他自己的時代，和法拉齊與格勒兩人一樣。

我和白素靜靜地望著他，革大鵬仍在咆哮著：「我要留在一九六四年，要作為你們二十世紀的主宰！」

白素嘆了一口氣：「即使一切全照你的計畫實現，你仍然寂寞，我相信你的狂熱過去了之後，你一定會渴望被放逐到火星去，因為雖然是一個被放逐的人，在火星上，你仍然可以呼吸到你那一個時代的空氣。」

革大鵬的臉色變得十分難看，但是他卻不再吼叫，狠狠地瞪著我們，然後一聲不出，轉身走了出去，房門又自動關上。

我們的話，已說入了革大鵬的心坎之中，但是能不能使他心動，卻不知道。

我們等著。我被帶到這球形的太空船中，已經有一小時了。

我們無法走出這間房間，又不知道革大鵬究竟要怎樣，心中自然焦急，白素索性向我講起她為了一件十分異特的事情，而深入亞洲最神秘地區的經過來。由於她的經過太以曲折動人，因此我竟不覺得時間在不知不覺中，又過了幾小時。

（這個經過，記在題為「天外金球」的故事中。）

正在白素講得最緊張的時候，房門打開，格勒站在房門口，向我們不好意思地笑了笑：「兩位，請去用餐。」

我懷疑地問道：「什麼意思？」

格勒的神情十分忸怩，他連聲道：「沒有別的意思，領航員請你們進餐，他在和你們交談之後，一直呆坐著，直到五分鐘前，才通知你們和他一同進餐，他還請了遜裏將軍。」

遜裏將軍，就是那個被政敵逐出國來的獨裁者，革大鵬請了他，又請我們，這是爲什麼呢？我們也不多問，只是跟著格勒，走出了這間房間，向前走去。

經過了一條走廊，自動樓梯將我們送高了幾層，然後進入一個陳設華麗的餐廳，一個肥胖、神情可厭的中年人，對著革大鵬，高談闊論。

他揮著手，叫嚷道：「先從我們的國家著手，就可以統治整個中南美洲，然後，你進逼北美洲，只要美國一投降，越過白令海峽，再使蘇聯人向你低頭，那麼，你已經成爲世界的主宰了。」

我和白素在他的對面坐了下來，我們甚至絕不理睬他，讓他去自覺沒趣。我向革大鵬道：「我想你不只是請我們吃飯那樣簡單吧。」他不再討論問題，只是請我們進餐，由輸送帶送來極醇的酒，和鮮嫩的牛肉，以及似乎剛摘下來的蔬菜。遜裏將軍仍不斷在鼓動著革大鵬，但革大鵬卻不客氣地阻止他發言。

吃完了飯，遜裏被請了出去，革大鵬望了我和白素半晌，突然道：「我要回去。」

我心中大大地鬆了一口氣，一百年之後的人，究竟和我們這個時代的人不同，野心，鬥不過他的良知，這是人類真正的進步！因爲在我們這個時代，人類的良知，在思想中似乎是占最低地位的。革大鵬講得出「我要回去」這句話來，那証明他的確是一百年之後的人。

我平靜地點了點頭：「這是你最應該走的路。」

革大鵬扭著手指：「可是我卻無法捕捉宇宙震盪，事實上我回不去。本來我絕未曾想到要回去，可是你們卻……卻提醒了我，使我知道我不可能成功。」

我和白素兩人，喜悅地互望了一眼。

革大鵬瞪著我們：「知道是在哪一點上使我放棄了原來的主意？」

我並不知道是哪幾句話打動了他的心。

革大鵬無可奈何地道：「我是一百年後的人，讀過歷史，在一九六四年及以後的年代，歷史記載中，從未提到過有一個叫革大鵬的統治者，這証明我沒有成功的可能，因爲如果我成功的話，歷史必會記載，對不對？」

革大鵬的話，引起了我思緒的混亂。

因爲革大鵬的話十分怪誕，怪誕到了聽來令人一時之間不適應的程度。

革大鵬是一個一百年之後的人，他若是能在一九六四年左右成爲世界霸主的話，那麼，在他一懂事起，他就可以知道這件事，因爲在他懂事的時候，已是二〇三幾年左右的事情了。

革大鵬從這個簡單的道理上明白了他不可能成功，這實是幸事。

白素的臉上，也展開了笑容：「幸而到如今爲止，你只不過毀去了一架飛機，你還是將我們全送回地面上去吧。」

革大鵬嘆了一口氣：「那麼我——我是說我們三個人，怎麼樣呢？」

我道：「你們也可以降落，然後再設法回到你們的時代中去。」

革大鵬焦急地踱著步：「我們是在飛向太陽中突然回來，我決定再飛向太陽，看看是不是還能遇上那種宇宙震盪。」

我心中暗暗覺得革大鵬的做法十分不妥，因爲就算他又遇上了宇宙震盪，他也有兩種可能：一是到達二〇六四年，還有一個可能，則是再倒退一百年，到達一八六四年去！

但我卻沒有將我的隱憂講出來。我只是道：「去試試也好。」

革大鵬向門口走去：「兩位願意在這艘飛船上作我的助手？」

這實在是一個非常富於誘惑性的建議。

試想，一個人如果能夠回到一百年前，或是到達一百年後的世界中，這是如何刺激的事？但這卻要有一個前提：能保証可以回到自己的年代中去，要不然就未免太「刺激」了！

所以，我和白素兩人，立即齊聲道：「不，我們還是留在自己時代的好。」

革大鵬苦笑了一下：「是的，我自身難保，還要邀你們同行，那未免太可笑，但有一點可以保証：即使我們不幸到了洪荒時代，飛船的燃料和食物也足夠我們渡過一生。」

他一面說著，一面已走出了門口。也就在這時，前面忽然傳來了「砰」地一聲響，我們立時抬頭向前面看去，只見一個人從走廊的轉角處，直跌了出來。

那人重重地摔在地上，肩頭先著地，發出了「卡」的一聲，顯然他的肩骨已然碎裂。

革大鵬面色一變：「格勒，怎樣一回事？」

格勒慌張之極：「出了意外……我把所有的人送回逃生裝置，發射到地球去，他們會安全到達，而且……在震盪之中，忘記這一段經歷！」

革大鵬臉色難看：「什麼意外？」

法拉齊也走了過來：「不知道，飛船像是失去了控制……或者是由一種不可測的力量……控制著在飛行。」

革大鵬失聲：「宇宙神秘震盪！」

法拉齊還沒有回答，我們便聽到了革大鵬的聲音，在主導室的門口，響了起來，道：「如今飛船不知道在什麼地方了！」

格勒連忙問道：「不知道？你的意思是——」

他還沒有講完，革大鵬便突然咆哮起來：「不知道就是不知道，飛船在什麼地方，完全不知道!你們看,飛船外的太空,只是一片陰而黑的藍色,我從來也未曾見過!」

的確,透過一個圓窗向外看去,外面是一片一望無際的深藍色。

我們都呆了半晌,試想想,我們迷失了,不是迷失在沙漠,也不是迷失在深山,而是迷失在無邊無涯,無窮無盡的太空之中!

我們之中誰也不說話,過了許久,我才道:「飛船還在正常飛行,這或者表示情形還好?」

革大鵬卻粗暴地道:「你怎樣知道飛船是在飛行?不錯,它在前進,但是它可能是在接受某一個星球的引力,正向那個星球移近!」

我對革大鵬的粗暴,並不見怪,只是道:「我們總得想個辦法,是不是?」

革大鵬急急向外走,我們立即跟在後,到了飛船的主導室,革大鵬頹然地坐了下來,雙手捧著頭,一動也不動。白素走到了他的身邊,柔聲道:「革先生,如今的情形——」

革大鵬道:「我們所有的儀表都壞了,我們根本不知道飛船在什麼地方。」

革大鵬來到了電腦之旁,找到了一個如同汽車駕駛盤似的控制盤,用力地扭著那個控制盤,只聽得主導室的頂上,響起「錚錚」的聲音,一片一片的金屬片移了開去,我們眼前突然一黑。

燈光(主導室中所有的燈,全是冷光燈,是靠一個永久性固定的電源來發光的)雖然還亮著，卻是出奇的黑暗。

第六部：迷失在太空中

在屋頂上，有十尺見方的一塊玻璃（我假設它是玻璃），因為那是透明的固體。在玻璃之外，則是一片深沈無比的黑暗，那種黑暗是一種十分奇妙的黑暗，它不是黑色，而是極深極深的深藍色。

那情形就像是飛船之外，是一塊無邊無涯，碩大無比的深藍色的冷凍！從外面深藍色的空際中，我們也看不出飛船究竟是靜止還是在移動。

我和白素兩人，只是呆呆地望著外面，連革大鵬已經來到了我們的身後都不知道，直到他喃喃地道：「我從來未曾看到過這樣的空際，從來沒有！」

連革大鵬這個一百年之後地球上著名的星際航行家，他都未曾看到過那樣的空際，我們又怎能知道如今身在何處？

革大鵬呆了片刻：「我們一定已遠離太陽系，遠離一切星系了，你們看，我們眼前只有空際，竟什麼也沒有，什麼也沒有。」

我們只覺得身子發涼，這難以想像：遠離一切星系，那是在什麼地方呢？我慢慢地回過頭去看革大鵬，只見他面上神色，一片迷惘。

連他都如此迷惘，我想去探索這個答案，不是太不自量力了麼？因為在星際航行和太空方面，他的知識超越我萬倍以上！

我們無話可說，革大鵬揮手向外面走去，道：「我們除了等著，沒有辦法可想。反正我們的食物充足，可以維持許多年！」

我將他的去路阻住：「除了這個辦法之外，沒有別的辦法了？」

革大鵬道：「你總不能要我去推這艘飛船！」

我並不想和他吵架，是以我只是沈住了氣：「你想想看，你是地球上二十一世紀中最偉大的星際航行家！」

革大鵬的氣燄、怒意頓時消失，他以近乎哭泣的聲音道：「是，我是星際航行家，但是——」他指了指頂上深藍色的空際，又道：「你看到星麼？連一顆十九等星也沒有，我們不知是在什麼地方，我們可能已到了從來沒有人到過，也從來沒有人敢想像的，永無止境的外太空！」

我和白素失聲道：「外太空？那是什麼地方？」

革大鵬搖頭道：「不知道，外太空是人類知識的極限，不要說你們，連我們也不知道空際究竟有多麼大，在極遠極遠的地方，究竟有些什麼，那簡直無法想像的。」

白素的聲音，在我們這些人中，算是最鎮定的：「所有的儀表全損壞了，不能修麼？」

在我們這幾個人的心中，只存在著「儀表損壞了」這個概念，卻全然未曾想到儀表損壞了，是可以將它們修復的！

那是我們為突如其來的變故，弄得太以驚惶的緣故，還是白素鎮定，她首先提出了這個問題來。

革大鵬的精神，為之一振，向法拉齊和格勒兩人，望了一眼，我忙道：「有可能麼？」

革大鵬點頭道：「我想有十天的時間，我們大約可以修復幾個主要的儀表，先將我們在什麼地方測定出來，我們的天文圖還在，我想這沒有問題。當然，我們先要檢查動力系統——」

白素興奮地道：「那我們還等什麼？還不快些動手？」

白素的興奮，迅速地感染給了我們，革大鵬道：「當然，我們先要穿好防止輻射的衣服，你們兩個，多少也可幫點手，是不是？」

白素道：「當然，遞遞工具總是行的。」

革大鵬怔了怔，隨即笑道：「你的話，我幾乎聽不懂，我們做任何工作，工具只有一種，那便是光線控制、聲波控制器，除此之外，沒有第二種了，來！你們先跟我來，我們去檢查動力系統。」

我走在最後，當我踏出主導室之際，我又抬頭向深藍色無邊無涯的空際看了一眼，心中暗忖：我們五個人——兩批不同時代的人，是不是能夠穿越這片空際呢？

我只希望我們可以越過這無邊無涯的空際，我甚至並不奢望著回到地球去，只希望再讓我們看到有星球的天空，那我就會很滿足。

出了主導室，在革大鵬的帶領下，我們用升降機下降了三層，進了一間房間，每人都穿上了厚厚的防輻射的衣服。

然後，革大鵬和法拉齊兩人，合力旋開了一扇圓形的鋼門。

那種鋼門一旋了開來，一種暗紅色的光線，立時籠罩住整個房子。革大鵬首先走了進去，我和白素兩人，戰戰兢兢地跟在後面。

我們首先看到的，是一排閃耀著奇怪顏色的晶體，要確切地形容這一排晶體很困難，大致上，它像是如今一些自動照相機的所謂「電眼」——半導體測光表的感光板。

那些晶體上的顏色，極盡變幻之能事，但每隔上一個時間，必定出現暗紅色。

在防止輻射的衣服中，有著無線電傳話設備，每一個人講的話，其餘人都可以聽得到。我聽到革大鵬發出了一下十分高興的呼叫聲。

我和白素同聲問道：「怎麼樣，情形還好？」

革大鵬大點其頭——其實他在點頭，我們是看不到的，因爲防止輻射線的衣服，有一個很大的頭罩，人頭罩在罩中，只從兩片玻璃之中，看得到一雙眼睛，這時我們看到革大鵬的一雙眼睛在不斷地上下移動，所以便猜他是在點頭。

革大鵬道：「不算壞，震盪使得一部分輸送動力的線路毀去了，但另有一些卻只被擾亂，相信經過整理，可以恢復。」

法拉齊補充了一句：「動力輸送恢復之後，希望有一些儀表可以工作，因爲動力系統本身，並沒有受到多大的破壞。」

我和白素兩人，也不由自主地發出了一下歡呼聲，但是，我和白素兩人卻只能旁觀，無法插手。

因爲他們使用的工具，我們從來也沒有見過。而且，所謂「動力輸送線路」，也絕不是我們所習慣見到的電線類的物質，它們只是一股一股，發出各種顏色的光束，我看到革大鵬以另一柄可以放射各種光束的手槍也似的工具，去刺激那一團像是被貓抓亂的線團一樣的光束。然後，光束漸漸被拉直了——事後，我才知道這是依據物質分子光譜反應而產生相互感應的動力輸送方法，我只能知道這一些，因我的腦子，是無法接受超越我生存的時代遠達一百年的事物的。

我和白素兩人，只是好奇的東張西望，和焦切地等待。過了一會，革大鵬打開了一具通話器，對之講了一句話。

在通話器上的螢光屏上，立時出現了一些曲折的波紋。革大鵬興奮地道：「主導室的電視系統，有一小部分可用了，你們兩人回到主導室去，接受我的命令，試驗電視功能的恢復程度。」

我和白素兩人，當然樂於接受這個命令。我們退了出來，除下了防止輻射的衣服，然後手拉著手，奔進了電梯之中。

在電梯中，我和白素，不由自主，不約而同地緊緊地擁抱著對方。

我們兩人分手已經這麼多時候了，直到此際，才有單獨相處的機會，雖然身在何處，吉凶如何，我們還不知道，但這時候，我們都覺得一切全不重要，重要的是：我們在一起，我們終於又在一起了。電梯早就到達主導室所在的那一層了，可是我們卻還不知道。

直到電梯中竟突如其來地傳來了革大鵬的聲音：「兩位可以開始工作了？」

我和白素紅著臉，向著一枝電視攝像管也似的裝置笑了一下，一起到了主導室中。我們立即看到幾架電視機的螢光屏上，都閃耀著十分凌亂的線條。在革大鵬的指示之下，我們調節了一下，一共有五架電視機在正常工作。

可是在這五架電視機的畫面上，卻只是一片深藍，一片無邊無際的深藍。

我通過傳聲設備，將這種情形向在動力室的革大鵬作了報告，我卻聽不到革大鵬的回答，只聽得他們三人，一齊嘆了一口氣，又過了好久，才聽得革大鵬道：「我們來了，你們等著。」

沒有多久，革大鵬等三人，便已經回到了主導室中，他們三個人的神氣，都十分沮喪，我看出情形十分不對，但是我卻不知道不對在什麼地方。

呆了好久，革大鵬才指著一具電視：「你們看到了沒有？」

我又向那電視看了一眼，道：「看到了，沒有什麼不同，仍是深藍色的一片。」

革大鵬苦笑了一下：「不錯，沒有什麼不同，這具電視的攝像管，是光波遠程攝像設備，你所看到的情形，是距離十光年之外的情形。」

我和白素兩人的面色，陡地一變，齊聲道：「你是說——」講了三個字，白素便停了下來，我則繼續道：「你的意思是，即使有光的速度，再飛十年，我們的四周仍然是深藍色的一片？」

革大鵬點了點頭：「最簡單的解釋，就是這樣。」

法拉齊雙手抱著手，用力地搖著，好像那根本不是他自己的腦袋。而他一面搖，一面還呻吟地道：「這裡是什麼所在，是什麼所在啊！」

革大鵬勉強站了起來，又去撥動了一些鈕掣，有幾十枚指針，不斷地震動著，許久，才停了下來。

革大鵬轉過頭來，面上現出十分奇怪的神色來：「大氣層，這深藍色的竟是和地球大氣層成份差不多的氣層，有氧、氮、也有少量的其他氣體，人可以在這氣層中生存。」

我苦笑道：「如果我們找到一個星球，那我們或者可以成爲這個星球的第一批移民了。」

革大鵬道：「如果在這裡附近有星球的話，那麼這個星球一定和地球十分近似，我們的確可以成為星球上的居民，可惜這裡沒有。」

格勒忽然道：「領航員，也未必見得沒有，電視的光波攝像管轉動不靈，它所拍攝的只是前面一個方向，或者在別的方向，可能有星體呢？照動力室中儀表來看，我們以極高的速度在飛行，那是超越我們的動力設備的速度，有星體的引力，才會有這樣的情形出現。」

革大鵬苦笑了一下：「但願如此。」

他又去試用其他的掣鈕，又過了片刻，他再度頹然坐了下來：「我們還是沒有法子知道在什麼——」

他一句話沒有講完，便陡地呆住了。

不但是他呆住了，連我們也全呆住了！

在其中一架電視機深藍色的畫面上，突然出現了發亮的一團。

不但在電視畫面上可以看到這一團，連我們抬頭向上通過主導室透明的穹頂，我們也可以看到那灼亮的一團，那一團亮光，無疑是一個星體。

它所發出的的光芒，並不強烈，帶著柔和的淺藍色，而且還起著棱角，看來異常美麗。

它懸浮在深藍色的空際之中，似乎正在等待著我們的降臨，革大鵬又忙了起來，五分鐘之後，他宣佈：那是一個星體，我們飛船的速度，越接近那星體，便越是增加，自然是這個星體吸引力所致。

照加速的比例來看，根據計算，再過七十一小時零十五分，我們的飛船，便會撞上這個星體的表面。

本來，我們是早就應該發現這個星體的，但因為大部分的儀器都損壞了，所以直到在離它只有將近三日的路程時方始發現。

有了這個變化以後，我們暫時除了等候降落在那個星體上之外，已沒有別的事情可做了。革大鵬等三人，仍然積極地去修理可能修理的一切，我和白素則負責察看那越來越接近的星體。那星體越來越美麗，它似乎整個都是那種悅目的淺藍色。

而我們離它更近之後，它的光線似乎反而漸漸暗淡，有時，我們向之注視的久了，一時眼花，幾乎在深藍色的空際中找不到它了。四十八小時之後，我們已經清楚地可以看到那星體的形狀了。那是一個星球，因為它呈圓球形。而在它的周圍，有看來很調和的淺藍色雲狀物包圍著，它真正的面貌，我們還不得而知。

至於上面是不是有人，那我們更是沒有法子預知了，這時我們的心情十分矛盾。我們希望在這個星球上有和「人」類似的高級生物，並且希望能和「他們」通話與打交道；但我們又怕真有「人」的話，「人們」又未必會對我們友善。

不論我們如何想法，飛船越來越快地向那個星球接近，革大鵬的計算十分正確，七十多小時之後，飛船進入了「雲層」——淺藍色的煙霧——之中。

飛船越是接近這個星球，速度便越快，可想而知，若是撞上了星球的時候，一定會有極其猛烈的震盪，我們不能不預作準備。我們來到了飛船正中的一間房間之中。

這間房間的四周圍，全都有最好的避震設備，房間的四壁、天花板、地板，全是一種類似海綿一樣的塑膠，人即使大力撞上去也不會覺得疼痛。

在那間避震的房間中，我們等待著最後一刻的到臨。五個人之中，誰也不講話，靜得出奇。

革大鵬一直看著他腕間的手錶，突然，他的聲音衝破了寂靜：「還有三分鐘，飛船就要著陸了，雙手抱頭，身子捲曲，避免震傷。」

他自己首先抱住了頭，將身子縮成了一團，蹲在地上，我們每一個人都學他的樣子，將身縮成了那樣一團，看來似乎十分可笑，但卻的確能夠在劇烈的震盪降臨之際，易於保護自己。

那三分鐘是最難捱的時刻，因爲究竟在飛船撞到了星球之後，會出現什麼樣的情形，我們完全不知道，我們等於是在接受判決的罪犯一樣。

然而，那一秒鐘終於來臨了。我先看到格勒和法拉齊兩人，突然向上跳了起來，他們的身子仍縮成一團，但是他們卻突如其來地向上跳了起來。

我正想喝問他們之際，革大鵬和白素也向上彈了起來，接著，便是我自己了。

一股極強的力道，將我彈得向上升起，使我的背部重重地撞在天花板上，固然天花板是十分柔軟的塑膠，我也被撞得幾乎閉過氣去。

一撞之下，我又立即跌了下來，跌下來之後，我們五個人，簡直就像是放在碗中，被人在猛烈地搖晃著的五粒骰子一樣，四面八方地撞著。

我們不知道這種情形是什麼時候停止的。

因為當這種情形，持續到了五分鐘左右之際，我們五個人都昏了過去。

我是五個人中，最先恢復知覺的人，我有一種感覺，彷彿是我在盪秋千，盪得十分高，接著，我伸手抓著，想抓住什麼東西來穩定我動盪的身子。

但是，我立即發現，我的身子已經穩定，已經不動了，不需要再抓什麼東西。

我睜開眼來，首先看到革大鵬和格勒兩人，以一種奇怪的扭曲，在避震室的一個角中，而白素在另一個角落，她的手正在緩緩地動著，法拉齊扎手扎腳地躺在室中央。

我掙扎著站了起來，叫道：「素，素！」

白素睜開眼，抬起頭來，她面上一片惘然的神色：「我在哪裡？我在哪裡？」

白素的話令得我發笑，但是我卻實在一點也笑不出來。我跌跌撞撞地向前走去。雖然這時飛船已經一動也不動，但是我走起路來，還像吃醉了酒。當我來到了白素身邊的時候，白素拉著我的手，站了起來，可是盡管我們兩人靠在一起，還是站立不穩，而不得不靠住了牆。

等到我們兩人，漸漸又可以平衡我們的身子的時候，革大鵬、法拉齊和格勒三人，也相繼睜開了眼睛，法拉齊哭喪著臉：「我還活著麼？我還活著麼？」

革大鵬苦笑一下：「我們五個人，總算還在，我們總算熬過來了。」

格勒應了一句：「在前面等著我們的，又是什麼危機呢？」

革大鵬霍地站了起來：「我們要去看，而不是呆在這裡想！」

也直到這時，我們四個人才注意到，房間的門，變成打橫的了。

房門當然是不會變更的，由於這間避震室，上下四面全是柔軟的塑膠，而且室中又沒有任何陳設，所以很難分清哪一幅是天花板，哪一幅是地板，而我們剛一醒來的時候，又是誰都未曾注意到那扇門。

直到此際，革大鵬要開門出去，我們才發現門打橫了，那也就是說，飛船撞了星球之後，是打橫停住的，整個飛船橫了過來。

我忙道：「那也不要緊，我們還是可以爬出去的。」

革大鵬站在門口，面色灰白的，轉過頭向我望了一眼：「飛船雖然是球形，但卻經過特殊設計，應該向下的永遠向下，絕不應該打側。」我無法再說什麼，因爲我對這艘飛船的構造，一無所知，我只有發問的份兒，我道：「那麼，如今它打橫了，那是爲了什麼？」

革大鵬道：「我估計可能是由於飛船接觸星球之際的撞擊力太大，使它陷進了什麼固體之內，所以它便不能維持正常的位置！」

法拉齊又驚呼了起來，他叫道：「如果飛船整個陷進了固體之中——」

他叫了一聲，又手緊緊地捧住了頭。

我們四個人，乍一聽到法拉齊這樣叫法，都想斥他大驚小怪，但是我們隨即想到，法拉齊的顧慮，大有可能正是我們如今的實在處境！

飛船以極大的衝力，向這個星球撞來，深陷入了星球之中，這不是大有可能之事嗎？這也正好解釋了為什麼飛船會打橫地固定著不動一事。

革大鵬不再說什麼，打開了門，向外走去。飛船的氧氣供應，壓力設備等等，全是由船中心封固得最完美的部分供應的，不論在什麼樣的情形下，都不會損壞，所以我們仍然能夠在飛船中生存。當革大鵬向外走去的時候，他雙足不是踏在走廊的地板上，而是踏在左側的牆上。

第七部：流落「異星」

我們跟在革大鵬的後面，魚貫地走出了避震室，革大鵬沿著樓梯的欄杆，吃力地向上爬著，飛船突然側倒，這就像是本來生活在一幢大廈中的人，而那座大廈忽然「睡」了下來一樣，就算穩穩地站著，也頭昏眼花。好不容易到了主導室中，居然還有一架電視繼續工作著。

螢光屏上，除了漆黑而偶然帶著閃光的一片外，看不到別的情形。

我們如今在電視螢光屏上所看到的情形，當然不可能是那個星球表面上的情形，因爲我們在躲進「避震室」之前的時候，離那個星球已十分接近，遠程電視攝像管已攝得那星球的表面是一片蔚藍色，而不是這樣有著一點一點閃光的黑色。

那種帶有閃光的黑色，看來像是什麼礦物（它也有點像地球上的煤，但是卻更像鎢礦石），那麼，我們的飛船，陷在一塊什麼礦物的中心？革大鵬向電視注視了好一會，又撥動了一些鈕掣，但是所有的儀表，顯然再次損壞。他又用力絞動著那個絞盤，令得主導室的頂上，又變得透明。

我們轉頭向右望去，那種帶有閃光的烏金物體，就壓在我們的身子旁邊，我們直接看到了這種物體，給人的震動更是巨大，那一點又一點的閃光，在剎那之間，竟使人誤會是幾萬隻妖怪的眼睛。

革大鵬首先出聲，他伸手放在法拉齊的肩上：「給你料中了，我們的確陷在這個星球之中。」法拉齊忙道：「那怎麼辦呢？」

白素道：「我們應該可以出得去的，就算飛船陷得再深，必然造成一個深洞，順著這個深洞，我們是可以到達地面上的。」

革大鵬緩緩地點了點頭：「不錯，從理論上來說是這樣的，但這個深洞在什麼地方，是不是我們開門出去就可以到達呢？」

白素勉強笑了一下：「我想，深洞此際應該在我們的頭頂上。」

她一面說，一面伸手向上指了一指。

白素這時候這樣說法，當然是由於一種直覺，但是想起來，似乎也正應該如此——只要這個星球也和地球一樣，具有地心吸力，那麼，我們自高空撞下，陷入地上，豈不是那個被飛船撞出來的深洞，正應該在我們的頭頂之上麼？

而此際，我們伸手指向頭頂，實際上是指著飛船的側旁，因為飛船側倒了。

革大鵬想了一想，發命令道：「準備氧氣面罩，應用武器和個人飛行帶。如果有那個應該存在的深洞，那我們就可以出飛船去。」

法拉齊和格勒兩人，忙碌了一會，使得我們每一個人都配上了壓縮氧氣（壓縮氧氣給我們這一時代人的概念是兩隻大鋼罐，但是如今，我們的壓縮氧氣卻是密封的固體氧，只不過如一瓶啤酒大小，再加上靈巧的呼吸罩而已），當我和白素繫上個人飛行帶的時候，革大鵬簡略地告訴我們它的使用法。

我們也各分配到一柄「槍」，是發射光束的，和我們想像中的死光槍差不多。

然後，我們走出了主導室——在牆上走，到了走廊的一端，格勒和革大鵬兩人，合力地絞動著一隻大絞盤，一扇門，慢慢地向旁移動。

那扇門本來是應該在我們前面的，但因為飛船倒側的關係，門變得在我們的頭頂了。門才移開了半尺許，一陣黑色小塊的礦物，便像雨一樣地落了下來，那些礦物，黑色而帶有閃光，我們緊貼牆站著，落下的礦物，足有兩三噸之多，沿著走廊直落下去，將走廊的另一端塞得滿滿的。

約莫過了五分鐘，我們看到了柔和的藍色光芒，自打開的門中射了進來。

革大鵬和格勒繼續絞動著門掣，門越開越大，有些零碎的礦物落下來，但數量不多。

等到門全部被打開之後，我們每個人都可以看到，我們是在一個深坑之中。那個坑有多深，一時難以估計，但是在坑頂上，卻是一片柔和的藍色光芒。

我迫不及待地首先發動飛行帶，人立時向上飛起，不多久，四周圍便不再是那種黑色帶有閃光的礦物，而是一種淺黃色的，較為鬆軟的固體，類似地球的泥土層。

再向上，便是藍色的東西——藍色的程度不同，有的深，有的淺，有的是寶藍色，有的是暗藍色，但卻全是藍色的。

飛行帶向上飛行的速度相當快，但也足足過了三分鐘，我們才出了那個大坑。

眼前呈現著一片碧藍，乍一看，以爲我們是在大海之中。但是我們立即看出了不是海，而是陸地，但當我們落下來，腳踏到了那藍色的事物之際，我們知道那的確是海——冰凍的海。我們是站立在冰塊上，而且，觸目所及，幾乎全是那種藍色的冰！

那或者不是冰，只是像冰的東西，但我們無法確定。

我們五個人在坑邊上，一動也不動，只是怔怔地向前看著，看著那麼一望無際的蔚藍的冰，和頭頂之上蔚藍色的天。

這個星球和地球的確相當接近——至少它天空的顏色像是地球，但是它卻只是一片藍色，絕沒有白色的雲彩點綴其間。

四周圍一片死寂，我們聽不到任何的聲音。

這個星球的表面上，除了冰之外，便再也沒有別的東西，就算在坑邊上，我們向坑下望去，冰層也有二十尺厚，那樣晶瑩而藍色，使人時時以爲那是藍色的玉。

一時之間，我們五個人實在想不出什麼話來說好，只是呆呆地站著。

至少過了十分鐘，我們才聽得革大鵬的聲音：「這個星球的表面，充滿了一種奇異的輻射線，我所佩帶的袖珍輻射線探測儀測到了這一點。這種輻射……我想對生物是有害的。」

我忙道：「那麼我們呢？」革大鵬道：「我們不要緊，飛行帶的小噴氣孔，自然噴出許多股急驟的氣流，將我們的身子，包裹在『氣幕』之中，這種輻射線並不能侵襲我們，我只是十分奇怪，十分奇怪……」

他一面說，一面小心翼翼地在冰上，向前走出了幾步。我聽出他的聲音之中，充滿了迷惘和疑惑，像是不知道有一個什麼樣難以解釋的問題，盤踞在他的腦中，使他困惑。

我跟在他的後面，也向前慢慢地走去。

人踏在那種藍色的冰上面，和踏在地球冰上的感覺是一樣的。

那種堅硬的、半透明的固體十分滑，隨時可以將人滑倒的。而白素則已在深坑的邊緣上，敲下了一小塊冰來。她戴著一種我不知是什麼纖維織成的手套，手掌心托住了那一小塊冰，在柔和的、藍色的光芒照耀之下，像是她托住了一塊藍寶石！

而那塊「藍寶石」則在漸漸地縮小，而從白素的指縫之中，則滴下一滴一滴藍色液體，那藍色的液體，在到了冰層上面之後，又凝成了冰珠了。

白素驚訝地叫道：「冰，這真的是冰，它會溶化成水，它和地球上的冰一樣，這星球上的物質同樣地具有三態的變化！」

革大鵬陡地轉過身來，他突然一聲高叫，同時，粗暴地向白素衝了過去，猛地一抬手，向白素的手臂上擊去，叫道：「拋開它！」

白素揚起眉來：「革先生，什麼事情令得你如此激動？」

革大鵬向白素的雙手看了一會：「幸而你帶著隔絕一切輻射的手套，剛才我不是說過了嗎？在這裡的空氣中，充滿了有危險的輻射，而這二十尺厚度的冰層中，含有危險的輻射更多，它簡直是一個厚度的輻射層，你明白了？」

白素略帶歉意地笑了笑：「我明白了。」

我立即道：「你是說，這個星球上，絕對沒有生物？」

革大鵬猶豫了一下：「照我看來是這樣，因為我們所知的生物，都是無法在這樣情形之下生長的，這裡的輻射線，破壞一切生物的原始組織——細胞！」

革大鵬講了那幾句話之後，停了片刻，才又道：「但這也是很難說的，或許竟然有的生物，可以在輻射線下生存，而且需要輻射，正如同我們需要氧氣一樣！」

革大鵬是比我和白素先進百年的人，人類文化越是進步，自然也會產生更多的想像，革大鵬這樣說法，我也並不引以為奇。

革大鵬又慢慢地向前走去，低著頭，直到走出了十來步，才道：「奇怪得很，實在奇怪得很，我想不出其中的由來。」

我聽得他說「奇怪」，這已經不是第一次了。

我忍不住道：「你究竟有什麼想不通的問題？」

革大鵬伸手向前一指，不論他這一指，是指向多遠，我循他所指看去，只是看到那種藍色的冰。

革大鵬道：「在這裡，充滿了輻射塵，這種輻射塵，應該在一次極巨大的核爆炸中才會產生，如果是自然產生的話，那麼，這個星球表面的溫度，應該是幾千萬度，像我們的太陽表面一樣，那才能不斷地產生自然的物體核子爆炸，但這裡卻全是冰層！」

我呆了半晌：「這個星球上應該有極具智慧的高級生物？他們高級到了已經能夠控制核爆炸？」

革大鵬點頭：「理論上來說，應該那樣，可是，那種高級生物呢？在什麼地方？」

的確，高級生物在什麼地方呢？我們放眼看去除了冰之外，什麼也沒有。

白素也跟在我們的身後：「或許這個星球上真有高級生物，只不過我們未曾遇到他們，你想想，如果有人從別的星球來，降落在南極或北極，怎能想像地球上有那麼多人？」

白素的話，也不無道理，但是即使是在地球的南極或北極，總也有生氣，而不是這樣充滿了死氣！

革大鵬停了下來：「我要回飛船，我可以利用一些裝置，做成一隻在冰上可以以極高速滑行的冰船，再準備些糧食，那就可以開始『探險』！」

我點頭道：「的確需要這樣，至少應該要明白，究竟在什麼星球上！」

革大鵬聳肩道：「希望如此！」

他招了招手，叫法拉齊和格勒一齊跟著他，三人開動了飛行帶，向上飛起來，來到了那個深坑的上面，又落了下去。

在落下去之際，革大鵬大聲道：「你們不妨四周圍看看，但是切勿飛得太遠。」

我回答道：「知道了，你們大約需要多少時間？」

革大鵬人已經落下那個大坑了，他的聲音則傳了上來：「約莫四小時。」

我又答應了一聲，轉過身來，和白素極其自然地握住了手，互望了片刻，白素忽然道：「噢，我多麼希望如今是在地球上！」

我則勉強笑著，道：「如今有我和你在一起，你還不願意麼？」

白素的身子向我靠來，低聲道：「我不是這個意思，我的意思是——唉，我實在難以形容！」

我點頭道：「我明白，我們如今在什麼地方竟完全不知道，這使得我們的心中茫然無依，幸而我是和你在一起，要不然在如今的情形之下，我實在是不知道怎樣才好了。」

白素喃喃地道：「我也是。」

我們兩人又呆了片刻，才開動了飛行帶，我們將高度維持在十呎高下，向前迅速地飛了出去。飛行帶的速度十分快，但是因爲速度太快，迎面而來的逆風，使得我們十分不舒服，是以飛出沒有多遠，我們兩個人都不約而同地停了下來。

當我們落地之後，我們同時看到那東西。

那東西，是這個星球的表面上唯一不是藍色的物事，它是一銀色的圓桿，約莫直徑一寸，露在冰層之外的一截，大約有一尺長短。

這樣的一根金屬棍子，可以說無論如何不會是天然的東西，也可以說，它也絕不是沒有高度工業水準而能生產出來的東西。

白素立即踏前一步，俯下身來，雙手握住了那根棍子，用力地搖動著。

隨著她的搖動，那棍子旁邊的冰層，漸漸地裂開來，她再用力一拔，將那根棍子整個拔了出來。

那是一根金屬棍，這是毫無疑問的，但是它卻又輕得出奇。

它總共有五尺左右長短，一頭比較細一些，頂端全是橢圓形的，十分光滑。

在那比較粗的一端，有兩行文字刻著，那兩行文字，絕對是英文字——一定的，我們絕不是牽強附會，那的的確確是我們熟知的英文字。

但是，那兩行文字，總共十二個草字，是什麼意思，我們卻看不懂。

當然，這根棍子是作什麼用的，我們也完全不知道。

我們兩人，仔細地察看著這根金屬棍，心中感到十分亂，這個星球上是有「人」的，從這根金屬棍子來看，那應該毫無疑問的！

或者，在若干時候之前，有「人」到達過這個星球。我又想起了革大鵬的話來，他說這個星球上的輻射塵，絕不是天然產生，而是由一場人工控制的大規模爆炸所產生的。

那麼，這根金屬棍子，是不是就是造成這場核子爆炸的人所留下來的呢？

我和白素互相望著，我們誰也不說話，因爲我們的心中都充滿了疑問。

我讓白素抓住了那根金屬棍子，我們再向前走去，希望有別的發現。

可是我們足足走了兩小時左右，除了那種奇異的藍色的冰塊之外，什麼也沒有看到。我們不敢走太遠，又慢慢地折了回來。

等我們往回走，還未曾到達那個我們飛船陷落的大坑邊上之際，突然聽到一陣異樣的嗡嗡聲。

那種聲音，在靜寂無比的境界之中，聽來更是刺耳之極。

我們陡地吃了一驚，一齊抬頭循聲看去，只見一艘異樣的小飛船，樣子就像是一隻橢圓形的橡皮浮艇，但上半部卻是透明。

它離地十呎左右，帶著那種奇異的嗡嗡聲，尾部的排氣管，則噴出兩道美麗的血也似的氣，向我們迅速飛了過來。

那小飛艇才一映入我們的眼簾，我們便看到，小飛艇的駕駛者正是革大鵬，而飛艇中的其餘兩人，則是法拉齊和格勒。

飛艇恰在我們的面前，停了下來，透明物體的穹頂，自動掀開，革大鵬道：「快進來，我們大約用三天的時間，便可以環繞這個星球一周了。」

我向飛艇內部看去，內部足可以十分舒服地容下五個人。可是我卻不立即跨向飛艇內部，我只是轉頭望向白素，白素卻明白了我的意思，她將手中的那根金屬棍遞了過去。

革大鵬奇道：「什麼意思？」

白素道：「是我們找到的，我們發現它的時候，它一大半陷在冰中，你看看這究竟是什麼東西，這是什麼人用的東西？」

革大鵬的面色，變了一變，他接過那根金屬棒來，第一個動作，便是以手指輕輕地扣上一扣。

這動作是我和白素在仔細察看金屬棒時所未曾做過的，他之所以如此做法，可能是對那金屬棒究竟有什麼用處，早已知道了。

在他指頭輕扣之下，金屬棒發出了奇異的金屬回音。

革大鵬抬起頭來：「這是一根靈敏度極高的天線，它裡面大約有一千個以上超小型的半導體兩極管，我想，這本來是我們飛船之外的設置，被星球的引力吸來的。」

革大鵬的解釋，使得這件事的神秘性一下子便消失了，但我卻還覺得事有蹊蹺。

我又向那金屬棒一指：「棒的一端有文字，你看到了沒有？」

革大鵬漫不經心地舉起金屬棒來。

可是，當他的眼睛，一接觸到棒端所鐫刻的那文字之後，他整個人都呆住了。

我忙道：「怎麼樣？」

我看到法拉齊和格勒兩人，也湊過頭去看。

他們兩人的面色，也變得十分難看。

足足過了一分鐘之久，革大鵬才抬起頭來：「這不是我們飛船上的東西。」

我和白素呆了一呆。我問道：「為什麼忽然之間，你又如此肯定了？」

革大鵬的手指，慢慢地在那一行文字之上撫過，道：「我當然可以肯定——」他抬頭來，道：「組成這文字的字母，想來你也認識的？」

我點頭道：「我自然認識，在我們這個時代，稱這種字母為英國文字的字母。」

革大鵬點道：「這應該稱之拉丁字母，在我們這個時代中，它幾乎已變成世界各地拼音文字的主要部分了，可是這行字，我卻只能個別地認出他們的字母來，而不知道這行字是什麼意思。」

我呆了半晌，道：「你……看不懂？」

我們五個人都默默無聲。

革大鵬又翻來覆去地看那根金屬棒，他一面看，一面喃喃地道：「但是我卻可以知道這是什麼東西，製造這東西的人，一定比我們能幹，你看，他們可將稀有金屬鑄得這樣天衣無縫！」

法拉齊嚷道：「老天，這個星球果然有人，我們的飛艇會不會在環繞星球的飛行途中給他們擊下來？」

法拉齊老是那樣杞人憂天，這實在是非常可笑的。格勒比他鎮定得多：「這星球上有『人』的話，那怎麼還會有這麼一片冰原？」

白素道：「那麼，地球的南北極呢？」

格勒笑了起來：「白小姐，南北極端是冰雪，那只是你們這一時代的事情，在我們這個時代中，從赤道到南北極，乘坐巨大的洲際火箭，只不過是兩三小時的航程，在南極和北極，都有利用天然冰雕的迷宮，供遊客賞玩。革大鵬說製造這半導體兩極管的人，工業水準在我們之上，那麼——」

他講到這裡，攤了攤手。

他不必再講下去，意思也已經十分明瞭，那便是：「那麼，他們怎麼會讓他們的星球，這樣荒蕪呢？」

我忙道：「照你說，這星球沒有人，這棒又從何而來？」

格勒顯然難以回答這個問題。革大鵬抬起頭來：「不必爭了，我們飛艇的速度雖然不快，但是三天之內，足可以環繞這個星球一周，是不是有人，自然可見分曉。」

我和白素上了小飛船，透明的穹頂落下來，飛艇突然向前飛去，轉眼之間，就到了我和白素發現那根金屬棒的地方。

革大鵬將飛船停了下來，他問明我們那金屬棒落的所在，然後按下了一個掣，自飛艇的旁邊，伸出了一個旋轉十分快的鑽頭來，轉眼之間，便在冰層上鑽了一個大洞。

碎冰塊翻翻滾滾，湧了上來，突然之間，只聽得法拉齊叫了一聲！

在翻騰而起的蔚藍色的冰塊之中，有件黑色的物事，也突然翻了起來。

革大鵬連忙停止了鑽頭的動作，回頭道：「格勒，你下去看看，那是什麼東西！」

透明穹頂升起，格勒跳出了飛艇，他提回了一隻黑色的箱子，箱子上有著許多儀表和指針，來到了飛艇附近，革大鵬將那約一尺見方的黑色箱子，翻來覆去地看了一會，突然很熟練地抽下了一片金屬蓋，箱子的一面，現出了一幅螢光屏來。

我失聲道：「這是一具電視機！」

革大鵬近乎粗暴地說：「可以這樣講。」

我已經熟知革大鵬的為人，我知道若是他心中有什麼難以解答的疑問的話，那麼他對人講話，也會變得不耐煩起來。

所以我不去理會他，他倒反而不好意思地望了我一眼，取過了那根金屬棒，插在「電視機」上。

革大鵬早就說過那金屬棒是特製的天線，如今果然証明他的推斷正確，因爲那的確是這具電視機的一根接收天線！

第八部：一座古墳

跟著，革大鵬又小心地撥弄「電視機」上的許多按鈕，有兩盞小紅燈，居然亮了起來，機內也發出了低微的「螢螢」聲。不會，便開始出現了一絲一絲閃動的光線。

革大鵬終於停了下來，他放下了那具電視機，又手捧著頭，呆了好一會，才道：「我肯定這個星球，有比我們更高級的生物來過。」

我們都不出聲，革大鵬望著冰上，已被鑽出的一個徑達三尺的圓坑，突然躍出了飛艇，到了那個小坑的邊上，向下看了一會。

等他再直起身子來時，在柔和的藍色的光芒照映之下，他面上的神色，青得可怕。而更可怕的是他張口結舌的情形！

我是四個人之中第一個跳出飛艇，便立即向他發問的人，我尖聲道：「你看到了什麼？」

我本來是一面問，一面向前奔了出去的。

可是我才奔了一步，便陡地停住了。

我之所以停住了，是因爲革大鵬的一句話，革大鵬指著那個坑，講話的神態像是夢遊患者一樣，他道：「他在裡面。」

我明白「他在裡面」這四個字的意思，這也是爲什麼我要突然停下來的原因。因爲剛才，革大鵬還在說「我肯定有人到過這星球」，接著他便講「他在裡面」，那當然是說，到過星球的人，正在這個坑裡面！

那個人是什麼樣的「人」呢？我們稱他為「人」，但「他」可能完全沒有人的形狀，「他」或者像八爪魚，或者像一蓬草，甚至可以像一堆液汁，一個多邊形的怪物，我的心頭怦怦亂跳，一時之間，竟沒有勇氣再向前跨出一步去。

白素在我的身後叫：「老天，他……他是什麼樣的？」革大鵬低下頭，望著那個小坑。我等待著他說出那人最可怕的樣子來。

但是革大鵬卻道：「他和我們完全一樣。」

我大大地鬆了一口氣，繼續向前走了過去，來到坑口，向下望去，看到了那個「人」。那個人的身子微微地縮著，在淺藍色的冰層之中凍結著。

看他的情形，就有點像琥珀中的昆蟲一樣，人在冰中，可是他的頭髮、眉毛，我都可以看得清清楚楚。他雙手作捧著什麼東西之狀，而他雙手的距離，大約是一呎左右。

這使我肯定，他在臨死之前（他當然死了），捧著那具電視機，他可能是捧著電視機，微彎著身子在看著，突然之間，身子被冰層凍住了。

他神情平靜，是一個三十出頭的男子，棕髮，身上穿著一件灰色的，類似工作服也似的制服，左腕之上，還帶著一隻手錶。

這完全是一個地球人，可以說，這完全是和我們一樣的地球人！

這時候，白素等三人，也已站在坑邊上，我們並沒有花了多少功夫，就將那個人從冰層上拉了上來。

因爲那人身上面的冰層十分薄，剛才若不是革大鵬看到了那具電視機而立即停止了鑽頭的話，一定將那個人的身子弄得稀爛了。

那人的高度，大約是五呎九寸，他的肌肉僵硬，但由於嚴寒的緣故，色澤卻未變。我們想掀開他的眼皮，卻未能成功。

革大鵬跳進了那個坑中，希望發現更多的東西，我則在那個人的身上搜尋著，看看可有什麼足以証明那個人身份的文件。

那人身上的冰層，隨著我翻動著的身子，而簌簌地落了下來。空氣溫度，仍然是在冰點以下，所以冰層落在冰上，也並不溶化，而那人的身子，也十分僵硬，我拉開他的衣服的時候，衣服竟因爲結了冰的關係，變得脆而硬，斷了開來。

我找遍了那人的口袋，並沒有發現別的什麼，只不過發現了那一份類似工作証件的東西。說這東西「類似工作証件」，是因爲這一張卡片，約有兩寸寬，四寸長，上面又有著一張小小的相片（正是那個死人），還有一些表格，上面也塡著一些文字，那完全像是一張工作証。

然而，在這張卡紙上的字，我卻一個也不認得，所以我也不能肯定它是工作証。

除了這張卡紙以外，沒有別的發現。

而這個人，看來的的確確是地球人。

但，如果他是一個地球人的話，他是怎麼會在這裡的！？他被凍死在這裡已經有多久了？他是怎麼來的？爲什麼他只是一個人……

這樣的疑問，我可以一口氣提出好幾十個來，但是卻一個也難以解答。

革大鵬在那個坑中又找了一回，顯然沒有新的發現，他抬起頭來問我：「怎麼樣，你有什麼發現？」

我肯定地道：「這是一個地球人，一定是的。」

白素帶著懷疑的眼光望著我：「那麼，他是怎麼來的，你何以如此肯定？」

我攤了攤手：「你看，你能說他不是地球人麼？他不是地球人，難道是這個星球的人？」

革大鵬走了上來，我們五個人，仔細地研究了那個被凍僵了的人的一切，只差沒有將他解剖了開來，我們都認爲他是一個地球人，雖然這樣的論斷，要帶來許多難以解釋的疑問。

但即使我們肯定了他是地球人，也沒有用處，對我們企圖瞭解這個星球的願望，毫無幫助。

我們只好仍然將他放在冰上，又登上了飛艇，去繼續察看這個星球。

這時候，我們五個人都不講話，我想我們心中的感覺都是相同的。

當我們在無邊無際的太空中飛行的時候，我們都希望可以遇到一個星球。當我們發現了這個星球的時候，我們都十分高興，即使我們發現這個星球的表面，除了藍色的冰層之外，幾乎沒有別的什麼，我們也一樣高興。

但如今，我們卻在這個星球上發現了一個人，這個人死了，而他在死前，又是握著一隻電視接收機在工作著，這個人我們都認爲他是地球人！

這一來，我們的心情變得十分異樣，被一團謎一樣的氣氛所籠罩，心中充滿疑問。這使我們連講話的興致也提不起。

飛艇一直在向前飛著，離冰層並不高，我們向前看去，除了那種藍色的冰層外，什麼也沒有，足足飛了三小時，格勒才首先開口：「我看這星球上，只有他一個人。」

革大鵬道：「或許是，但即使是一個人，他也一定有什麼工具飛來的，他乘的飛船呢？在什麼地方？怎麼會不見呢？」

我道；「你不是說，在這個星球上，發生過一場極大的核子爆炸嗎？會不會——」

革大鵬不等我講完，就接了上去：「會不會一切全被毀去了？」

我點了點頭，因爲我正是這個意思。

革大鵬不再出聲，他將飛艇的速度提得更高，冰層在我們的身下飛也似一樣的移動。而這個星球上，似乎是沒有黑夜，也沒有白天，它永遠在那種朦朧的、柔和藍色光芒的籠罩之下。我們飛艇已飛行了十二個小時了，我們所看到的，仍然是一片藍色的冰層。

革大鵬將駕駛的工作交給了格勒，他自己則在座位上閉目養神。

我和白素，早已假寐了幾個小時，革大鵬雖然閉著眼睛，可是他的眼皮卻跳動著，所以我知道他並未曾睡著，我正想問他一些問題時，便看到了那個隆起物。

那個隆起物高約二十呎，是平整的冰層之上唯一的隆起。

如果只是一個冰丘，那我們四個人還是不會叫起來的，我們的飛艇迅即在那個隆起的上面掠過，就在掠過的那一瞬間，我們都看到，在約莫一呎厚的透明的淺藍色的冰層之下，是一堆石塊，那一堆石塊的形狀很像是一個墳墓，因為那一瞥的時間實在太短了，所以我們也不能肯定那究竟是什麼。

飛艇立時倒退停下，我們一起出來，來到那隆起物前。

然後，我們都看清，那的確是一座墳墓，那是一座中國式的墳墓，整齊的石塊，砌成半圓形的球體，在墓前有一塊石碑，石碑斷了一半。

在那斷去的一半上，透過冰層，可以清楚地看到碑上所刻的字。

字，是中國字，我們所能看到的，是「雲之墓」三個字，當然，上面本來可能還有兩個字，或是三個字，如「X公X雲之墓」那樣。

看到了這樣的一座墳墓，我們都呆住了。

我們準備在這個星球上發現一切怪異的事物，無論是八隻腳、十六隻腳，甚至有一千隻、一萬隻腳的怪人，我們都不會驚異。因爲我們是飛越了如此遙遠的太空而來到這裡的。在一個陌生的地方，當然要有發現怪物的思想準備。

然而我們此際發現的卻並不是什麼怪物，而是一座墳墓——一座中國式的墳墓。對我和白素來說，這更是司空見慣的東西，然而，當最普通的東西，出現在這裡的時候，我們幾個人，卻都被唬呆了。

因爲這幾乎是不可能的事！

任何會動的東西，都有可能在這裡被發現，甚至一具死人，我們也不感到意外，因爲死人總是先活過的，在他活的時候，總可以移動的。

盡管如何移動，如何會來到這星球之上，那是一個謎，但總還有一點道理可講，然而，一座墳墓——由石塊砌成的墳墓，一座中國式的石墓，會被發現在這個星球上，實在太不可思議。

好一會，我們五人之中，才有人出聲，那是法拉齊，他以一種異樣的聲音叫道：「這是怎麼一回事，這……究竟是什麼？」

革大鵬粗暴而不耐煩地道：「這是一座墳墓，你難道看不出來麼？」

法拉齊道：「我……當然看得出，可是它……它……」他的話還未曾說完，便又被革大鵬打斷話頭：「快回飛艇，將聲波震盪器取來。」

法拉齊走出了一步，但是卻又猶豫道：「你……你是要將這墳墓弄開來？」

革大鵬道：「當然是。」

法拉齊想說什麼，又沒有說，急步向飛艇奔了過去。他甚至慌亂間忘記了使用「個人飛行帶」，以致在冰上滑跌了好幾跤，才到飛艇之上。不到兩分鐘，他便提著一隻箱子，飛了回來。

在法拉齊離開的兩分鐘內，我們四個人都不說話，革大鵬伸手接過了那隻箱子，打開了蓋子，轉動了幾個鈕掣，又揮手令我們走開。

我們退後了幾碼，只聽得那箱子發出一種輕微的「嗡嗡」聲，看不見的聲波向石墓傳出，石墓上約有一呎厚的冰層開始碎裂、下落。

前後只不過一轉眼功夫，冰層已落得乾乾淨淨，白素首先向前走去，我也跟在後面，這時，我們已可以伸手觸及那石墓，那絕不是幻覺，我們所摸到的，的確是一座用青石塊砌成的墳。

我將手按在斷碑上，轉過頭來，道：「革先生，這件事你有什麼概念？」革大鵬大聲回答：「沒有！」他隨即又狠狠地反問我：「你有？」

我不想和他爭吵，只是作了一個手勢，以緩和他的情緒，同時道：「或者有一個叫作什麼雲的中國人來到這星球上，卻死在這裡，而由他的同伴將他葬在這裡了？」

我自己對自己的解釋，本就沒有什麼信心，而革大鵬聽完之後，又「哈哈」大笑了起來，這更令我感到十分狼狽，革大鵬笑了半晌之後，才道：「你的想像力太豐富了！」

白素道：「如果不是那樣，還有什麼別的解釋呢？」

革大鵬道：「你們退後，等到高頻率的聲波使得石塊分離，我們看到了墳墓內部的情形後，或者就可以有結論。」

我拉了拉白素，我們又向後退去。

革大鵬繼續擺弄他的「聲波震盪器」，沒有多久，我們便聽得石塊發出「軋軋」的聲音，墓頂的石塊首先向兩旁裂了開來，這時候，我的心中竟產生了一種十分滑稽的感覺，像是我正在看「梁山伯與祝英台」中的「爆墳」這一場！

石塊一塊一塊地跌了下來，當然，墳中沒有「梁山伯」走了出來，也沒有「祝英台」撲進去，我們只是全神貫注地注視著。

石塊被弄開之後，我們看到了鋪著青石板的地穴，在青石板下面應該是棺木了，革大鵬是離石墓最近的人，他向青石板上看了一眼，面色就整個地變了，只見他呆如木雞地站著，目光停在青石板上。

我急步向前走去，一看到青石板上的字，我也呆住了，青石板上刻著「過公一雲安寢於此」幾個字。這一行字，還不足以令我震驚，最令人吃驚的是在這一行字的旁邊，還有一行字，比較小些，乃是「大清光緒二十四年，孝子……」

下面的字，突然跳動了起來，那當然不是刻在石板上的字真的會跳動，而是看到了「大清光緒二十四年」這幾個字，我已經感到天旋地轉了！

大清光緒二十四年，一個姓過，名一雲的人死了，他的兒子爲他造了墓，立了碑，使他安眠於地下，但這座墳墓，卻在我們乘坐飛船，在經過了如此遼闊的太空之後才到達的一個星球之上出現！

我感到幾乎跌倒——如果不是白素及時來到我的背後，將我扶住的話，我一定早跌倒了。但是，當白素看到青石板上的那一行字之際，她反而要我扶住她，才能免於跌倒了。

格勒和法拉齊兩人，顯然並不知道在他們那個時代，已和我們看甲骨文差不多的中國文字，是以並不知我們二人驚惶的原因。

他們連聲地問著，我只回答了他們一句話，便也使他們面上發白了。

我說的是：「根據青石板上所刻的記載，墓中的人，死在西元一八九九年，同年下葬，這座墓也是在那時候築成的。」法拉齊的面上，甚至成了青綠色。

革大鵬抬起頭來，道：「你還以爲他是死在這個星球上的麼？你敢說在一八九九年，人便可以超越太空，來到這個星球上了麼？」

我搖頭道：「當然不，可是，這究竟是怎麼一回事呢？」——最後這句話，是我們四個人一起提出來的。

革大鵬的面色，沈重到了極點，他背負著雙手，來回地踱著步，一聲不出，只是在冰上團團地轉著圈，我們都耐著性子等著他，只見他踱了十來分鐘，陡地停了下來。他停下來之後，面上的肉在抖動著，以致他的聲音在發顫，道：「除非是……那樣。」

我們一齊回道：「怎樣？」

他揚起手來，指著墳墓，他的手指在發抖。我認識革大鵬以來，第一次看到他那樣子，我也難以說出他究竟是害怕，還是激動。

我們只是望著他，並不再問。

他深深吸了一口氣：「我們一看到了那座墳墓，第一個想到的印像，第一個發生的疑問是什麼？」

白素道：「第一個疑問當然是：它是怎麼會在這個星球上的。」

革大鵬點頭道：「是了，所以我們第二個疑問，便是它是怎麼來的；第三個疑問便是：什麼人將這座墳墓搬到這個星球來呢？這樣一個疑問接著一個疑問，我們便永遠找不到答案了——除非根本推翻這些疑問。」

我們都不明白革大鵬的意思，自然也沒有插言的餘地，我們等著他發言。

革大鵬苦笑了一下：「根本推翻這些疑問，我們應該把它當作一件最平凡的事情來看，朋友們，如果你們在中國的鄉間，發現了這樣的一座墳墓，你們會不會心中產生疑問，問它是爲何會在這裡的？」

我有些悻然，因爲革大鵬未免將問題岔得太遠了，我就道：「當然不會，這樣的石墓，在中國的鄉間，實在太多。」

革大鵬攤了攤手：「是啊，那爲什麼我們現在要覺得奇怪呢？」

白素一定是首先明白革大鵬這句話中那種駭人的含意的人，因此她立即緊緊地握住了我的手臂，並且發出了一下低叫。

我失聲叫道：「不！」

我只能叫出這一個字來，因爲叫出了這一個字之後，我便覺得手腳發麻，舌頭僵硬，再也講不出一個字來，只是望革大鵬。

格勒和法拉齊兩人卻還不明白，他們齊聲問道：「什麼意思？」

革大鵬不出聲，我和白素兩人，則根本是出不了聲，所以並沒有人回答他們兩人的問題。他們兩人，互望了一眼。

接著，格勒也明白了，他的面色變了，他的身子在發顫，盡管他生活在比我和白素遲一百年的世界上，可是當他意會到了革大鵬的話中含意以後，他的反應，也和我們一樣。

他指著革大鵬道：「你……你是說……這座墳……不，不會那樣的？」

革大鵬卻無情地道：「不是那樣，又是怎樣？」

格勒無話可說，革大鵬大聲道：「這座墳根本沒有動過，它築好的時候在這裡，一直到現在，仍然是在它原來的地方。」

法拉齊也明白了，他只是可笑地搖著頭。

革大鵬一字一頓：「我們如今，不是在什麼新發現的星球上，而是在我們出生、我們長大的地球上，我們回家了！」

他那一句「我們回家了」，聲音嘶啞而淒酸，聽了之後，令得人陡地一沈，像是沈下了一個無比的深淵，再難上升一樣。

而他自己，雙腿也是不住地發抖。法拉齊呻吟著，道：「我們在地球上？我們的地球……是這樣的麼？月亮呢？滿天的星星呢？山脈和河流，城市和鄉村，在哪裡？在哪裡？」

他一面叫，一面甚至可笑地用手去刨地上的冰層，像是可以在冰層下找到月亮、星星、山脈、河流、城市、鄉村一樣。

而更可笑的是，他那種神經質的舉動，竟也傳染給了我們，若不是革大鵬陡然之間大喝了一聲的話，只怕我們都要和他一樣了。

革大鵬竭力使自己的聲音鎮定，道：「我的推斷，你們都同意？」

白素首先回答：「你的推斷，還難以令人信服，如果我們是在地球上，爲什麼什麼都沒有了呢？又爲什麼這座墳墓還在呢？」

革大鵬沈聲道：「一場巨大無比的核子爆炸，毀去了一切，使得地球上原有的一切，都變得不存在，高山化成溶岩，城市成了劫灰，這場爆炸，甚至影響了地球的運行軌道，使得地球脫出了軌道，脫出了太陽系，甚至遠離了銀河系，來到了外太空，成爲孤零零的一個星球！」

他喘了一口氣，又繼續道：「而這個墓，和我們發現的那個人，卻因爲某種還不知道的原因，被幸運地保存了下來，整個地球上，這樣被幸運保存下來的東西，當然還有，我相信還可以找得到的。」

白素側著頭，問道：「那麼，你所說的核子爆炸，是在什麼時候發生的呢？」

革大鵬攤開了雙手，道：「不知道，小姐，我和你相差了一百年，但是我們的飛船，由於遇上了宇宙神奇的震盪，巨大的震幅將我們帶回了一百年，而我們的飛船在飛行中，又曾遇到過劇烈的震盪，又怎知我們在這次劇烈的震盪之中，不是被帶前了幾百年，甚至是幾千年，幾萬年？」

我們又靜默了好一會，我才苦笑了一下：「照你說來，我們如今是在地球上，但是卻是在未來的地球上？不知多少年以後的地球？」

革大鵬點頭道：「是，我的意思正是這樣，如果我是歷史學家的話，我一定將這地球的末日定名爲後冰河時期——」

他講到這裡，突然怪笑了起來，道：「地球上一切生物都毀滅了，還有誰研究歷史呢？」

我苦笑了一下，道：「你們的時代中，已沒有了國與國的界限，在這樣情形下，還會有戰爭？」

革大鵬冷然道：「我沒有說是戰爭毀了地球，而說是一場核子爆炸，可能核子爆炸發生在別的星球，譬如說太陽忽然炸了開來，那麼九大行星自然都毀滅了，太陽爆炸可能是自然發生的，也可能是人爲的——」

他講到這裡，面上突然現出了一種極度懊悔和痛苦的神情來。

我們都知道，革大鵬曾經想利用這艘飛船，飛向太陽，利用太陽上無窮無盡的能量對付地球，就是在他飛向太陽途中，遇上了宇宙震盪，是以才令得他們在時間上倒退了一百年的。

而這時，當他想到了核子爆炸可能是來自太陽，而又有可能是人力所爲的話，他心中的難過，自然可想而知，因爲也有可能，是他利用太陽能量的理論，造成這樣的結果的！

真正的原因如何，當然沒有人知道，但是要想到有一點點關係，又眼看美麗的地球變成了死域，任何人都會難過。

我拍了拍革大鵬的肩頭：「地球末日的來臨不會因爲是你！」

革大鵬向瞪著眼：「你怎知道不是呢？」

我還想說什麼，法拉齊已哭叫出來：「我們怎麼回去呢？」

格勒勉強打了個哈哈：「你怪叫什麼，我們的處境又有什麼改變和不同的影響呢？」

格勒的話，倒令得法拉齊安定了不少，但是他仍然哭喪著臉：「可是……可是那時還有人，如今連一個也沒有！」

格勒道：「那還好些，有人的話，怕不將我們當作展覽的怪物了！」

法拉齊不再出聲，革大鵬沈默地踱著步：「我們再向前去看看，假定這裡是中國，那麼飛船降落的地方，應該是原太平洋，我們再向前方向不變地飛去，看看我的推斷可準確。」

第九部：復活的死人

我們五個人，又一齊上了飛艇，向前飛去，三小時後，我們發現了一些石柱，毫無疑問，這是中亞細亞的建築，我們略看了一會，再度起飛。

在接下來的兩天中，零零星星，發現了不少東西，但加起來也不到十件。它們包括：一柄牛骨製成的雨傘，一個石頭製成的人頭，一堆難以辨認原來是什麼東西的鋼鐵，白素說那是巴黎的艾菲爾鐵塔，革大鵬居然同意，因爲照他的推斷，這裡正應該是歐洲部分云云。雖然所到之處，全是堅冰，但是我們正是在地球上，這卻越來越肯定了。

三天之後，飛艇來到了我們飛船撞出的大坑上面，革大鵬本來已準備將飛艇下降，可是忽然之間，我們都看到了那個人！

那個人，我們都是認識的，他正仰躺在深坑的邊上，睜著死魚也似的眼睛，望著我們。

這個人，就是我們將之從冰層中掘出來的那個！

我記得清楚，那人的眼睛是緊閉著的，我曾想起拉起他的眼皮而不果，如今他何以又睜大了眼睛，在望著天空呢？

飛艇停了下來，我們五個人沒有人跨出飛艇，都定定地望那個人。

只見那人的身子，雖然躺著不動，可是他看來泛著灰白色的眼球，卻在緩緩地轉動著，我不禁失聲道：「天啊，他是活的！」

革大鵬道：「是，他活過來了。」

我幾乎是在呻吟：「活過來了？」

革大鵬一按按鈕，飛艇的穹頂升起，他連爬帶滾地出了飛艇，向下落去，奔向那人，那人抬起手來，向他招著，我頓時明白革大鵬所說「活過來了」的意思了。突然如來的嚴寒，將那人凍在冰層之中，使得他身子的一切機能，都停止了活動。

而他在被我們救了出來以後，身外的嚴寒消散，他身子的一切機能又開始工作，於是，他便又活過來了，他「長眠」了多少時候，那是連他也不知道的，但是事情究竟發生在什麼時候，是因爲什麼才毀滅了地球，使得地球成爲外太空中孤零零的一個星球的，這個人一定知道。

革大鵬已來到那個人身邊，那人似乎在講話，而革大鵬卻聽不懂。

我這時更加相信革大鵬的推斷，我們如今可能是在時間極後的地球上，那人所講的話，一定是地球毀滅之前的那個時候一種世界性的語言，而那天線上的文字，也當然是那時的世界性的文字。

我們一起走過去，那人所講的話，我們果然聽不懂，那人只是在重覆著同一個字。

革大鵬正在以種種他所會講的語言在問那個人，但那個人當然也聽不懂他的話。

革大鵬是極富語言才能的人，他講了十幾種語言，那人還是不斷搖頭。

我看出那個人十分虛弱，便建議道：「快給他吃一點東西吧。」

一言提醒了革大鵬，他連忙取了一片片狀食物，塞入了那人的口中。

那人的眼珠翻著，過了不久，居然搖搖晃晃地站了起來。

可是，他本來就是在坑邊上的，一站了起來，身子向前一俯，便向深坑中跌了下去！

革大鵬伸手便抓，抓到了那人的衣服，將他再拉住。

如果我們早知道這個人會活過來的話，那我們怎會離開他？一定是守護著他，等他醒過來，向他詢問這裡的一切。

我們如今雖然已找到了不少資料，憑藉這些資料的判斷，也約略知道了一些梗概，但我們所得的那些資料，和我們的臆測，當然萬萬及不上那人開口的一句話。

革大鵬拉住了他，又大聲詢問了幾句，那人垂著頭，也不知道他是不是聽到了，更不知道他聽了之後，是不是懂。

我們都跟著革大鵬大叫大嚷，我甚至叫出了浙江家鄉的土話來，希望那人能夠聽得懂。

可是那人的頭部越垂越低，革大鵬本來是提著他的身子的，這時也鬆了手，任由那人倒在冰上，我還不肯放棄，向那人走過去。

就在我走到那人身邊的時候，突如其來的變化發生了，那人忽然發出了一下怪叫聲，聲音與其說是人在叫，還不如說是一頭什麼怪獸在叫的好。

隨著那人一聲怪叫，那人向上疾跳了起來，看他剛才那種衰弱樣子，實難以相信他還會有那麼充沛的精力，一躍三四呎高下的。

他躍高了三四呎之後，在地上打了一個滾，滾了兩碼，又跳了起來。

他的動作是如此矯健，那完全是一個受過訓練的運動健將。

我們幾個人，都被這突如其來的變化弄得呆住了，直到那人站在我們三碼開外處，以我們聽不懂的語言急急說話時，我們才如夢初醒！

那人這時候面上的神情十分怪異，他的眼中也射著怪異的光芒，他一面望著我們，一面向四周圍看著，當他看清了四周圍的環境之後，他面上更現出了十分惶恐、激怒的神色來。

總之，這個人一切神情、動作、聲音，都表示他的心中，正極度地不安！

他不斷地說著我們聽不懂的話，令得我們無法插嘴，而我們也無意插嘴，我們幾個人的想法都是一樣的，先要使這個人鎮定下來。

在他的「生命」被凍結之際，時間對他來說，沒有意義。

他可能被「凍結」了好幾千年，才被我們將他從冰層之中掘了出來。但是不論是多少年，在他來說，全都等於一秒鐘。

而且我們更可以聯想到，在我們離開的三天中，他雖然醒了，但是卻還在昏迷的狀態，那就像一個剛睡醒的時候一樣，有點迷迷糊糊，而直到此際，絕不像現在那樣，所以當他醒了過來，看到了四周圍的情形，他便感到了極度的不安、驚恐，和對我們所起的戒心。說不定他的心中，正以爲我們是外星人，已將他從地球上擄到這個滿是藍色冰層的星球上來了！

他一面叫著，一面後退去。

我們都知道，在一個短時間內，我們想和這個人通話會有困難，因爲他屬於什麼時代我們不知道，他所生活的那個時代，地球上的語言和文字已起了根本變化，這是毫無疑問的事情。

革大鵬望著，低聲道：「糟糕，他無法長期抵受輻射的侵襲，我們還有可以防止輻射的個人飛行帶，可以供給他一副。」

我苦笑道：「如果是一句簡單的話，或者可以用手勢來表明，但是這樣複雜的一句話，怎樣向他表示才好呢？」

我們兩人低聲交談，帶給那人以更大的不安，他又後退了好幾步，突然他一翻手，我看到他的掌心之中，已多了一個如同手錶大小的圓形物事。

我曾經搜過那人，當時除了一張類似工作証的東西之外，什麼也未曾發現，也不知道他這時手中所托的東西是從什麼地方來的。

當然，我們也不知道那是什麼，那可能是那人的時代中的秘密武器，他的動作，使得我們也緊張起來，法拉齊也揚起了他的武器。

我們就這樣對峙著，那人不斷地在擺弄那手錶也似的小東西，並且東張西望，神色緊張，突然之間，那人一聲大叫，轉向左方奔了出去。

我和革大鵬兩人連忙跟了上去，在冰上奔走十分困難，那人奔了不到幾步，便撲跌在地，又爬了起來。我因爲對「個人飛行帶」這東西並不習慣，所以總是忘了使用。

但是革大鵬卻不然了，他才奔了一步，便立即開動了「個人飛行帶」，他的身子飛快地在那人頭上掠過，攔在那人的面前。

那時，正好是那個人跌倒了之後，又爬了起來的一刹那，他的去路已被革大鵬阻住。接著，我也開動了「個人飛行帶」，趕了上來，將他的退路堵截住了。他陡地轉過身來，和我打了一個照面，立時又轉而向左，可是格勒已趕了上來。法拉齊和白素也隨即趕到，那人已被包圍了。

那人的神情，簡直就像是一頭被包圍的野獸一樣，他蹲著身子，不斷地望著我們，和發出十分惱怒的吼叫聲。就在這時候，白素已急急地道：「你們都退開去，不要使他的心中更加不安。」

白素接著道：「我們要和他變成朋友，才能從他的口中瞭解到這裡究竟曾發生過什麼事情，你們這樣子將他嚇壞了！」

我們四個男人互望了一眼，都覺得白素的話有道理。可是我卻不放心，因爲白素究竟是我的未婚妻，而那人的一副神態，實在令人不敢恭維。

我忙道：「你小心，這傢伙可能不是什麼好東西，你怎知他願意對我們友善？」

白素望了我一眼：「當你要和一個人做朋友時，首先是要你自己先表示友善，然後才能在對方的身上，找到友善。」

我們不再說什麼，向後退開去。

我的手按在「個人飛行帶」的發動掣上，我準備了隨時趕向前去。

當我們四個人，每人都退了幾碼之後，白素帶著十分安詳，即使一個白癡看了，也可以知道那人絕無惡意的笑容，向前走去。

那人一見我們退後，本來是立即想逃的，可是他看到了白素的那種笑容，神態立時安定了下來，本來他是微曲著身子的——那是任何動物受驚時的一種本能反應，就像貓兒遇到了狗，便拱起了背一樣。

但這時，他的身子已站直了，但他的面上，仍然帶著戒備的神色。

白素在他面前站定，向她自己指了一指，又向那人指了一下，再搖了搖手。她的意思，我自然明白的，那就是說她對他絕沒有惡意。

可是那傢伙顯然是不明白的。

白素笑道：「你完全聽不懂我們的話？」

她一面講，一面做出手勢，那人大概懂了，他搖了搖頭，接著，他講了一句話。他說的那句話，當然我們也是不懂的。

白素也真有耐心，她不斷地和那個人做著各種各樣的手勢，反覆地講著同一句的話，希望那人能夠明白她的意思。然而，經過了半小時之久，那人和白素之間，顯然仍未能交談到一句完整的話。

革大鵬開始有點不耐煩了，他高聲叫道：「白小姐——」我想，革大鵬大概是叫白素不要再和他浪費時間了，白素一聽得革大鵬的叫喚，她立時轉過頭來。

我不知道「白小姐」這三個字，在那人所通曉的語言之中，是代表著什麼意思，但我想至少和「殺了他」差不多。

因爲那人一聽到革大鵬的叫聲，面色立時一變，而當白素轉過頭來時，他竟立即揚起手掌，向白素的後頸砍下去。

事情來得那麼突然，以致我立時按下了飛行帶的發動掣，但是急切之間，卻忘了調節飛行的速度和方向，那使得我在一下驚呼聲中，身子衝天而起。

我在半空之中，向下看去，才看到當那人一掌劈下去之際，白素的身子，突然一矮，一反手，已抓住那人的手腕。

接著，白素的手臂一揮，那人的身子，自她的肩頭之上，飛了過去。

人人都以為她這一揮之力，那人一定重重地跌在冰之上，但是白素的右手，卻及時地在那人的腰際托了一托，使那人重又站立，白素也立時鬆開了手。

她這樣做，當然是表示她沒有惡意，我在半空之中看到了，也立即放下心來。

然而，就在那一剎間，事情又發生了變化！

只見那人呆了一呆，突然又向白素伸出手來，看白素的神色，以為那人是想和她握手，所以她也毫不猶豫地伸出了手去。

兩人一握手，白素的面色，便立即為之一變，我已經看出了不妙，但是變故來得實在太快，那人的身子，突然以一種快得難以形容的速度，向前移了出去，白素自然被他帶走了。

我立時按動飛行帶的掣鈕，在半空之中追了上去，可是那人移動的速度卻遠在我飛行的速度之上許多！

向前望去，什麼遮攔也沒有，可以說一望無垠，但是那人帶著白素，卻在瞬息之間，便成了一個小黑點。

我連忙折了回來：「快，快開動飛船去追，快去追他！」

我們四個人，跌進了飛艇，革大鵬連透明穹頂都未及放下，便已發動了飛艇，飛艇以極高的速度，向前飛衝而去。

然而，當我們繼續向前飛去的時候，我們卻沒有發現那人和白素。

我焦急得額上滴下豆大的汗珠來。那人的一切，實在太怪異，他何以移動得如此之快？我搜過他的身，他身上並沒有什麼東西可以幫助他，使他移動得如此之快。若說是若干年後的人，便有這種天然的能力，這也難以使人相信。

我不斷地抹著汗，革大鵬陡然地也看出了我心中的疑慮，他道：「你在檢查他的時候，一定忽略了他所穿的鞋子，是不是？」

我沒好氣地道：「他的厚靴子上，那時全是冰，我怎麼檢查？」

革大鵬瞪道：「他這個人比我們進步得多了，飛行帶比起他的飛行鞋來，就像是牛車一樣！」

我呆了一呆：「你說他的鞋子——」

革大鵬道：「是，他的鞋子，利用一種我們不知道的能量，可以使人作迅速的移動！」

我反駁道：「那麼他在被我們圍住的時候，爲什麼如此狼狽？」

革大鵬道：「你別忘了他是人，人不論有了什麼樣先進的器具，但他還是人，人是會慌亂的，在慌亂之中，任何器具都幫不了他的！」

這時候，我已經焦急得有些大失常態了，我苦笑道：「那麼，他將白素帶到什麼地方去了？」

革大鵬道：「我們繼續向前飛去，總可以找到的，你別急！」

飛艇繼續向前飛著，然而無窮盡的冰層之上，卻是連一點和那種淺藍色的冰層不同的顏色都沒有。我不斷地注視著飛艇中的一幅螢光屏，那是飛艇雷達搜索波的反應網。

直到半小時之後，我才看到，在螢光屏的左上角，有亮綠色的一點。

不等我出聲，革大鵬便立即將飛艇左轉去。那一點亮綠色，在螢光屏上，越來越大，而且它的位置，也漸漸地接近中心。

再過五分鐘，不必借助雷達探測波，我們從飛艇的透明穹頂上望出去，也可以看到引起螢光屏上發生反應的那東西。

那是一個圓形的穹頂，十分大，可是這時，正在迅速地向下沈去，也許它本來還要大。我們看到它的時候，它約有十五呎高，頂部圓形的直徑，約有三十呎，可是轉眼之間，它一呎一呎地沈下去，完全隱沒了。當那個穹頂完全隱沒之後，螢光屏上那亮綠色的一點，也突然消失。

在穹頂隱沒之後的冰層，碎裂了開來，由於冰塊碎裂成粉一樣，所以迅速地恢復了平整，冰粉融解之後，又凝結在一起，立即恢復了原狀。

如果不是剛才親眼目睹，那是絕難相信，在這裡剛才會有那麼巨大的一個半圓形球體，隱沒下去。

革大鵬幾乎已不在操縱著飛船，他和我們一樣，完全呆住了。

飛艇的自動駕駛系統，令得飛艇降下。飛艇降落的地方，距離那球形的穹頂隱沒的地方，大約有三十呎。

我們都定定地望著前面——雖然前面早已沒有什麼了。

前面是一片平整，一片單調的淺藍色，然而我相信我們四個人的腦中，都亂得可以，至少我自己，就充滿了疑問。

那隱沒在冰層之中的是什麼東西？是「史前怪獸」的背脊？不，如果真是有什麼的話，我應該稱之爲「史後怪獸」才是，因爲我們所在的地球，是不知多少年之後的地球。

如果不是怪獸，那麼會不會是一座地下建築呢？

若是地下建築的話，那就更駭人了，這說明地球上還有人居住，只不過是居住在地下，而並不是如我們想像那樣，由於充滿了輻射，和氣溫降至嚴寒，地球上的一切生物，都不存在了！那麼，住在這地下建築物是什麼人呢？白素是不是被那個人拉進了地下建築物呢？

在地球上有著多少幢這樣的地下建築呢？我正在紊亂無比地想著，革大鵬已開始了行動。他的手，用力地按在一個按鈕之上，在飛艇的前部，立時伸出了一個管子。

也就在那一剎間，我聽得格勒叫道：「領航員！」

革大鵬的手仍按在那個按鈕之上，但是他卻沒有再繼續用力，他轉過頭來。

格勒道：「領航員，如果那是一座地下堡壘，那我們可能受到還擊！」

革大鵬面色微微一變，我不知道自飛艇首部伸出的是什麼樣的武器，但是如果剛才隱沒的那個球體，恰如格勒所料，是一座地下堡壘的話，那麼堡壘中的人，他們的科學水準，自然比革大鵬更高。

那麼，飛艇首部的那武器，在我看來，是新而玄妙的，在堡壘中的人看，就十分古老而可笑，我們的飛艇，能經得起還擊麼？

我深信這就是革大鵬面上變色的原因，他呆了一呆，飛艇便向上升了起來，同時，我聽得飛艇外面，響起了一種輕微的「滋滋」聲，有一種灼亮的光芒，閃了一閃，而那根自飛艇首部伸出的管子，也發出了一種深沈的「嗡嗡」聲。

接著，在飛艇的下面，冰層又化爲許許多多的冰粉，向四面八方散了開去。不到一分鐘，幾呎厚的冰層都被高頻率的音波驅散，露出了一個圓形的金屬穹頂的頂來。

那果然是一座地下建築物！

那不但是一座地下建築物，而且從它剛才隱沒地底的情形來看，它可以升上來，然後再沈下去，如果沒有人操縱控制，它又怎會這樣？

我們的心情都十分緊張，革大鵬將飛艇升得更高，以防止那「地下堡壘」中突如其來的反擊。在空中向下望下去，露在冰層之外的那個金屬圓頂，在閃閃生光，十分之詭異。

第十部：大家全是地球人

飛艇在高空中停了約莫八分鐘，從冰層中露出來的金屬圓頂，一點動靜也沒有。它沒有露出什麼武器來對付我們的飛艇，也看不到有人打開圓頂，向外走出來。

革大鵬咬著牙，飛艇又向下降去，終於，在那圓形金屬之旁，停了下來。

飛艇停下來之後，革大鵬又去按動另一個鈕掣。

但是他還未曾將那個鈕掣按下去，格勒便搶著道：「領航員，你要將它毀滅？」

革大鵬點了點頭。

要毀滅那個地下金屬體，我當然也沒有什麼意見，可是就那一剎間，我們每一個人都聽到，在那金屬圓頂之下，傳來了一下尖叫聲。

我連忙道：「慢，這可能是白素！」

革大鵬並不回答我，他的手已向另一個按鈕伸去，我看到飛艇的一旁伸出了一根金屬軟管，那根金屬軟管的一端附有一個吸盤也似的東西，迅速地吸到了金屬圓頂之上。

格勒則調整著另一個裝置，我看到一個人在螢光屏中，不斷地出現變換的聲波形狀，然後，我們聽到了白素的聲音。

那絕對是白素的聲音，誰也不會懷疑那不是她在說話，她的聲音十分急驟，聽來是驚訝多過恐慌，她道：「什麼地方，這是什麼所在，啊，那麼多的儀表，你究竟是什麼人？他們為什麼死了？」

接著，我們又聽到了那人的聲音，那人的話，我們當然仍然聽不懂。白素又在叫嚷，看來她是處在一個極度怪異的環境之中，所以才在不斷地驚嘆。

她所講的，幾乎全是問話：「這是什麼？」「究竟是怎麼一回事？」等等。

我們聽了兩分鐘，革大鵬便轉過頭來：「她在裡面，我想，你可以和她講話的，我們既然能由這金屬穹頂上取得她講話的聲波，而加以擴大還原，你的聲音，當然也可以用同樣的方法，傳進裡面去！」

我不等革大鵬講完，便已經叫道：「素！素！你聽得到我的聲音麼？」

白素的回答，立即傳了過來，她的聲音中充滿了喜悅，這使我放心不少。她道：「當然聽得到，你在什麼地方？」

我急急問道：「你呢？你怎麼樣？那傢伙，他將你怎麼了？」

白素笑道：「我不知道，他拚命在對我講話，我想你也聽到他的聲音，只是我不知道他在講些什麼，他在弄一具像電腦一樣的機器，咦，他的語音變了，你可聽到了沒有！他的語言在通過了那具電腦之後就變了，我相信那是一具傳譯機。」

我看不到那圓形的金屬體內的情形，但是聽得白素那樣說法，我也放下心來，因為那人雖然將白素擄了去，但是卻並沒有對她不利。

而且，我們也聽到，那人的聲音不變，但是他所講的語言，卻在不斷地變著，一會兒音節快，一會兒音節慢，一會兒聽來捲舌頭。

我們可以猜想得到，那傢伙一定是想通過一具傳譯機，找到和我們講的相同的話，以便和我們對答。當然那是好事，如果能和他交談，那正是我們求之不得的。

他用的語言似乎越來越怪，有一種，竟全像是鼓聲一樣，還有的竟像是喇叭聲，這傢伙，一定將我們當作不知是什麼星球來的怪物了，在那具電腦的記錄之中，難道竟沒有地球人以前所講的語言麼？

白素顯然也和我們同樣地著急，她不斷地道：「不對，不對，我仍然不懂，唉，越來越離譜了，什麼叫咚咚咚？是在打鼓麼？」

足足過了十五分鐘，我們突然聽到了一句聽得懂的話，仍是那個人聲音，高吭而急促，聽來十分之刺耳。

但是這句話，卻是我們聽得懂的，那是發音正確得像只在念對白的英語，他道：「你們是什麼？」

白素立即叫道：「是了，我們可以談話了。」

那傢伙又問道：「你們是什麼？」

這個人我對他的印象，始終不好，他竟然不是問：「你們是什麼人？」（Who are you）而問：「你們是什麼？」（What are you），顯然他以為我們是別的星球上來的怪物，而不是和他一樣的人！

白素也夠幽默，她立即反問：「你是什麼？」

那人道：「我是人，是這個星球高級生物，你們是哪裡來的？」

白素道：「我們是從地球來的，我相信你是地球人，和我們完全一樣，是不是？」

那人呆了片刻，才道：「不可能，不可能，如果我們同是地球人——」

那人講到了這裡略停了一停，在他略一停頓之間，我們的心都向下一沈。因爲從那人的這句話中，革大鵬的推測被証實了。我們正是在地球上，而不是在別的星球上。

但是，我們的地球，怎會變成這樣子的呢？

我們的飛船，究竟是經過了什麼樣的宇宙震盪，究竟超越了時間多少年，來到了多少年之後的地球上面呢？剎那間，我們都感到一股莫名的茫然！

那人停頓了極短的時間，便又問道：「不可能，爲什麼我們同是地球上的人，但我和你們講的話，卻完全不同，爲什麼？」

白素道：「我相信那是時間不同的關係，難道那具傳譯機上沒有註明如今傳出來，是什麼星球上的語言麼，嗯？」

那人又停了片刻，我們才聽得他以一種近乎呻吟的聲音：「西元二〇〇〇年以前，地球上通用的一種語言，稱之爲英文，你們果然……是地球人。」

白素道：「對的，我們對你絕無惡意，而且你本來早就死了，是我們將你救活的。」

那人喘著氣，道：「胡說，我怎麼會死？我緊守工作崗位！」他的聲音，又變得充滿迷惘：「怎麼一回事，所有的一切，哪裡去了？爲什麼只是冰層，究竟發生了什麼事？」

白素苦笑道：「那正是我們要問你的事。」

那人又半晌不說話，白素道：「我們的朋友正在外面，你將這個建築升上去再說，我想我們可以找出一個答案來的。」

那人「嗯」地一聲，我們已看到圓球形的建築物，慢慢地向上升了起來。

等到它完全從冰層中升起之後，我們看到，那是一個大半圓形的球體。同時，球體上看來絕沒有門的地方，打開了一扇門來。那門厚達四呎！

那球形的建築雖大，但如果它全部都有四呎厚的話，裡面的空洞，也不會有多大了。那扇門打開之後，白素首先衝了出來！

她真的是「衝」出來的，因爲她發動了個人飛行器，人是從門中飛出來的，她一到我們的面前，便興奮地道：「那人找到和我們通話的辦法了，你們快來，除了他之外，裡面還有幾個人，但他們都死了。」

我忙道：「我們都聽到了。」

革大鵬按下掣，那根金屬管子縮了回來，我們四個人出了飛艇，一齊向那球形建築走去。到了門前，革大鵬停了一停，低聲道：「白小姐，你肯定他沒有惡意？」

白素道：「肯定！你看，這建築物的厚度可以經受得起一場原子爆炸，你怕也難以攻得破它，是不是？」

革大鵬點了點頭，又喃喃地重覆著白素所講的那句話：「經得起一場原子爆炸。」

我知道他的心中在想些什麼，因爲在一到達這裡的時候，革大鵬便說，這裡曾經經過一場劇烈的原子爆炸，那球形的建築物，當然是已經過了那一場劇烈原子爆炸，而殘剩下來的東西。

白素的話，使得我們都放心了許多，我們跟著她，一齊走了進去。

一進門，便是向下的金屬階，那種金屬，看來像是鋁——鋁本來就是地球上蘊藏量最豐富的東西，地球上的人類，會越來越多的使用鋁來替代其他金屬，那是必然的事。

走下了三級鋁階，又是一扇門，不等白素伸手去推，門便自動打開來，我們抬頭向前看去，看到一間十五呎見方的屋子。

這間屋子的三面牆上，都是各種各樣的儀表，有四張椅子，每個椅子上都坐著一個人，其中的兩個，頭上還戴著一個耳機。

他們這四個都已經死了，死亡可能是突如其來的，因爲他們的臉上十分平靜，一點驚惶也沒有。

在另一張椅子之上，坐著那個人，那個人的前面，有一具方形的儀器，他的頭部幾乎整個地套在那個方形的儀器之中。

我們走進來之後，他身子縮了一下，將頭從那具儀器中縮了出來，向我們看了一下，但是他立即又將頭伸了進去。接著，便從那具儀器上傳出那人的聲音，說的是標準的聽來十分怪異的英語：「你們來了？你們靠左首的牆站定，不能動任何儀器的按鈕。」

那人的口氣，使我們聽了，覺得十分不舒服。

但是白素覺得我們應該聽他的話，所以她連連向我們做手勢，要我們站過去。可是革大鵬卻不買帳，他來到了一張椅子之前，一伸手，將一個死人推了下來，自己坐了上去。

我們則站在革大鵬的周圍，革大鵬還未開口，便看到那扇門關了起來。

同時，我們也有在向下沈去的感覺。革大鵬怒道：「是怎麼一回事？」

那人道：「我們需要好好地談一談，不希望有人來打攪。」

革大鵬冷笑道：「你以爲還會有什麼人來打攪？」

那人並不出聲，不過半分鐘，那種下沈的感覺，便已經停止了。

那人才再度開口，他的聲音聽來相當莊嚴：「各位，你們是在第七號天際軌道的探測站之中。」

什麼叫做「第七號天際軌道探測站」，不要說我莫名其妙，連革大鵬也莫名其妙！

我們都無從回答起，那人又道：「看來你們不明白，第七號天際，就是七萬萬光年距離之外的天際，這個探測站是負責觀察第七號天際的一切的。我是探測站的負責人，迪安。」

我忍不住插嘴道：「你說你是地球人？」

迪安道：「是，我們生活的星球，我們稱之為地球，你們也生活在地球上？看來我們對『地球』這兩個字有著誤解，我生存的地球，是太陽系的行星之一，它的近鄰是火星——」

他還未曾講完，革大鵬已大聲地道：「你以為我們所稱的地球，是在太陽系之外？告訴你，我們同是地球人，而且，我們如今，同在地球上！」

我也忙道：「可是我們不明白，地球何以變成了這個模樣？何以什麼也沒有了？何以它根本脫離了太陽系，甚至脫離了一切星空？何以它竟孤零零地一個，懸在外太空之中？」

格勒則急聲道：「發生了什麼事？發生了什麼事？」

法拉齊則尖聲叫道：「惡夢，這是一個惡夢！」

看來五個人中，還是白素最鎮定，她揮手道：「你們別急，讓迪安先生一個一個問題來回答我們。我們最急切要知道的是：地球上究竟發生了什麼事？」

我們都點了頭，表示同意。

白素向迪安望去，可是迪安卻答道：「不知道，我完全不知道！」

革大鵬怒道：「那你知道什麼？」

迪安道：「我在離探測站不遠的地方，利用儀器，在檢查第七號天際發射來的微弱無線電波。不知道是什麼力量，使我突然失去了知覺，而等我再有知覺時，一切全變了，我看到了你們，你們怎來問我？應該我問你們，才是道理。」

我們又七嘴八舌地問起來，白素揮著手：「靜一靜，我來問他，我相信我的問題，一定是大家都想問的。」

我們靜了下來，白素才緩緩地道：「你在失去知覺的那一刻，是什麼時候？」

迪安道：「是下午三時零五分。」

白素忙道：「那是什麼年代，什麼年份？」

迪安的頭，從那具儀器之中，縮了出來，望了我們半晌，嘰哩咕嚕地講了幾句話。但是他立即想到，他講的話我們是聽不懂的，必須通過那具電子傳譯機，他才能講出我們聽得懂的話，和聽懂我們的話。

所以，他的頭又縮了回去：「問這個是什麼意思？那是西元——你們懂得西元麼？那是西元二四六四年。」

法拉齊最先對迪安的話有了反應，他尖聲叫了起來，道：「天啊，二四六四年，天啊，我們……我們……又遇上了這種震盪，我們在退後了一百年之後又……超越了五百年！」

格勒的臉色蒼白，但是他總算鎮定，他苦笑道：「有退步，自然也有超越。」

革大鵬則冷冷地道：「我們不止超越了五百年，我們究竟超越了多少年，無法知道，迪安是二四六四年失去知覺的，誰知道他在那冰層之中，被埋了多少時候？或許是一千年，或許是一萬年！」

我和白素則根本無話可說。我們是一九六四的人，和革大鵬他們已經有了一百年的距離，更何況是和迪安？在這場討論中，我們沒有插嘴的餘地。

迪安顯然也聽不懂革大鵬等三人在講些什麼，他連聲發問。

革大鵬道：「你先得準備接受你從來也想不到的怪事，我們三個人，是一艘太空遠航船的成員，當我們從地球上出發時，是西元二〇六四年。」

迪安尖叫道：「不！」

革大鵬道：「你聽著，我們本來是飛往火星的，但是我中途卻將太空船的航行方向改變，使之飛往太陽去，所以出事了——」

革大鵬才講到這裡，迪安便喘起氣來，他連聲道：「我知道你是誰了，我知道你是誰了！」

革大鵬奇道：「你怎麼知道？」

迪安道：「你一定是革大鵬，你那時是傑出太空飛行家，是不是？」

革大鵬呆了好一會，才道：「是，歷史對我們的記載怎樣？」

迪安道：「你是那一個時期唯一失蹤的太空船，據調查的結果，你們太空船擅自中途改向，在接近太陽時失蹤，可能是毀於太陽黑子爆炸時的巨大輻射波之下，而一點都沒有殘餘。」

革大鵬又呆了片刻，才苦笑道：「當然，如果是我，也不會推測到別的方面去的。但事實上，我們並沒有毀滅，而且被一種震幅奇異的宇宙震盪，帶到了一百年之前！」

迪安的頭部，再度從那具傳譯機之中，探了出來，但是他立即又縮回頭去：「一百年？」

革大鵬道：「是的，由於那種『震盪』，我們『回到』了一九六四年，所以我們遇到了這位衛先生和這位白小姐。我們繼續飛行，可是突如其來的『震盪』又發生了，在震盪停止之後，我們發現太空船的一切儀器，幾乎都損壞！」

迪安的苦笑聲，聽來十分異樣。

革大鵬舐了舐口唇：「我們更發現是在一個沒有任何星體的空際飛行——其實不是飛行，而是因爲某一個星體的吸力，在向它接近，接著，我們就降落在這裡了——降落在地球上了，但這場震盪，卻使我們超越了時間，至少達五百年，因爲你失去知覺的時候，已經是二四六四年了。」

迪安呆了半晌，才道：「這可能麼？」

革大鵬並不回答他的問題，只是反問道：「迪安先生，你既然負責一個科學工作站，當然也是一個科學家，告訴我，二四六四年，人們仍然未曾發現宇宙中有這種震盪？」

迪安道：「沒有，從來也未曾聽說過這種震盪，而且我們也不知道有什麼力量可以超越時間，因爲沒有一種速度比光更快的。」

革大鵬道：「不是速度，那是一種震盪，你明白麼？震盪發生的時間，或者只需要百萬分之一秒，但是它的震幅，卻是一百年。如果恰好碰上這種震盪的話，那麼，便等於在百萬分之一秒的時間內，前進或倒退了一百年！」

迪安道：「我不明白。」

看革大鵬的情形，似乎想發怒，但是他卻終於忍了下來，只聽得他嘆了一口氣：「這也難怪你，我的一生，花在研究宇宙方面的光陰如此之多，可是老實說，我也不怎麼明白。」

直到這時候，我才有開口的機會，我道：「好了，如今事情已經比較明朗化了，我們這裡一共是六個人，全是地球人，但是卻屬於三個不同的時代：一九六四、二〇六四和二四六四。我們仍在地球上，但如今究竟是什麼年代，卻已無法知道。地球遭到了浩劫，只怕除了迪安先生一人之外，再也沒有生存的人，你們可同意我的這一項總結？」

旁人都不出聲，迪安卻叫道：「只有我一個人？不，那……不可能。」

我嘆了口氣：「迪安先生，這是事實，你大叫不可能，仍是事實。」

迪安不再出聲了。

我苦笑了一下：「如今我們自然不能再在這樣的地球上生存下去，我們要到在太陽系的地球上去，革先生等三人，要回到二〇六四年，我和白素，要回到一九六四年去！」

我一口氣講完，迪安道：「那麼我呢？」

我呆住了。迪安是二四六四年的人，他當然應該回到他的年代中去。

但是，他的年代，卻在地球毀滅，世界末日的年代，難道他真的再回去，再經歷一次突如其來的知覺喪失，被凍結在冰層之中麼？

可是如果不這麼樣，那麼他又怎麼辦呢？到革大鵬的那個年代去？到我們的年代去？

呆了好一會，革大鵬才道：「迪安先生，你對於這場浩劫，當真一點……線索都不知道麼？」

迪安道：「在我喪失知覺的前五天，全地球的人都知道，太陽的表面，有五分之一，被一場空前巨大的黑子所遮蓋。」

我忍不住失聲道：「太陽被如此巨大的黑子所掩蓋，那不是天下大亂了麼？」

迪安道：「在我記憶的日子裡，日子極其和平，人類致力於探索太空，雖然有不同意見的爭執，但是卻從來也未曾形成過過火的鬥爭，可是一到了非常時期，人類的弱點便暴露無遺了，人本是野獸進化而來的，不論他披上了怎樣文明的外衣，遺傳因數使人體內深藏有獸性，總有一天會發作出來。」

我們都覺得迪安的話，十分刺耳，但是卻又想不出什麼話來反駁他。

只有白素，蹙起了雙眉：「這是什麼話？難道你否認人有著善良、高貴，全然不同於野獸的一面麼？」

迪安慢慢地轉過頭來，望了白素半晌，才又將頭伸進了傳譯機中：「你說得對，我也承認獸性在人身上已漸漸地泯滅，可是有件可悲的事實，你不得不承認。」

我和白素，異口同聲地問道：「什麼可悲的事實？」

迪安講出來的話，是我們所意料不到的，因為他已經說過，他是在一個極其和平、沒有紛爭，人類全心全意地致力於科學研究的環境之中長大的。

在這樣環境中長大的人，是很難講出如此深刻的話來的——除非是在太陽大黑斑出現之後的五天中地球上有了驚人的變化，才會使他的觀念起了徹底的改變。

他道：「獸性在絕大多數人的身上，已是微乎其微，幾乎不存在，這絕大多數的人，當然是善良、高貴，完全當的起人的稱號的人。可是這絕大多數的人正因為太高貴、太善良了，所以就不可避免地，被另一撮極少數獸性存在他們身上的人所統治！」

我們都不說話，革大鵬、格勒和法拉齊等三人，面上略現出迷惘的神色來。

人統治人，在他們這個時代中，大約已經成了一個歷史名詞了，所以他們聽得迪安這樣講法，便不免現出疑惑的神色來。

但是，人統治人，對我們這個時代的人來說，卻是太使人痛心的感受。小部分的野心家，發著囈語，用種種卑劣的手段，要絕大多數人聽從他們的統治，這一種事，在我們這個時代中的人，有誰沒有經歷過？

迪安停了片刻，才繼續講了下去，他的話，幾乎和我所要講的話，完全一樣！

他苦笑道：「獸性的狡猾、無恥、狂妄、凶殘，使得這一小撮人成爲成功的統治者，而善良高貴的人，則只有默默地被統治著，當善良的人被統治得太久了，他們也會起來反抗，在劇烈的鬥爭中，已經泯滅了的獸性再次被激發出來，你們說，人能夠擺脫獸性的影響麼？」

呆了好一會，我才首先開口：「迪安先生，在你這個時代中，應該絕不會有這種情形出現的了，何以你竟會講那種痛切的話來呢？」

迪安道：「在太陽表面被大黑子覆蓋之後，一切都不同了。地球上出現極大的混亂。在混亂中，有人控制了月球基地，向全球的人提出了一種新的宗教；有的人將所有的太空船一齊升上天空，率先逃難；有的人在短短的時間內，發明了殺人的武器，建立了小型的軍隊，橫掃直衝；有的人……」

迪安講到這裡，痛苦地抽搐了起來。

我們絕對難以想像在這些天之中的混亂情形究竟是怎樣的，因爲我們距離迪安這個時代，實在太遙遠了，遙遠到了難以想像的地步！

但是我們卻可以在迪安這時候的神態中，約略猜想到當時天翻地覆的情形。

迪安呆了片刻，才又道：「組織軍隊的人越來越多，形成了無數壁壘，搶奪遠程太空船，搶奪有關太陽黑斑變化的情報，人們全然不顧及幾千年的文明，他們成了瘋子、野獸！」

迪安聲嘶力竭地叫著，他又揚起頭來，緊握著雙拳，叫了許多我們所聽不懂的話。

當然那些話也是激烈的詛咒了。白素冷靜地道：「我想，你大概是少數在混亂中保持清醒的人之一？」

迪安呆了一呆，套進了傳譯機：「你說什麼，請你再說一遍。」

白素道：「我想，你大概是少數能在混亂中保持鎮靜的人之一？」

迪安道：「可以這樣說，但是這也是一種偶然的巧合，全地球上，只有我在探測站中，裝有一組特殊的探測儀器，這種儀器在事變的第二天，便已測到，太陽表面放射出一種極其有害的放射性物質，它行進的速度比光慢得多，但是在三天之內可以到達地球，當我想將這項緊急發現向全世界報告時，我發現我已經沒有法子做到這一點了。」

我們都不出聲，但是我們的眼光，卻都充滿了「爲什麼」這三個字的疑問。

迪安道：「所有的廣播系統，都被野心家佔據了，那些人，無日無夜地利用廣播系統重覆著同樣的幾句話，使得聽久了的人，幾乎要變成瘋子。而我的上級機關，也不存在，我只好自謀打算，我設計了一種抵抗這種放射線的東西，但是我的幾個同事卻拒絕使用，你看，他們已經死了，由於探測站陷在地底，所以他們的屍體才會得以保存，我總算還活著，可是……可是……」

他講到這裡，便再也講不下去了。

我們也不去催他，也不去驚擾他，任由他神經質地哭著，過了好一會，他才以一種悲觀之極的語調道：「我該怎麼辦呢？」

革大鵬道：「對於地球上以後發生的事情，你還知道多少？」

我認為在這樣情形下，再向迪安去追問當日的情形，那簡直是一件十分殘酷的事情。但是革大鵬已經問出來了，我也無法阻止。

迪安道：「我還是堅持我們對第七空際的探測，正如剛才我告訴你，突然之間失了知覺。」

革大鵬進一步追問：「那麼，你對地球忽然孤零零地懸在外太空中，而且地球表面上，覆滿了冰層，是什麼原因？有什麼看法？」

迪安呆了半晌，才道：「有兩個可能：一個可能是，太陽黑斑越來越擴大，一種在太陽表面產生的，空前未有的磁性風暴，使得太陽的表面冷卻了。」

白素首先叫了起來：「太陽表面……冷卻！」

迪安道：「在太陽黑斑出現的第一天，地球上的人就測到在黑斑中，太陽表面的溫度，是零下二百七十度，這是引起人恐慌的主要原因，而且大黑斑在不斷地擴大，不必等到它掩蓋太陽表面的全部，就可以使太陽再也沒有熱度了。而且，溫度的變化，使得引力也起了變化，地球可能脫離太陽系的軌道，這個假定可以成立。還有一個可能，就是幾個各自成爲一派的人，自相殘殺，向對方使用不能在地球上使用的武器，以至地球自我毀滅了。」

我們苦笑著，這當然更有可能。

但不管怎樣，擺在我們眼前事實是：在二四六四年之後的若干年，地球不再是太陽系的行星之一（或許這時連太陽也沒有了），它只是一個覆滿了冰層，孤懸在外太空，沒有生物的一個可憐的星球。

而我們這幾個，曾經經歷過地球上無比繁華的地球人，如今卻在這裡，原來是這樣繁華的地球，而如今是死氣沈沈，一無生物。我們本來是絕不可能來到這樣的地球之上的，因爲那不知是多少年以後的事情了。但我們竟然來到了，宇宙間的一切太神奇！

第十一部：看到了太陽

我們之中沒有人再出聲，革大鵬則背負著雙手，在室內那幾排電腦之前，踱來踱去，不時察看著那些按鈕和儀器。

迪安則不斷地警告他：「別亂動，別亂動。」

革大鵬對於迪安的警告，顯然十分不快樂，他轉過身來：「我需要知道，這些儀器中，有沒有還可以繼續工作的，更需要知道我們有些什麼可以利用的東西，來修復我們的太空船。」

迪安道：「修復太空船，那有什麼用？你能夠到什麼地方去？這裡的四周圍，甚至幾萬光年之內，也沒有別的星球！」

革大鵬道：「不錯，幾萬光年，就是說用光的速度來行進，也要幾萬年，但是我們是怎樣來的？爲什麼我們會超越了時間？我們要修復太空船，再飛向太空，去碰碰我們的運氣。」

迪安大聲道：「去碰運氣，那太不科學了！」

革大鵬冷冷道：「那種宇宙震盪，還是我們知識範圍之外的事情，在知識範圍之外的事情，是絕對用不到科學這兩個字的！」

迪安不再出聲了，過了一會，他才道：「這裡的動力系統還十分好，而且我想是可以移裝到飛船上面去的，那樣，飛船便可以繼續行進了。」

革大鵬便道：「好，那就別再說空話了。」

迪安道：「請你們先出去，我將探測站升起來，將它的動力系統暴露，以供拆除。」

我們聽從他的吩咐，從那個「探測站」中走了出來，仍然站在冰層上。

我們走出來之後不久，就看到球形的探測站的中部，忽然突出了一對環形的翼，以致整個探測站的形狀，看來有點像是土星。

那環形的翼伸出了十呎左右，探測站便開始向上升起，升高了二十呎，便停了下來，門打開，迪安自上面飛了下來。

他指著冰層下面，探測站飛起之後的一個深坑，叫我們看。我們向下看去，看到在坑中，有一大塊金屬板，呈正方形，不知覆蓋著什麼。

革大鵬已迫不及待地跳上了飛艇，用一根金屬軟管，將那塊金屬板吸了上來。金屬板被揭起之後，我們看到一塊一塊，約有一呎見方的紅色的物事，在紅色的物事之間，有著無數金屬線連接著。

我不知道那是什麼東西，但我卻聽得格勒和法拉齊兩人，發出了一聲歡呼。

我連忙問道：「這是什麼玩意兒？」

格勒興沖沖地道：「這每一塊紅色的東西，就是一個小型的原子反應堆，這裡一共有十二塊，十二個原子反應堆產生的連鎖反應，使得動力幾乎無窮無盡，他們究竟比我們進步得多了。」

法拉齊雖然高興，但是他總不免擔心：「這動力系統，可以移到我們的飛船上去麼？」

格勒猛地一拍他的肩頭，令得他直跳了起來，然後才道：「當然可以的，夥計，我們可以回家了。」

在接下來的幾天中，我和白素兩人，完全是袖手旁觀。

我看到他們四人，先利用幾根管子，放到我們飛船陷落的那個大坑之中，那幾根管子上，滿是細小的吸盤，然後，那龐大的，有七八十呎高的飛船，竟被從深坑之中，慢慢地拉了上來，並且以正常的位置，停在冰層上。

當迪安看到那艘飛船的時候，他現出了一種好奇的神色，一如法拉齊他們看到有車輪的汽車一樣。

接著，他們四個人，利用了許許多多，奇形怪狀，我根本難以形容的器械，搬動著一塊一塊，只有一呎見方的原子反應堆。

他們在做這種工作的時候，顯然十分吃力，而我們又幫不上手，所以我和白素兩人，索性坐上小飛艇，小飛艇的駕駛操縱，十分簡易，爲了不打攪他們進行工作，我們駕著飛艇，向前飛了出去。

我們是已經用這艘小飛艇，繞行過地球一周的，除了冰層之外，我們並沒有發現其他的什麼，但是這次，我們採取一個不同的方向。

我們也不希望發現些什麼，我們只是向前飛著。

而我們不約而同地，都望著下面的冰層，而並不望向對方。

因爲如果一和對方的眼光接觸的話，那就免不了要講話的，可是我們心情卻沈重得無話可說，所以我們才避免和對方的目光接觸。

我們的心情沈重是有原因的，那自然是因爲，即使飛船在新裝了動力系統之後，一切恢復了正常，我們是否可回到自己的年代中，也正如革大鵬說，那完全是「碰運氣」的事情。

而且，我至少知道，革大鵬、法拉齊和格勒三個人，以及那隻飛船，是絕不能回到他們的時代中去的了。革大鵬他們，並未察覺到這一點，如果他知道了這一點的話，他當然不會再去忙著搬移動力系統。

我之所以如此肯定，全是因爲迪安所講的幾句話。

迪安說他知道革大鵬這個人，他講到的歷史記載，說革大鵬和他的飛船，是在飛向太陽的途程中「消失不見」的，迪安絕未提到那艘飛船在消失之後，曾再出現，這說明了什麼呢？

這說明了這艘飛船，在飛向太陽的途中，突然遇到了震盪，回到了一九六四年之後，再也不曾出現過！革大鵬他們是回不去的了！然而，我們又能不能回去呢？白素的神情非常憂慮，我深信她也想到了這點。

所以，小飛艇在迅速地飛行，我們兩個人，卻是一聲也不出。視野所及，全是無窮無盡的冰層，單調而淒涼。過了好一會，白素才低聲叫道：「衛！」其實這時候，除了我和她之外，幾百哩之內都沒有人，她是絕對不必要將聲音壓得如此之低的。

但是她由於心情沈重的原故，使得她自然而然地壓低了聲音來講話。而我一開口，聲音也是低沈而沙啞的，我將手按在她的手臂上，「嗯」地一聲，表示回答。白素的雙眼，仍然望著前面，望著無邊無際的淺藍色的冰層。她遲疑了片刻：「革大鵬、格勒和法拉齊三人，難以回到他們的年代去，你可曾覺察到這一點！」

我點點頭道：「是的。」

白素這才抬起頭來，她美麗的大眼睛中，充滿了那種難以形容的迷茫：「那麼，我們呢？」

我偏過頭去，緩緩地道：「只好走著瞧了。」

白素又呆了片刻，她忽然道：「下來，停下來，我要在這裡的冰層上多走走。等他們修好了飛船的動力系統之後，我們就要離開這裡了，不管能不能回去，總再見不到這種情景了。」

我一面將飛艇下降，一面苦笑著道：「你對這種情景，也有留戀？」白素不說什麼，一直到她出了飛艇，又站在冰層上面，這才嘆了一口氣：「如此美好的地球，竟成了這等模樣。」

我攤了攤手：「我看正常得很。人的生命有終點，地球的生命，自然也有終點。人的生命是一百年爲期，地球的生命以萬億年爲期，這有什麼可惜的？」

白素道：「可是人的生命，有下一代在延續！」

我反駁道：「那麼你又怎知道再過若干年，若干億年，在已死的地球上，不會產生新的生物出來呢？」

白素搖頭道：「可是這裡充滿了放射性！」

我笑了起來，道：「我們這一代的人，想像力和知識範圍，還都未能脫出自身的範圍，我們的自身，擴至最大，也不過於地球而已。我們常聽得說，某一個星球上，因爲缺乏氧氣，所以不能有生物。這實在十分可笑，地球人自己需要氧氣來維持生命，這正因爲地球人的生命，在一個有氧氣的環境之中產生，地球人又有什麼資格，料斷別的星球的高級生物，也非要氧氣不可呢？『人家』一到了地球上，可能會『窒息』在氧氣之中！」

我大發議論，白素只是惘然地望著我：「那麼，你的意思是，地球還會有新的生命產生，這種生命，也會發展成高級生物？」

我自然不能肯定會這樣，因爲這至少是幾億年之後的事情了，但是我卻相信會這樣，所以我點了點頭。而且我還補充道：「我想，我們這一代的人，恐怕也不是地球上的第一代生命。地球可已死過不止一次，它每『死』一次，表面上的情形，便發生變化。在某一次『死亡』

中，它的表面上忽然充滿了氧氣，而且使它接近一個被稱爲太陽的星球，所以才出現了我們這一代生命。」

白素低著頭，向前走著，她的足尖，輕輕地踢著冰塊，我則跟在她的後面。

我們兩人，都漫無目的地向前閒盪著。事實上，在如今這樣的情形下，還有什麼「目的」可言呢？

我們走出了幾十碼，白素卻站定了，她向前指了一指，道：「你看，這裡還有一根天線！」我循她所指看去，也不禁呆了一呆。

不錯，在她所指的地方，有一根金屬棒，突出在冰層之外半呎許。我趕前幾步，握住了它，猛地向上一提。

我並沒有用多大的力道，就將那金屬棒從冰中拔起來了。

而當金屬棒被拔起的時候，四面的冰層，也翻起了不少來。在金屬棒的一端有一塊三呎見方的平板，這塊平板跟著起來，那是金屬棒被拔起之際，冰層翻轉來的原因。

我們都看到，那平板是蓋著一個地下室的，平板被掀了起來，冰塊跌進地下室中，發出空洞的聲音，我們連忙俯身看去。

只見那地下室中，有一具如同高射炮也似的儀器，炮管向上升出，沒於冰層之中，可能它露出地下室並不多高，所以才被冰層完全蓋沒，而不能在上面發現的。我首先循著那「高射炮」也似的東西，炮口可能出現的地方，搗毀了冰層。

不一會，我就看到了那個「炮口」。那當然不是真的「炮口」，它直徑二十吋左右，滿是折光的晶狀體，還有許多像是串珠一樣的天線。我不知道那是什麼，但是我初步判斷，那是一具望遠鏡。

這時，白素已經攀進地下室去了，我聽到了她在下面叫喚的聲音，我連忙也攀了下去。那具「望遠鏡」（我的假定），有一個座位，座位上坐著一個人。

事實上，我是不應該說「坐著一個人」的，因爲在那座位上的，只有一具骸骨。且毫無疑問地，這是一個人的骸骨。

那個人曾坐在這座位上，直到死亡，而至於成爲白骨。這便是我的直覺，覺得座位上坐著一個人的原因。

在那個座位之旁，有著厚厚的一本簿子，在我進去的時候，白素正好拾起了那本簿子在翻著。這簿子的紙張，薄得難以形容，上面寫了許多字，十分清晰，只可惜我們看不懂那些字。

而在「望遠鏡」的左側，則是另一具儀器，那具儀器，看來像是一個大烘爐，上面只有一個鈕掣，那個人的一雙手（當然也只是白骨了）正放在這鈕掣之上，使人知道，他死前的最後一個動作，便是在擺弄著這一個唯一的鈕掣。

當然，我們無法知道他是在開啓還是在關閉這個鈕掣。我走前去，那個鈕掣也沒有什麼記號，我移開了幾根手指骨，伸手去動那個鈕掣。

白素就在這個時候，陡地叫道：「別動！」

可是我的動作，卻比她想像中來得快，她立即出聲警告，然而已經遲了！

「啪」地一聲響，我輕而易舉地將那個鈕掣，轉得向左，轉了一下。

白素忙道：「你可能闖大禍的！」

我聳肩道：「我看不出會闖什麼——」

我的一個「禍」字還未曾出口，白素望著我的身後，已大驚失色，「啊」地一聲叫了起來，同時，我也覺出，整個地下室突然亮了起來，亮得難以形容，我可以說，從來也未曾置身於這樣光亮的環境之中！

我連忙向白素走去，到了她的身邊，立時轉過身來。

我的眼前，根本看不到什麼——並不是因爲黑暗，而是因爲太光亮了。

我趕緊閉上眼睛，我相信白素在面對著這突如其來的光亮之際，一定也是閉上了眼睛的，因這時候，她正在叫道：「一片紅色，一片血紅，我像是在近距離觀察太陽一樣！」

白素的話，令得我心中，陡地一動。

我根據記憶中的方位，找到了那個鈕掣，又向左撥了一下，又是「啪」地一聲，眼前突然晃了起來，這一次，我們是真正看不到東西了。

在我們面前，飛舞著無數紅色綠色的球狀物，我真耽心我們的視力，從此便被那種突如其來的強光所破壞而不能復原。

如果真是這樣話，那我真的是闖禍了。

但幸而並不是如此，我們的視線，漸漸地恢復了。我們可以看到對方了，又可以看到那具望遠鏡了，又可以看到那種柔和的淺藍色光線了。

直到這時候，我們才鬆了一口氣，白素瞪了我一眼：「看你多手的結果！」

我道：「我有了一個重要的發現，你知道我剛才看到的是什麼?那是太陽，真是太陽！」

白素駁斥道：「你瘋了?」

我的視線已完全恢復了，我指著痤位之上，那一塊漆黑的、發光的，約有三呎見方的平板，道：「你看到了沒有，這是一塊黑玻璃，正是用來觀察太陽的，來，讓我們再來看過！」

我將那塊我假定是「黑玻璃」的平板，移到了我們兩人的面前（其實那塊東西，黑得像一塊鐵塊），然後，我伸長了手，又去撥動了那個鈕掣。

立即地，地下室又在強光的籠罩之下了！

我沒有料錯，那是一塊黑玻璃，而透過那塊黑玻璃，我們可以看到前面強光的來源，那是來自前面一堵牆的一個巨大螢光屏。

在那個螢光屏上，有一個巨大的、灼亮的球體，那是我們極熟悉的一個星球，太陽！

但是，我們卻也看到，太陽的表面上，有著一塊巨大的黑斑，那塊黑斑，甚至覆蓋了太陽表面的一半以上，在黑斑的邊緣上，我們可以看到，不斷有柱狀的氣流，向上捲起。

而黑斑的形狀，也在作緩慢的變易，它的顏色，也是時深時淺。那是極其驚心動魄的情景，令得每一個看到的人，都會變成傻子。

我們兩人，呆了好一會，才一齊失聲道：「天啊，這真的是太陽！」

我連忙道：「這就是迪安所說的太陽了。」

白素吸了一口氣：「那麼它怎麼又會出現的呢？」我指著那具又像高射炮，又像望遠鏡似的儀器，道：「自然是這具東西，記錄下來的。」

白素道：「那麼，它一定是一直記到太陽或地球毀滅爲止的了？快去找他們來看！」

我伸手關掉了那鈕掣，坐了片刻，才和白素一齊出了那地下室，白素在百忙之中，還記得順手將那本簿子，帶了一起走。

我們飛回飛船停泊的地方，他們四個人，仍然在忙亂地工作著。當白素拿著那本簿子給迪安看，我向他們簡略地講述著我的發現，而迪安又發出了一下驚呼聲之後，革大鵬和格勒、法拉齊都緊張地圍住迪安。

在這幾天中，我們和迪安已經可以通一些很簡單的話了，但是要講述這樣一件十分複雜的事情，卻還是不可能，所以，當迪安揚著那簿子，發出了急促的叫聲，急急地講些什麼之後，我們只能從他臉上的神情，看出他十分興奮，但卻不知道在講些什麼。

迪安講了好一會，才發現我們根本聽不懂他的話，他連忙拿著簿子，向前走去。

革大鵬他們，都放下手中的工作，一齊向前，走了出去，到了迪安的「第七號空際探測站」中。那裡有一具傳譯儀，只有通過這具傳譯儀，我們才能談話。

迪安一走進探測站，便在傳譯機前，坐了下來：「小姐，你發現的簿子，是最偉大的科學家，森安比的記錄冊，他人呢？」

白素苦笑道：「如果沒有錯的話，那麼這位科學家，早已成了一攤白骨。」

迪安欷欷地翻動著那本簿子，嘆了一口氣：「不錯，他是自殺的。」

革大鵬道：「他記錄了一些什麼，快說。」

迪安道：「他一開始就說，當太陽大黑斑突然發生的那一天起，他便知道末日來臨了，他用兩天的時間，設計並製造了一個地下室，這個地下室中，裝有一具望遠錄像儀，記錄太陽表面發生的一切情形。他記錄了三天——這裡他最後的記錄——」

我們齊聲道：「快講出來聽聽。」

迪安講道：「黑點將整個太陽包圍住了，黑斑的擴展突如其來，一秒鐘之內，太陽不見了，消失了，成了氣體，地球正迅速無比地逸出軌道，冰層蓋下來，將覆滅一切，溫度將降至絕對冰點，而急速地逸出軌道的移動，將使一切不再存在，我也不得不自己結束自己的生命，只希望以後會有生命，能夠看到我所記錄下來的，太陽變化的一切情形。」

革大鵬轉身問我：「那個地下室在什麼地方，我們快去看看。」

迪安也走過來，生硬地道：「去看看。」

十分鐘後，我們已一齊在那個地下室中了。

我們擠在那塊黑玻璃前，觀察著出現在螢光屏中的那個太陽，在黑斑的邊緣，可以看得出正有連串的爆炸在進行著。

革大鵬一面喃喃地道：「這是人爲的，這是人爲的，這絕不是天然發生的。」

格勒道：「領航員，如果這是人爲的，那麼他們這一代的人，怎會不知道？」

革大鵬仍然固執地道：「這一定是人爲的，有人在太陽上進行了一個極小型核子爆炸，這個爆炸，引起太陽中亙古以來便在進行著的核子分裂的巨大反應，反應成幾何級數增長，終於造成了這種局面。這一定是人爲的，這正是我曾經想做過，利用它來產生極大能力的方法，這不是天然發生的。」

革大鵬的話，是不是事實，永遠沒有人知道。

在螢光屏上出現的太陽，也不能解答這一個謎。

但是設想一下，如果那是人爲的話，當然也不會是地球人去做的，因爲毀滅了太陽，也等於毀滅了地球，除非那人是瘋子。

當然，這也絕不是一個人可以偷偷摸摸做成功的事。

要說那是「人爲」的，那麼這種「人」，一定是一種還未曾爲地球人知道的，另一個星球上的「人」。這種「人」想要毀滅地球，最好的方法，自然是向太陽下手。

我們在地下室中等了三天，才等到太陽毀滅的最後一剎那的來到。

正如那位科學家的記載所言，那是突如其來的，在不到一秒鐘之內，太陽突然變成了一團墨黑，接著，便像一團雲遇到了狂風一樣被「吹散」！那幅螢光屏上，接著便出現了一片黑暗，但過不了一會，我們卻又看到了極其奇異的景像，我們看到一個火紅色的大星球，以極高的速度，掠了過去，我聽得迪安叫道：「馬斯！」

連我也認出來了，那是火星，火星的名稱還沒有改變，仍然是「馬斯」，緊接著，又看到了許多星球，所有的星體，不論是大是小，有的甚至是遮住了整幅螢光屏，它們都是以一種極快的速度在行進著的，而且行進的速度，越來越快。

到後來，我們已不能看清楚任何星體，我們所看到的，只有東西一掠而過而已。

我們也可以看到星體相撞，而星體相撞之後，又化爲無數道光亮的軌跡，四下散了開去。

我們都呆住了，因爲我們知道，這種情形，不是簡單的地球毀滅，而是整個太陽系的毀滅，由於整個太陽系的毀滅，可能已導致整個宇宙的毀滅，當然，這裡所指的「宇宙」，是人類知道範圍之內的宇宙。

所有的星體，都逸出了它們原來的軌道，不知道逸到什麼地方去了，有的是孤零零地逸出去的，有的星體的吸力較大，便引著一群其他的星球一齊逸出去，不知要逸出多遠，才停了下來，形成一個新的天體，新的軌跡，新的運行系統，產生新的生物。

如果是那樣的話，那麼假定有「人」因爲想毀滅地球而暗算太陽的，那麼這種「人」不管他們是什麼星球上的，也必然害人害己，連帶著一齊毀滅了。

螢光屏上掠過的星體，漸漸減少。接著，便出現了一片蔚藍，深而純的藍色——這正是我們此際所熟悉的天空。我們知道，如果這具「望遠錄像儀」的動力系統完備，它一直在繼續工作的話，那我們一定還可以看到我們的飛船飛過來的情形的。

我們都不出聲，迪安伸手關掉了那個掣，地下室籠罩在一層暗而藍的光線之中。我們都坐在這種光線之中，誰也不想動一動。

過了許久，還是革大鵬先開口：「我想我們該去工作了！」

他拍了拍迪安的肩頭，迪安明白了他的心意，站了起來。我們一起出了地下室，革大鵬對我道：「我計劃把這地下室中的一切，也搬到飛船上去，這又需要一些時間，在這些時間內，你和白小姐繼續用飛艇飛行，看看可有什麼新的發現。」

我點頭道：「我也正這樣想，我們一有發現，立即再和你聯絡。」

革大鵬嘆了一口氣，苦笑了一下，我們一起登上了飛艇，先將他們送到飛船附近，然後，我和白素，又駕著飛艇「遨遊」。

在這裡沒有白天和黑夜的分別。我們也沒法子知道正確的時間，我們只是覺得疲倦了，便將駕駛工作交給另一個人。

我休息了幾次，算來大概已過去了四天，仍沒有發現新的什麼，繞了一周，回到了飛船的附近，飛船的修理、加裝工作大致完成，我看到在飛船頂部的透明穹頂之上，有一個炮管一樣的東西，突了出來，這自然便是從地下室搬來，裝到了飛船之上的那具奇妙的儀器了。

他們正從事最後檢驗的工作，我和白素兩人，則整理飛船的內部。

我們一共是六個人，屬於不同的時代，但由於宇宙中不可思議的力量，使我們相遇，我們如今，要一同乘坐這艘大飛船起飛。

我們起飛，並不是要到什麼目的地去——這是真正不可思議的。我們要去的地方，正是我們起飛的地方，因爲我們如今正在地球上。

但是我們卻要尋求我們的時代，我們要尋求那種奇妙而不可思議的力量——宇宙震盪，希望它適當地將我們帶到自己的年代中。

我們不知道要在飛船中過多久，可能是過上我們的一生，直到我們的生命自然終結。可能因爲糧食耗盡而餓死（後來我知道這個可能不大，因爲神經質的法拉齊，原來也是氣體合成食物的專家，我們餓不死的），我們可能永遠飛行著而遇不上這種震盪。

在經過了嚴密的檢查之後，飛船起飛的那一剎，除了迪安，我們都聚集在「主導室」中，舊的動力系統已完全放棄。

如今所用的是那具望遠錄像儀，前面無垠的太空，可以在主導室牆上的螢光屏中看得十分清楚。

只不過令我們感到洩氣的是，那只是一片深藍色！

迪安並不是太空飛行方面的專才，是以主要的駕駛責任，仍落在革大鵬的身上。

革大鵬在等候著動力室中，迪安的報告，等到迪安的聲音，傳了上來，革大鵬用力地按下了一個按鈕。

革大鵬按下了按鈕之後，飛船輕微地震動了一下，便十分平靜了。

我們沒有別的感覺，也沒有聽到什麼聲響，似乎飛船仍然停在冰層之上一樣。

但注視著儀表的革大鵬道：「好，飛船上升了，如今的速度是每秒鐘二十公里，它可以在一小時後，加到每秒鐘一百二十公里，這是我以前所未曾經歷過的速度，快極了。」

迪安也走了上來，那具傳譯機也被搬到了主導室中來了，他剛好來到傳譯機之前，聽到革大鵬的話，立即苦笑了一下：「太快了？比起光的速度來，那簡直是太……太……」

的確，他感到難以形容，一秒鐘一百二十公里，這當然是一個驚人的速度，然而和光的速度來比，卻又緩慢得難以找出適當的形容詞來！

法拉齊哭喪著臉：「而且就算有光的速度，也還是不夠的，我們要快過光才行！」

革大鵬沈聲道：「沒有什麼速度可以和光一樣的，不要說超過光速了，我們如今，只要想找到將我們震到這個時間中來的那種震盪！」

法拉齊道：「那種震盪……可能將我們帶到更遙遠的年代中去！」

革大鵬道：「當然可能，但是我想情形也不會再壞過現在了。那種震盪也可以能將我們帶到更早的年代中去，我們可能和翼龍決鬥。」

法拉齊被革大鵬的話，說得面色發青，他不敢再開口多說什麼了。

飛船向前飛著，在那幅螢光屏中所看到的，只是一片深藍色，無邊無涯的深藍色。根據革大鵬所製的日歷鐘看，我們在那深藍色的空間中，已經飛行了四個月。這四個月的飛行，我們沒有遇到任何其他的東西，也沒有遇到任何震盪。

飛船平靜得出奇——可詛咒的平靜！

我們期待著震盪，但是它卻不出現了！

到了第五月的最後一天，我們總算在螢光屏上看到了屬於深藍色以外的另一種顏色，那是一大團淺灰色的雲狀物。

第十二部：永恒星上

這個發現，使我們興奮，革大鵬糾正了航向，飛船穿過了這個雲狀物——那只是一大團氣體，直徑大得驚人，飛船在這團氣體中，足足飛行了一天多，所以有足夠的時間，通過光譜分析儀器這一大團氣體的成份。

分析的結果是，這一團氣體的主要成份，竟是氣體的鎳。

那也就是說，這團氣體的溫度之高，足以令得鎳成為氣體。幸而飛船的外殼，是特殊耐高溫的合金鑄造，要不然，我們早也成為氣體之中的一股氣了。

在穿過了這一大團氣體之後，又是十多天，只看到空際，然後，我們看到了另一個星體。

那個星體看來極其美麗，也不知道是不是我們在經過了長時間「旅行」之後的心理作用。那星體扁長形，發著一種灰濛濛的光華。

它一在螢光屏中出現，他們便忙著計算了。

格勒立即計算出，它的體積和地球差不多大小，而星體的表面有一種他分析不出，在光譜分析儀器上出現一種奇妙的顏色，因而無以名之的氣體。

這個星體的引力，也和地球相仿，因之要在這個星體上降落，也並非難事。

我們幾個人進行了一個短暫時間的商議，我們決定在這個星球上降落，看看這究竟是一個什麼樣奇特的星球。革大鵬駕駛著飛船，漸漸地向那個星球接近。

兩天之後，我們已經可以通過遠程錄像儀，十分清楚地看到那個星球表面上的情形了。我們看到，這個星球，是被一種淡青色的空氣所包圍著的，因之看來，有點像在地球上，天氣極好，萬里無雲的時候。

而在那淡青色的氣層下面，我們看到無數發光的晶體，那些發光的晶體，究竟是什麼形狀的，我們還看不明白，但是從閃耀不定的光芒來看，它一定是多面形的。

格勒不斷地運用各種儀器探測那星球的表面上的一切情形，他又測出那星球的表面上，溫度十分低，遠在冰點之下。

又過了一天，我們離得那星球更近了，在遠程錄像儀的反映景像的螢光屏上，我們所看到的，已不是那個橢圓形的星體全部，而只是它的一部分。我們已可以清晰地看到，那些在遠處看來，如同小粒鑽石也似的發光晶體，事實上十分巨大。

那種晶體的形狀十分奇特，是一種十分難以形容的立體物，而且那種晶體的形狀，幾乎是千篇一律的，大約只有兩三種變化。

由於那晶體的形狀，幾乎只有那兩三種，我們有理由相信這些晶體，並不是天然形成的。我忽發奇想：「那些奇形怪狀的東西，會不會是這個星球上的人所住的房子呢？」

革大鵬立即道：「房子？房子爲什麼要造成那種奇怪的樣子？」

格勒苦笑道：「什麼人會住在這樣的房子中呢？」

我覺得不服氣：「我們看來，覺得奇形怪狀，但是地球上的房子，幾乎全是方形的，從別的星球來的人，看到了之後，不也一樣覺得奇怪麼？」

法拉齊又吃驚起來，他慌張地問道：「有人麼？這個星球有人麼？」

正當他這樣驚叫，我們忍不住想要笑他的時候，但是笑容才在我們面前展開，便都凝住了，遠程錄像儀的錄像鏡頭，本是自動地在調整著各個角度的，所以在反映景像的螢光屏上，我們所看到那星球的表面是緩緩地移動著。

當我們想笑法拉齊的時候，我們看到螢光屏上，出現了一個極大的廣場。

那個廣場整個都是發光的晶體所鋪成的，看來像是一個陽光照射的大鏡子，而在這個廣場之上，停著不少灰黑色的東西。

這種東西，即使是我們（我的意思是指我和白素），也可以看出，那是許多類似飛船的太空交通工具，雖然它的形狀十分像香蕉，和我們慣見的火箭和太空船形狀，大有分別。

革大鵬吃驚的時間最短，他立即按下了一個掣，在飛船的周圍，立時出現了一層紫色的光芒。這是利用高壓電所產生的保護光，這種光芒，可以抵敵殞星群的襲擊，但是不是能抵敵這個星球上的「人」的武器，那卻不知道了。

法拉齊叫道：「我們快掉頭吧，這個星球上有人！」

格勒的面色也不免發青：「我們是在尋求宇宙中奇異的震盪，我想還是不要在這裡降落的好！」

我和白素緊緊地握著手，老實說，我的心中，也不想繼續再向前航去。到一個有高級生物的另一個星球上去，這究竟是一件太可怕的事情。

誰知道那些高級生物他們對生命的觀念怎樣呢？但總不會和我們有一絲一毫地相似，那倒是可以肯定的事情！但是我們看到革大鵬堅定的面色，他操縱著動力系統的雙手，甚至不震動一下，我不免為我自己的膽怯，感到慚愧。

所以我的心中雖然不願到這個星球上去，便是我卻沒有講出來。

這些人中，除了革大鵬之外，最鎮定的大概便是迪安。革大鵬其實也不是鎮定，他只不過是好強，或許他的心中，也十分害怕，但是他卻仍非要前去一看究竟不可！

我向迪安望去，用目光向他詢問他的意見。迪安將頭伸近傳譯機：「我想這星球上沒有人，要不然，這些東西就上來歡迎了！」

法拉齊道：「沒有人？那些東西，難道是天生的？」

迪安補充道：「我指沒有人，是說現在，這個星球上沒有人。」

法拉齊道：「這星球中的人，已經完全死亡，和我們……我們的地球一樣了？」

迪安道：「我不能肯定。」

革大鵬揚起了左手來道：「一切有關的人準備，我們就應在這個廣場上降落。格勒，這廣場的硬度是多少，快告訴我。」

格勒立即道：「是二十四點七，足夠降落有餘了。」

革大鵬又道：「那發光的晶體是什麼？」

格勒苦笑道：「不知道，光譜儀上出現的顏色，是完全混雜的的波狀，那是地球上所沒有的一種東西，看來倒有點像……冰塊。」

革大鵬回頭瞪了格勒一眼，他是個受過嚴格的科學訓練的人，格勒那一句「看來像是冰塊」的話，太不科學了，所以才激怒了他。

飛船的飛行速度，已在漸漸地減慢，而利用那星球的引力，向前飛去，到了更接近那星球表面的時候，他們四個人都忙碌了起來。

我和白素則在注視著那個螢光屏，星球表面上的情形，愈來愈清晰，我們看不到一點點生物，所看到的，全是那種發光的晶體，幾乎整個星體的表面，全是那一種奇妙的東西。那個廣場，在我們的飛船，漸漸接近的時候，才發覺它的面積，遠在我們的想像之上，它幾乎占那星球表面的八分之一！

試想想，那就等於在地球上，大過整個美洲了，整個南美洲，只是一幅鋪滿了晶體的廣場，這多麼難以想像！

要在那麼大的廣場上降落，並不是一件難事。

尤其是飛船是操縱在革大鵬這樣一個熟練的駕駛員手上，因之飛船停在廣場上的時候，幾乎沒有什麼震盪。

飛船停下來，我們幾個人，都深深地吸了一口氣，那是我們在作跨出飛船，探索這個奇妙的星球，作遇到一切奇妙而不可思議的事情的準備。我們沿著飛船的走廊，離開了主導室，但是卻不立即離開飛船。

我們根據儀器測得的資料，作了一切準備，我們帶上了特殊的防寒設備，又戴上了氧氣罩，這才由革大鵬打開了飛船的大門，我們利用個人飛行帶從飛船的大門出去，落在那廣場之上。

那廣場無疑是「人」爲的，因爲它全是十呎見方，平滑無比的一塊一塊結晶體鋪出來的，比起這個廣場的建築工程來，地球上的七奇，等於只是孩提的積木而已。

我們還未來得及俯身去觀察一下，我們所站著的那晶體，究竟是什麼東西，但突然之間，我們每一個的面上，都現了愕然的神色來。

我根本沒有聽到任何聲音，這個星球的表面，完全是死寂的。

但是，在我剛一站定的那一剎間，我的腦中，卻「感到」有人在說話，而只是「感到」。這是一種奇妙而難以形容的感覺，似乎是在夢境之中一樣——但這種形容，當然也是不貼切的，因為即使在夢境中，我們總也是「聽」到人家講話，而不「感到」的。

但這時候，我卻的的確確，沒有聽到任何聲音，只是「感到」有人在說話。而且，從別人的臉上的神色來看，他們當然也「感到」有人在說話了。

我所「感到」的話是：「歡迎你們來到永恒星上！」

我和白素失聲道：「永恒星！」我們兩人講得是中國話，而且是家鄉話。

革大鵬和格勒也叫道：「永恒星！」他們講的是他們的語言。

迪安也叫了一聲，我聽不懂，但我敢斷定，他叫的那聲，如果通過傳譯機的話，那麼一定也叫的是「永恒星！」這表明我的猜測不錯，我們都「感到」了同樣的一句話：「歡迎你們來到永恒星上！」

這又是十分奇妙的，如果是「聽」的話，那麼就存在著語言的隔膜，對方所講的，如果是一種你所不懂的語言，那麼你就聽不懂，就像我和迪安之間一樣。

但如果不是「聽」，而是「感到」，事實上根本沒有語言，也沒有聲音，那就根本沒有言語上的隔膜了，每一個人所「感到」，當然是他所知道的，要不然，就不會「感到」什麼了。

我們幾個，幾乎是同時叫出來的。

接著，我又「感到」有人在說話了：「是的，永恒星歡迎你們來，你們可以說是永恒星上的第一批訪客，我們當然歡迎。」

法拉齊忍不住叫道：「這是怎麼一回事？有人說話，你們聽到了沒有？」

革大鵬粗暴地道：「胡說，什麼聲音也沒有！」

法拉齊道：「是的，什麼聲音也沒有，但是有人在講話！」

我大聲道：「我們無意中來到這個星球，如果表示歡迎的話，你們在哪裡？」

我最後一句話，鼓足了勇氣，才講出來的。

因為隨著這一句話所出現的，可能是不知什麼形狀的怪物。我們都屏氣靜息地等待著。

但是我們卻沒有見到什麼，我們也沒有聽到什麼，只是「感到」一陣笑聲，一陣十分好笑，也可以使人相信毫無惡意的笑聲。

在「感到」了這陣笑聲之後，我們每一個人的神色，都不禁鬆馳下來。

但也就在那一瞬間，我卻又感到了極度的恐懼：我們已來到了一個地方，在這個地方，我們見不到任何生物，但我們卻可以「感到」有人在「講話」，有人在「笑」，而且，那「講話」和「笑聲」，還那麼容易操縱我們的情緒！

我們毫無反抗的餘地，只要「他們」是有著惡意的話！

我的恐懼感，迅速地傳給了別人，每個都感到，在這個星體之上，我們實在連一絲一毫，最低限度的安全感都沒有。

然而，也在這時候，我們又感到了一些「話」：「你們放心，雖然你們腦電波的頻率，是如此之低，如此之容易受影響，但是你們絕不會受到傷害，因爲我們是永恒的，我們在一個永恒的星球上，永恒地存在，任何東西，只在怕被人傷害，已被人傷害的情形上，才會傷害別人，我們既是永恒的存在，絕不怕有人來害我們，我們爲什麼還要傷害人？」

我喃喃地道：「永恒的？那是什麼意思？」

革大鵬道：「永恒的生物？」

白素揚起了雙眉：「你們自稱是永恒的，我不信宇宙間有永恒的東西！」

白素在講完了那句話之後，臉上突然紅了一紅。

我們都可以知道白素臉紅的原因，因爲我們在同時，都「感到」那講話的人在說：「你對宇宙的事，知道多少呢？」

革大鵬道：「既然沒有惡意，那我們不妨可以見見面，爲什麼還躲著呢？」

我們立即又「感到」了回答：「我們全在你們的周圍。」

我們大吃一驚，四面看去，什麼生物也沒有。老實說，我不是沒有想像力的人，我已經想到，這個星球上的高級生物，或許小得像螞蟻一樣。我們都被地球上高級生物大小的概念束縛了，便自然而然地以爲其他星球上的高級生物，也必然要和我們一樣大小。

所以，我立即向地上看去，希望發現一些微小的生物。

但是，我卻仍然未曾看到什麼。我雖然有想像力，但我卻難以想像，一個星球上的高級生物，會是我們肉眼所難以見到的微生物。

革大鵬幾乎是在怒吼，他道：「你們在哪裡？爲什麼我看不到你們？你們的身子有多大，你們是什麼樣子，你們是什麼？」

我們都得到了回答：「我們實在不是什麼，也沒有什麼樣子。」

這時，連革大鵬也不得不以手擊額，懷疑自己是在噩夢之中了。

我們可以接受時間上的顛倒，但卻沒有法子接受有一種「沒有樣子，不是什麼」的生物概念！

白素在這樣的情形之下，表現出她女性特有的鎮定：「解釋得明白一點好麼？我們是屬於兩個不同的星體的，請原諒。」

回答來了：「當然可以，先請你們相信，我們絕無惡意，然後會給你們看一些東西，並且希望你們，不要吃驚。」

我苦笑著道：「我們已經吃驚夠了，只怕也不能再繼續吃驚了！」

我又立即感到對方的反應：「當然你們會吃驚，正如剛才那位小姐所說，我們屬於兩個不同星體，對所有的一切，具有不同的概念，當你們看到你們從來也未曾見過，而且無論如何都不能想像的東西時，怎麼會不吃驚呢？」

革大鵬道：「好，我們準備吃驚，你們要給我們看的東西在什麼地方？」

我們感到的回答是：「在我們博物院中，這博物院是在……照你們地球上的所謂光陰來說，是一億多年以前所建造的了，你們等著，有飛艇來了。」

我們才「感到」那句話之後不久，一艘香蕉形的東西，便無聲無息，快到極點地來到了附近，停了下來，那「飛艇」十分大，足有四十呎長，一停下來之後，像打開了一扇小門，出現了一個小洞，那個洞，大約只有一呎半見方，我們們不禁為之愕然。

就在這時候，我們的腦中又有了感應：「對不起得很，這種飛艇是一兩千萬億之前的東西，那時候，我們已進化得十分小，所以門也開得很小，要請你們擠一下，才能進去。」

我們之中，怕沒有一個明白，「進化得十分小」這句話，是什麼意思。

直到我們在那個「博物院」中，看到了這個永恒星上生物的「進化史」，我們才明白，然而當我們明白了的時候，我們只覺得身子烘烘地發燒了，一種如夢的感覺，幾乎令我們感到自己並不存在。

我們進了那飛艇，飛艇中並沒有人，但是飛艇卻立即起飛了。

革大鵬在飛艇的前部，略為看了一下：「他們不知道躲在什麼地方，飛艇是接受一種極其微弱的無線電操縱的。」

我們又感到了笑聲。

然後，飛艇停了下來，我們被「請」出飛艇，來到了一堆奇形怪狀的晶狀體之前，我們又被「請」在一個小洞之中，進了那個閃閃發光，形狀怪得難以形容的「建築物」之內。

裡面十分空洞，用來建築那座建築物的晶體，是半透明的，所以內部十分光亮，我們只看到有幾條長長的通道，不知道向何處。

我們被「請」坐，當我們坐下來時，我們都得到警告：「請不要吃驚，你們所看到的，完全是模型，雖然他會動，但那完全是假的，你們第一個所看的，將是七十六億年之前的我們，那時，我們的星球是在銀河系的邊緣，距離你們地球有五十萬光年，但是我們已覺察到地球上有發生生物之可能了。」

我們的心中都苦笑著，當這個星體上的高等生物，已然可以知道五十萬光年之外的地球上的情形之際，地球上的原始生物，只怕還未曾發生！

他們比我們進步多少倍，我們實在是沒有法子估計得出來的。

我們屏氣靜息地等著。

在一條甬道中，無聲無息地滑進了一塊方形的晶體來，在晶體之上，「坐」著一個怪物。

說「他」是「坐」著，這未免是十分好笑的。我們地球人的概念，是屁股接觸實物，承受了體重的一種姿勢，便稱之爲「坐」。可是，那怪物的全身，只是紫醬色的一團不可名狀的東西，「他」是坐是立，實在是沒有法子分得清楚的。

我們六個人，在不由自主之間互相間都緊緊地握住了手。

那個已可以知道五十萬光年之外的另一個星體的「人」，實在是難以形容，如果一定勉強要形容的話，那麼各位試試將一隻跳虱放在一百倍的顯微鏡之下，那麼所看到的形象，或者可比擬於萬一。

那「人」有兩排眼睛，充滿著靈氣，閃耀著紫色的光芒。

這種眼睛，表明這種生物，的確是一種極其高級的生物，絕不是普通的怪物。

大約一分鐘，那「人」退了回去，另一個甬道中，又滑出了一個「人」來。

我們所「感到」的解釋是：「這是五億年之後的我們，以後，每交替一個模型，便是五億年，請你們注意我們形體上變化。」

第二個來到我們之前的模型，和第一個大體上差不多，但是卻少了一些鬚狀的東西。以後，每出來一個，形體便小了許多，而且「他」的形狀，也越來越簡單，唯一沒有變更的是那兩排眼睛——我說兩排，是因爲它們的確是兩排，而不是若干隻，那顯然是科學越來越發達，一些不必要的器官，完全退化了。

到了第十二個模型時，變化得特別顯著，那種高級生物，已經只剩下了一個圓形的「身體」，「身體」之上，便是那兩排眼睛。

我們又同時感到了有人在作說明：「生物的進化，便是表現在器官的退化之中的，如果舉地球上的例子，我想你們比較容易明白，猿人進化到人，尾巴退化了；軟體動物中，頭足綱的鸚鵡螺，是有貝殼的，然而進化了的烏賊，貝殼便已退化到了軟體之中。當然，這種退化，必須經過許多代，長時間的演變，幾億年！在這個模型對上的五億年中，由於我們發明了用腦電波操縱一切，是以我們的肢體，幾乎全因爲沒有用處而退化了，你們看到的，只是我們的頭部。」

這個模型退了回去，第十三個模型又來了我們的面前，圓形的「身體」變成長條形的了，又小了許多。而第十四個模型，那「身體」已不見了，只有兩排紫光閃閃，看來十分駭人的東西。

第十五個模型，是最後一個，我們看到的是一個只有拳頭大小的紫色發光體，小得如此出人意表之外，而且形狀也是接近圓形，就像是地球人的一個眼珠。

當第十五個模型退了回去的時候，我不禁失聲道：「那麼，你們如今是什麼樣子？」

回答來了：「我們如今，不是什麼樣子。當你們看到最後的一個模型之際，我們已經因爲進步，而退化到只要保存腦神經中樞的一部分，發出腦電波以指揮一切的地步，所以除了這個器官之外，我們別的器官，都退化了。」

白素尖聲道：「以後呢？」

回答是：「以後的四億年左右，我們又發展到腦電波可以單獨存在的遊離狀態。」

感覺中又聽得回答：「腦電波可以離開一切器官而單獨存在，這是我們跨向永恒的最重要的一環，因爲任何器官，都不能永恒存在，在這以後的一億年之中，我們的最後器官，也退化了。」

格勒道：「那麼你們，你們……變成什麼都沒有了？」

「哈哈，誰說我們沒有什麼？我們已成功地將我們的星球，推出銀河系的邊緣，到了永恒的外太空，我們是永恒的存在，你知道電波的速度麼？腦電波本身就是一種無線電波，我們擺脫了一切器官的束縛，我們便能以無線電波的速度，自由來往，當你們一降落，我們便全都來到你們的身邊了！」

法拉齊是第一個捧住了頭、尖叫起來的人，迪安是第二個，格勒第三，我、白素、革大鵬是同時怪叫起來的。

我們沒有法子不叫，這是完全是無法想像的事，我在剛一降落的時候，覺得無法將一種高級生物設想爲微生物，然而，「他們」卻比微生物更徹底，他們根本沒有什麼，也沒有什麼樣子，他們只是一種「思想」，一種永恒生存的「電波」，然而「他們」卻是生物的，而不是物理的，你能不叫麼，你能麼？

我忽然想到，宗教上的所謂永生不死，將人的身子稱之爲「臭皮囊」，是不值得留戀的東西，將生命喻爲一聲嘆息，而追求一種永恒的精神存在，這不是和「永恒星人」七十五億年來的進化過程不相上下麼？

這麼一想，我首先便安心了許多，我感到了有人在對我說：「這是生物的進化過程，你們大可不必大驚小怪。」我沈住了氣：「你們對太陽的變化，知道多少？」

回答是：「我們知道得很少，因爲太遠了，而且我們也沒有留意觀察，我們都變得太懶了，我們正在耽心，這樣下去，會連現在的腦電波也『退化』了，如今我們雖然無形無質，但是卻還能在電波檢示器中現出形狀的。」

我苦笑了一聲：「有即是無，一切『有』的東西，到頭來，總要變成『無』的！」

我很久沒有「感到」回答，然後，便是革大鵬問：「對於宇宙中的一種震盪，你們知道多少？」

「那種震盪，是星系的一種大移動所造成。銀河系中，包括著數十億個大恒星，相互牽引成爲一體，但整個銀河系仍不是靜止不動的，有時候會震盪一下——是什麼原因，連我們也不知道，這種震盪發生得極快，如果恰好有生物被這種震盪捲入，那就十分有趣了。」

格勒「哼」了一聲：「一點也沒有趣，我們便是遇上了這種震盪，所以才一下子倒退了一百年，一下子又超越了無數年。」

「你們想回去，是不是?那只好碰運氣了，你們向銀河系飛去，總有機會遇到震盪，很抱歉我們不能幫你們什麼，我們的一切，全是腦電波指揮控制的，我們的腦電波的頻率，遠比你們的高，你們無法使用我們的一切機器。」

革大鵬向我們作了一個手勢，我們一齊向後，退了開來。

我們出了那扇門，到了飛艇中，每個人的兩頰都異乎尋常地灼熱，我們是處在一個迷迷濛濛的狀態之中的，直到我們被送回了飛船之旁。

我們降落這個星球，沒有損失什麼，我們還可以說，受到了十分熱情的「招待」。

但是我想，包括革大鵬在內，我們都十分後悔這次的降落。

第十三部：太空流浪者

任何高級生物，總是受時間局限的，時間的局限有伸縮性，可以上下伸縮一千年、兩千年，但到了幾十億年開外，那麼是絕對無法適應。而我們偏偏就闖出了時間的局限！

所以，我們的心中充滿了一種異乎尋常的感覺，難以形容的怪異、錯愕、迷惘和失措！我們在自己的飛船下站立了好一會，才開始進入飛船。在我們進入飛船的時候，我們又「感到」有人在向我們說：「祝你們好運！」

祝我們好運，我們的運氣，從某一方面來說，已經是夠「好」的了。因爲我們竟有機會遇到這樣怪誕而不可思議的事情。

當我那樣想的時候，我又深自慶幸，「永恒星」上的高級生物的形狀，本來就和地球絕不相同。如果他們的形狀，竟是和地球人相同的話，那麼我們在那個「博物院」中所看到的「進化」過程，將會是這樣：先是一個完整的人，接著，人便「進化」到了沒有腳，沒有手，進一步，連身子也沒有了，只有一個頭……到後來，甚至只有腦中樞神經……

如果真是這樣的話，那只怕我們六個人，誰都免不了作嘔，誰都要昏過去，一個人的一生至多只一百年，在一百年之中，人絕不會發生什麼變異，所以沒有一個時代的人，可以想像人的身體會因爲「進化」而起著變化。

但是在事實上，這種變化又是緩緩地，固執地在不斷進行著的。

我們默默地上了飛船，等到飛行的一切準備工作都做好了之後，革大鵬首先嘆了一口氣：「我們這次，能夠來到這永恒之星，也是一種偶然的機緣，我們再次起飛，是不是能遇到那種宇宙震盪，全然不可預料。我們可稱為太空流浪者，我們的飛船，和整個太空相比，就像是海洋和海洋中的一個浮游生物一樣，我們可能永遠找不到什麼。在這個星球上，我們至少可以生存下去，有什麼人願意停留在這個星球，我不反對，這裡的『人』一定會很好地照顧留下來的人。」

白素緩緩地道：「不錯，就像我們地球人照顧稀有的熱帶魚一樣！」

我搖了搖頭：「我不願意留下來。」

我一面說，一面留心觀察別人的情形，只見每一個人幾乎都是毫不考慮地搖著頭。

我又問道：「革先生，你呢？」

革大鵬轉過頭去，他並不回答我的問題，只是道：「那麼我現在起飛了，我們找不到歸宿的時候，大家應該記得我，作為一個領航員，是提醒過各位的。」他按下了發動動力系統的鈕掣，飛船的底部，產生了強大無匹的衝力，飛船以極高的速度，向前飛去。

如果有可能的話，我們一定不去想它！但我們卻是難以控制自己的思想，所以我們逼得仍處在那種茫然、駭然的情緒之中。

我們直到十幾天之後，心情才比較略爲輕鬆了一些，但是這「輕鬆」，卻是有限度的，因爲我們又過了十多天，可是卻仍然未曾遇到什麼宇宙震盪。

我們（尤其是我和白素）變得無事可做，也不知從什麼時候起，我開始再向白素詢問她在歐洲，到亞洲神秘地區之行的一切細節，其實我是已經知道這一切的了，但因爲實在無所事事，所以我將她又要每一個小節都講給我聽，反覆推敲，以消磨時間。

當時，我們只不過爲了消磨時間，但後來，我卻發現了許多疑點，將白素認爲已完成了任務的這個想法推翻，又生出了無數事情來（事詳《天外金球》）。

時間一天又一天地過去，我們在太空船，只是在深藍色的、漫無邊際的太空中飛行，我們在開始的時候，還在熱切地盼望著「宇宙震盪」的來到。但是隨著時間的過去，我們幾乎都已絕望了！

我們是在外太空飛行，這是毫無疑問的事情，而外太空是人類知識範圍之外的東西，我們不知要飛多久，才能夠達到光在一秒鐘之間所達到的速度。然而在這浩渺的空際，距離都是以幾萬光年、幾十萬光年來計算的，我們有希望再闖入銀河系中麼？

我們每一個人，都變得出奇的頹喪，尤其是迪安，他比我們都「先進」，但是這時，他的表現，卻又最差，他用我們聽不懂的話（他是有意不想讓我們聽懂）不斷地講一些什麼。

看他的神情，他像是正在怪我們，似乎我們不應該將他從冰層中挖出來，不應該使他復活！

除了迪安之外，最不安寧的便是法拉齊，他時時會尖聲怪叫起來，使人以為他的神經已然分裂，有時，他又會不在主導室中出現，達半個月之久，不知他匿身在什麼地方。

太空船十分巨大，獨如一座球形的七層大廈，有著許多房間，我們也無法一間一間地去找他。而過了幾天之後，他又會像夢遊病患者似地走了出來。

又過了些時候，我們都感到，太空船中，什麼都不缺，可就是少了一樣東西：酒！如果有酒的話，那麼大家的意志就可能不會那麼消沈了。

但是在這裡，卻沒有法子製造酒來，格勒可以製造糧食，但卻不能製造酒。又過了許多時候，迪安和格勒開始研究保持生命的辦法。

他們研究的課題，十分駭人，那就是準備用一種方法，將我們六個人中的五個人的生命，予以「凍結」，只餘一個人，操縱太空船，而「凍結」是輪流進行的，那樣可使我們的生命延長六倍的時間，因為在生命被「凍結」之際，就像迪安被突如其來的冰層埋住一樣，一切機能停止了活動，人是不會在「凍結」時期衰老的。

我不知道即使他們兩人研究成功之後，我是不是有勇氣接受「凍結」。

但是當他們兩人提出來這個辦法之後，我卻也同意，因為我們只有盡可能地延長飛船在太空中飛行的時間，時間越長，那我們遇到那種「宇宙震盪」的機會也就越多。

神經本就不怎麼堅強的法拉齊，變得越來越暴躁，他竟然將我們的手錶，和飛船中所有的計時器具，全部都在不知不覺中毀去了。

從那時候起我們已沒有法子獲知時間與日子，我們完全不知道在外太空之外，飄流了多久，和還要飄流多久，我們只是在消磨我們的生命，這時候，我倒希望格勒和迪安兩個人的研究，能快一些成功了。

然而，他們兩個人的研究，卻沒有成功，他們又提出一個新的計劃，那就是從永恒星上得來的靈感，他們開始鑄造一種可以接受極其微弱的無線電波操縱的機械，這種機械的形狀，和人一樣——但當然難看得多，所謂一樣，那是指有頭、有手、有腳而言的，換言之，那是一個機械人。

他們說，如果將我們的腦子，搬到這個機械人的腦部，那麼我們就可以成爲有人的腦子，鋼鐵的身軀的一種「人」。

在那樣的情形下，因爲我們沒有肌肉來消耗體力，沒有一切的器官來使精力消逝，我們的生命，也就可以永遠地存在下去。

但是，當他們兩人想出這個計劃來的時候，我卻看得出，他們兩人的精神狀態，已經十分不正常，所以我反對這個計劃。

我反對的理由很簡單：即使我們成了不死的「鋼鐵人」，那又怎樣呢？我們的目的，卻不是在於「不死」，而是在於回到我們自己的年代中去。

我不能想像當我成了一個「鋼鐵人」回到一九六四年時的情形，我也不能想像革大鵬他們，成爲「鋼鐵人」之後，回到二〇六四年的情形。

但是我知道，格勒和迪安兩人的計劃，被大多數人否決了之後，他們並沒有放棄，他們仍在秘密地進行著他們的研究。

我和白素兩人，都感到飛船中的瘋狂氣氛，越來越濃厚了，革大鵬雖然一聲不出，但正因爲他那種過度的沈默，使人越來越覺不妙。我心中暗想，不必再等多少時候了，只要再過半年，我們再不遇上那種宇宙震盪的話，那麼可能就會發生「飛船喋血」的慘劇！

人在孤苦無依的情形之下，會不正常，而我們這時，正可以說是處在孤苦無依的頂峰狀態之中。

我和白素盡量避免和他們接觸，因爲我們倒反而是所有的人中，最能保持鎮靜的人，那並不是我們的神經特別堅強（實際上，只要是人，在如今這樣的情形下，都難免瘋狂），我們之所以比別人鎮定，是因爲我們是兩個人。

我們是熱切相愛的一對，我們感到，我們在一起，就算一輩子找不到我們的地球，也還是不算太抱憾的，這種感覺，使我們鎮定。

我們有時躲在小房間中，有時在走廊中間散步——當那一天，傳聲器中傳來革大鵬的怪叫之際，我們正是在走廊中散步。

革大鵬的怪叫聲，是如此之尖利，如此之駭人，使得我們在剎那之間，以爲在主導室中，已經發生了「飛船喋血」事件了。

我們連忙向主導室趕去，進了主導室，我們不禁爲之陡地一呆！

主導室中一片光亮，異乎尋常，亮得我們幾乎睜不開眼睛來。

光亮從大幅螢光屏中而來，從透明的穹頂之中射進來，我們要費上一些時間，才能夠看清楚。

我們是最遲趕到主導室中的人，而革大鵬的手指向前指著，誰都可以看得到，他伸手所指的，是一條極長極寬的光帶。

深藍色的空際已不存在了，那光帶所發出來的光芒，強烈到了無以復加，飛船越向前去，光芒便越是強烈，逼得我們睜不開眼睛來。

革大鵬按下了一個掣，透明穹頂被一層鋼片遮去，他又將螢光屏的光線，調節到最黑的程度，即使是那樣，在螢光屏上，仍然可以看到一條明顯的、灼亮的光帶，格勒坐到了計算機的前面，開始工作。

我們不知道那是什麼，但是在經過了如許長的日子的藍色空際的航行，忽然有了那樣一股光帶在前面，那總是令人興奮的事。

革大鵬催著格勒，要他快點計算出那光帶的一切情形來，然而，格勒還未曾說話，光帶便突然展了開來，剎那之間，整個螢光屏都變得充滿了灼亮的光芒，飛船也突然旋轉了起來。

我想像當時的情形，一定很有點像一隻乒乓球，被捲進了一道湍流之中！

在太空船剛開始旋轉之際，革大鵬還手忙腳亂地企圖止住它。

但是他隨即覺出，那不可能的了。

他放棄了控制飛船的意圖，緊緊地扶停住了椅背，我們每個人都是那樣，緊抓住身邊的東西，因為那時候，飛船似乎在不斷地翻著筋斗，我們在開始的時候，還可以支撐，但不多久，便感到頭昏腦脹了。

我們都覺得，我們的飛船，是在被種什麼力量帶著前進，那前進的速度，快到極點。

但是，那卻又不同我們上次遇到過的震盪，那是一種新的感覺，它只是旋轉，不斷地晃來倒去地旋轉著，旋轉了多少時間，我們之中沒有人可以說出來。而旋轉的停止，也是突如其來的。

陡然之間停止了，可是我們的身子，卻還在左右搖擺著，等到我們相互之間可以看得清對方的臉容之際，我們可以說從來也未曾看到過那麼難看的臉色。

螢光屏上，已經看不到有什麼光亮了。

法拉齊喘著氣叫：「怎麼一回事？怎麼一回事？」

革大鵬壓聲道：「閉上你的鳥嘴！」

他一面說，一面按動了鈕掣，遮掩穹頂的鋼片，重又打了開來，老天，我們該怎樣表示我們的高興才好呢？

真的，我們每一個人，都不知該怎樣表示高興才好！我們看到了星辰，看到了無數的星辰。

星辰在天際一閃一閃，有的大，有的小，這是什麼地方？我們已來到了什麼地方？這一切，我們都不理會了，因爲我們又看到了無數的星體！

我們是不是已回到了銀河系之中，我們是不是至少已脫離了外太空？革大鵬迅速著調節著遠程錄像儀，他陡地怪叫了起來：「看見沒有，那是什麼，看見沒有？」

他在這樣叫嚷的時候，臉上現出了極其甜蜜的笑容來，老天，笑容未曾在革大鵬的臉上出現，也不知道有多少時候了。

格勒向螢光屏看去，他也笑了起來：「這不是遊離星座麼？」

法拉齊雙手高舉：「我們回來了，我們回來了，剛才那光帶將我們帶回來的。」

白素問：「剛才那光帶是什麼東西？」

革大鵬的脾氣，好得出奇，他竟向白素鞠了一躬：「小姐，不知道，宇宙中的一切太不可思議，豈是我們這樣渺小的生物，所能瞭解的？我們已回到銀河系來，這已經夠了！」

從那時候開始，飛船在一個接著一個星球中穿行，有時，我們甚至在一些星球極近距離處掠過，可以清楚地看到星球表面的情形。

我們回到銀河系時的那種狂喜，一下子就完全過去了，誰都知道地球只不過是銀河系中的一個微粒，我們雖然在銀河系中，但是離地球，可能有幾十萬光年，甚至幾百萬光年的距離。

這情形，使我想起一首古詩來：「江陵到揚州，三千三百三，已行三十里，還有三千在。」我們進了銀河系，等在我們面前的，絕不止三千里，又有什麼值得高興的呢？

我想革大鵬他們，既然認識這些星座，當然應該知道這些星座離地球有多少遠的。但是他們卻絕不出聲，這表示離地球極遠，遠到了他們覺得說出來也喪氣的地步，所以才沒有一個人講起這件事來。

星體的形狀、顏色，千奇百怪，在那一段時間中，我們比較不那麼單調，因爲我們至少可以去數一數星星的數目，和沈醉在星球奇幻的顏色中。

又不知道過了多少時候，沮喪的情緒，又彌漫在飛船中的幾個人之際，我們所期待的震盪，終於來了。

震盪是突如其來的！

當真是突如其來的，忽然之間，我們猶如被一個力大無窮的人，突然提了起來，重重的撞在房間的天花板上，而且隨即又跌了下來，撞在地上。

那還只是開始，緊接著，整座飛船，都好像要裂了開來一樣。

我和白素，正在一間房中，在翻閱著一些事實上我們看不懂的東西，我們緊緊抓住了一根金屬柱子，我們的身子，劇烈地搖晃著，以致我們幾乎看不到對方究竟是在何處。

但是我們的心中卻是很高興的，因爲這是那種神奇而不可思議的宇宙震盪，這種宇宙震盪，可以結束我們的太空流浪生活。

我們以那種極度高興的心情，來忍受著那種震盪所帶給我們身體的痛苦。我們都知道，一下輕微的震盪，我們就可能越向前一百年，而如今，每一秒鐘，我們都要忍受幾十下震動。

那種震動，是什麼時候過去的，我們並不知道，因爲在那種大震盪繼續到一分鐘以上的時候，我們都已支撐不住，而陷於半昏迷狀態了。

我和白素兩人，是給革大鵬他們的歡呼聲所驚醒的，我們站起身來，相互望了一眼，都感到極度的震驚，因爲我們都鼻青臉腫，但我們都不理會這些，從傳音器中傳來的歡呼聲，使我們知道，震盪所帶來的，一定是對我們十分有利的情形。

我們衝出房門，登上升降機，直趕主導室。

革大鵬指著透明的穹頂：「看……看……這是什麼，這是什麼？」

隨著他所指的看去，我們看到了一個圓而亮的星球，這個星體，我們對它可以說是再熟悉也沒有了。

那是我們的太陽！

革大鵬不斷地調整著遠程錄像儀的角度，在一小時之後，螢光屏上，終於出現了地球！

地球，這是我們自己的星球，我們每一個人都睜大了眼睛望著它，那肯定是地球，而不會是別的星球，因爲它上面的凹凸圖案，我們太熟悉了。

我們的興奮，到了幾乎發狂的程度，每一個人都拉開喉嚨唱著——至於唱些什麼，卻沒有人理會。

格勒一面在唱著，一面在計算，他終於宣佈了計算的結果：再過七十一小時的航程，我們就可以在地球上降落了！

只要再三天，只要再過三天，我們就可以順利到地球了！格勒的宣佈，又替我帶來了狂喜。然而，這種狂喜，卻又很快地爲新的憂慮所代替了。

不錯，我們的飛船，毫無疑問地是在向地球飛行，神奇的宇宙震盪，將我們帶到了太陽系中。

但是，我們再過三天將要到達的地球，是屬於什麼年代的地球呢？是一九六四年，還是二0六四年，還是更遲或者更早？

我和白素，自然希望那是一九六四年，但是革大鵬他們，則希望那是二0六四年，迪安則希望是他的那個年代——雖然那是地球毀滅的一個年代。

我們這三種人，哪一個不會失望呢？

還是我們三方面都失望呢？我們三方面都失望的可能性太強了，如果是一八六四年，那我們怎樣辦呢？是降落呢？還是不降落地面，繼續我們的太空流浪呢？

這委實是一個令人難以決定的問題。

我們都像是等待判決的囚犯一樣。剛才，我們覺得三天功夫太短了，但如今卻又覺得要等上三天，是太長了。

在這以後，我們每一個人都保持著出奇的沈默。

飛船離地球，越來越近，地球的表面情形，我們也越看越清楚了，我們看到了高山，也看到了平地，更看到了海洋。

我們早就用一種十分簡單的方法，在計算著時間，那可能不十分準，但是總也不會相去太遠。

當六十小時之後，我們已可以把地球看得更清晰了，但是，當七十小時之後，我們就可以看到在海洋上航行的大輪船了！

遠程錄像儀已將地球表面上的情形，更清晰地反映在螢光屏上，我們首先看到了那艘輪船，那是一艘大郵船，大客輪。

我和白素兩人，一看到了那艘郵船，便幾乎叫了起來，這毫無疑問，是我們的年代！

因爲這艘船，我們是認識的，它是我們這個時代的最大的一艘郵船！

那也就是說，如今我們將要降落的，是一九六四年的地球。

我們算是回家了，我和白素的太空流浪，可以結束了。

我和白素在極度的高興中，並沒有注意到別人的失望，直到飛船忽然停下來，我們才陡地一驚，我忙問道：「怎麼一回事？」

革大鵬的面色十分難看，法拉齊、格勒和迪安，也是一樣。

我們自然可以理解到他們的失望情緒的，因爲如果地球上的情形，顯示那是二〇六四年的話，那麼我們也一樣會如此失望的。

我不好意思再問他，革大鵬呆了好一會，才道：「你們看到了，我們的太空流浪，並沒有結束。」

我忙道：「其實，你們如果到地球上去，只要我和白素不說出來，沒有人會知道你們真正的身份，而憑著你們超人的學問，一定可以在地球上，得到極其崇高的地位！」

革大鵬不出聲，其餘各人都不出聲。

好一會，革大鵬才道：「不，我們不是屬於你們這個時代的，你們下去吧，你們利用小飛艇，可以很順利地通過大氣層，回到地球上去的。」

白素道：「你們——」她的話中，充滿了依依不捨的語氣。革大鵬呆了半晌，才道：「我想，我的決定，可以代表他們，我們決定仍在太空流浪，直到找到我們的時代爲止。」

白素道：「你們可能永遠找不到。」

革大鵬點頭：「是的，但我們無法不這樣，我們不能生活在不屬於我們的時代中，就像淡水魚不能在海中生存一樣。」

白素嘆了一口氣，我和她不由自主地向他們走去，和每一個人握手，我們都不說什麼，只是緊緊地握著手，握得如此之緊！

我們握好手，革大鵬才道：「小飛艇的操縱方法，你們是知道的了，我們會等你們降落之後，再開始我們的航行。」

我和白素離開了主導室，來到了小飛艇旁，我們爬了進去，開始發動，小飛艇以極高的速度，向前衝了出去，向地球表面上衝去。

我們的小飛艇在進入大氣層的時候，艇身發出「滋滋」的怪聲來，它在大氣層中，變得不十分穩定，是以，當它猛地扎入了海中之際，我們都不知道究竟發生了什麼事情，我們只是感到，我們已降落了。

於是，我們合力打開艙蓋，海水湧了進來，我們費勁在掙扎著，浮上了海面，那並不是一望無際的大海，那只是近陸地的海。

我們之所以如此肯定，是因爲在我們浮上海面之後，就看到了一個荒島，我們立即向那個荒島游去，等到我們登上了那個荒島的時候，我雖然已經極之疲倦，但是我們仍然驚呼了起來！

這個小荒島我太熟悉了，這就是白素的飛機撞毀的那個小島！

真是，就是那個小島，這不是太湊巧了？那實在太湊巧了。我相信這種神奇的宇宙震盪，是有規律的，所以上一次將飛船帶到了這一帶的上空，這一次仍然是這樣，而在時間，只不過相差了四天，也就是說，我們仍然是在一九六四年，只不過遲了四天。在這四天之中，事實上我們已過了許多年，但是當我們回到了我們的時代中之後，卻只不過失去了四天。

到了這裡，事情似乎已沒有什麼可以再值得記述的了，但是還有一件事，革大鵬究竟是怎麼樣了？我一直祝福他們能夠回到他們的年代中，但那一天，我偶然看到一篇記載，我卻對他們的下落，有了不樂觀的看法。

我所看到的那篇記載是：

「在一八六四年五月，有一顆極大的殞星，估計有二十五噸重，墜落在法國的南部地方。有殞星墮落，那並不是什麼出奇的事，令人奇怪的是，這個殞星的殘餘部分，經過分析，那是一種純度的合金，而且，經過一個有名的太空生物學家的研究，發現在『殞星』的殘餘中，有著最早的生命痕跡，有著蛋白質的組織痕跡，這位太空生物學家的結論是：在這個殞星上，本來有著生物，而這些蛋白質組織，和人體的蛋白質的組織，又十分類似云云。」

這使我想起了那艘飛船來，它會不會在太空中又飄盪了若干年，等他們四人都死了，才遇上神奇的宇宙震盪所以墜落下來，由於失去了控制，所以便損毀了，被人當作是殞星呢？我之所以這樣懷疑，是因爲在時間上是吻合的，我們已知道這種震盪的幅度，在時間上是以一百年爲單位。一八六四年，剛好是一九六四年之前的一百年！

〈完〉

紅月亮

序言

「紅月亮」中的外星人，罩上寬大的白袍，套上頭套，看起來外形和人差不多，其實，完全不是，形狀怪異莫名——同樣的描述，後來又用了一次，用在「盜墓」這個故事之中，所不同的是三個小外星人，可以凌空飛行，罩上一件白袍，儼然人類。

人穿衣服，衣服底下的身體，通常不為人所見，所以許多醜惡，也能藉衣服來掩飾，這種情形，引申到了文學語言上，就另有寓意，也就有了「衣冠禽獸」這樣的成語，意思是，衣服是外表，外表堂皇華麗，內在的汙穢就被遮掩，不容易看出來。

然而，不容易看出來，不等於不可能看出來，掩飾的再巧妙，總有暴露的時後候。

對於一切看來人模人樣的東西，小心一點，總是沒錯的。

倪匡

第一部：幾千人看到了紅月亮

聽說過「異種情報處理局」這個機關麼？

這個機關的來頭不小，它是海、陸、空三軍聯合派員成立的，但是，當我來到了這個「異種情報處理局」門口的時候，我卻幾乎要笑了出來！

這來頭如此之大的「衙門」，原來只是一幢十分舊而且在牆上生滿了青苔的石屋，這所屋子，看來根本不是住人，而只是堆放雜物的，所以它可以說沒有甚麼窗口，只有兩圓形的小洞。

而唯一看來十分神氣的那塊銅招牌，上面刻著：海陸空三軍總部直轄機構，異種情報處理局。但是招牌上已生滿銅綠了。

我早已知道這個所謂「異種情報處理局」，並不是熱「衙門」，而是一個十分冷門的機構，但是卻也想不到它門庭冷落到這種程度！

我之所以知道有這樣一個名稱古怪的機構，是我在夏威夷認識了巴圖之後的事情。

巴圖是一個十分有趣的人，我必須用最簡單的方法將他介紹一下。

他大約四十四歲，說他「大約」，是因為他自己也不知道他究竟多少歲，他自己是一個孤兒，被一個比利時的傳教士在中國東北呼倫貝爾盟科爾沁右翼中旗的草原上發現，帶回北平。

當時，草原上正發生過可怕的爭殺，屍橫遍野，然而巴圖卻一點也沒有受傷，那時他只有兩歲多，騎在一匹小駒子上，也沒有哭。那位比利時傳教士只學會了一句蒙古話，就是「巴圖」，巴圖者，英雄也，所以就替他取名巴圖。

後來，比利時傳教士回國，將巴圖也帶了去。從此之後，巴圖的經歷太精彩了：他在比利時讀過神學院，到過比屬剛果，參加過好幾方面的黑人叛亂軍，在連土人也視爲畏途的剛果黑森林中，生活了一年之久。

後來，第二次世界大戰爆發，他在比利時和荷蘭做過地下軍，又曾成爲法國抗納粹地下軍的一個相當重要的負責人。

他也曾參加正規軍，被俘後在集中營中，領導過一次大逃亡，在二次世界大戰的後期，他的年紀雖然還不大，但卻已是盟軍最出色的情報人員之一。

大戰結束後，他退役了，成立了一個私家偵探社。以他的學識、才能而論，他的私家偵探業務，應該蓬勃非常，壓過所有的偵探社才是的，可是運不如人，他的私家偵探社，卻是一點生意也沒有，他窮得幾乎要搶銀行（以他的能力，是一定可以搶成功的），以後才算是有了小小的轉機。

那就是「異種情報處理局」成立了，兼任局長的是他在戰時的一個老上司，想到了他，才派他去擔任那個局的副局長。

他雖然是一個局的副局長，但是他的手下，卻只有一個女秘書（兼檔案管理員）和一個有著中尉銜的副官，這個副官兼了一切應該做的事情。

但好在這個局的經費相當充足，是以他無所事事，可以週遊世界，東逗留一個月，西逗留三個星期，倒也逍遙自在。

巴圖來到夏威夷，本來是只準備住上一個星期的，但是遇到了我，卻陪著我一連在夏威夷住了將近三個月。我並不是在自我吹噓，有著吸引人的力量，我和巴圖之所以相處得那麼好，全是因爲我們兩人有一個共通的特點之故。

這個特點便是：一切怪異的事情，在我們看來，全不是「不可能」的。

我們都一致認爲，人類的科學是在極其可憐的萌芽時代，一切不可能、被認爲荒謬的事，全是以現在的科學水平作爲根據而出發的，這等於一個三歲孩子不知道雷是如何被發現一樣：也就是說，人類還太沒有資格去評論一切不可思議的事。

說起來，「異種情報處理局」所做的，也正是這一類事情。

所謂「異種情報」，並不是敵軍進攻、間諜活動、冷戰、熱戰這一類情報，這一類情報是熱門，而「異種情報」則是冷門。

所謂「異種情報」，是指一些還不明白究竟是甚麼事的事，而經過了各方面的研究之後，仍然得不到甚麼結論的事，交給「異種情報處理局」去處理。

舉例來說，某地上空忽然有不明的發光物體在空中飛過，有人目擊。自然，目擊者先去報告警方。由於發光物體是在空中發現的，警方自然將一切轉報告給空軍當局。

空軍當局，便對這件事進行研究。

如果空軍當局研究不出名堂來，那麼，這件事便會移交給「異種情報處理局」。

照這樣說來，「異種情報處理局」的工作，應該是十分之繁忙的了。

然而，當我向巴圖問到了這一個問題時，巴圖卻嘆了一口氣，搖了搖頭。

原來事情和我想像的完全不同，因爲，任何方面，明明接到了他們所弄不懂的問題，但是卻也不肯認自己不懂，偏偏要不懂裝懂，想當然地作出結論，那麼，檔案有了結論，自然輪不到巴圖來工作了。

所以，這個局的「生意」十分清淡，清淡到了這個局的唯一實際負責人可以陪我在夏威夷的海灘上，一起拾取各種各樣的貝殼和天南地北地閒談，一陪就是三個月的程度！

巴圖生性十分坦率，我們相識後不久，他就將有關他自己的一切全都和我講了，我自然也不是「逢人只說三分話」的人，所以我們很快成了知己，我們約定，有甚麼奇怪的事情，一定互通聲氣，大家研究。

他比我先離開夏威夷，在他離開後一個月，就在我也準備離開的前夕，我接到了他的一封電報：「要看紅月亮麼？請速來我處，巴圖。」

我不明白這封電報是甚麼意思，因之拍了一封回電：「請進一步說明。」

他的回電來了：「速來我處，不可猶豫！」

當我接到他第二封電報之際，正是夜晚，我探頭向窗外看去，窗外皓月當空，我連眨了幾下眼睛，月亮仍然是銀白色的。

月亮自古以來就是銀白色的，紅字和月亮連在一起，只怕還以巴圖的那封電報爲首次！

我不知道巴圖在發甚麼神經。但是老實說，就算沒有這封電報，我也想去看看巴圖了，因爲他這個人實在太有趣，而且經歷也太豐富了。

我十分懷念我和他兩人，在海灘上，各自談及自己的經歷，往往通宵達旦，而毫無倦意的情形，所以我不再推託他，只是回電道：「即來。」

於是，在若干小時之後，我來到了那幢石屋面前。

如果不是門口有著那樣一塊銅招牌的話，我一定以爲找錯了。

本來，我以爲就算巴圖的「衙門」再冷門，至少也許在國防部大廈中，佔兩間極豪華的辦公室才是的，卻原來是這個樣子！

我來到了門口，咳嗽了兩聲，揚聲道：「有人麼？」

裡面傳來了巴圖的聲音：「快進來！你終於來了，快進來。」

我推門進去，那門在被推開之間，竟然發出了「吱」地一聲，我不禁嘆息了一聲，心中暗暗為我出色的朋友巴圖抱屈。

推開門之後，是一個走廊，那走廊大約有二十呎長，走廊的盡頭是後門，後門開著，一個穿著中尉軍服的年輕人正在用花洒淋花。

我知道這個年輕的中尉，一定便是那「異種情報處理局」的三個工作人員之一。

我向他揚了揚手，他也看到我，他用一種十分奇怪的眼光望著我，像是奇怪何以會有人光臨到這樣一個不受人注意的機關來。

我來到了走廊中，在走廊的兩旁，各有兩扇門，也就是說，那石屋共有四間房間，我不知道巴圖在哪一間房間之中，是以大聲問道：「巴圖，你在甚麼地方？」

我立時聽到一扇房門的打開聲，一個滿頭火也似的紅髮的妙齡女郎打開門，探出頭來，她的口中銜著一支鉛筆，她臉上的神情，同樣的奇怪。

我向她點頭為禮：「我找巴圖。」

她戲劇化地叫了一聲：「哦，我明白，你一定就是這幾天來他不斷提起的那個中國人。」

我還未曾再和她交談，「碰」地一聲，另一扇門打了開來，巴圖的聲音也傳了出來，他大聲叫道：「衛斯理，快進來！」

我向這位美麗的紅髮女秘書作了抱歉的一笑，轉身走進了巴圖的房間中。

我才走了進去，又不禁嘆了一口氣，這哪兒算是一間辦公室！

老實說，最淩亂的雜物室，也比他的辦公室要整齊得多。

那間房間，大約有兩百平方呎，但是可以活動的空間，大約只有三十呎。其他的所有地方，全被莫名其妙的舊報紙、紙箱和木箱以及不知多少大包小包的各種包裹所堆滿了。

而放在房中間的那張書桌上，也是雜亂無比，有許多自夏威夷海灘撿來的貝殼，堆在一角，散發出一陣極其觸鼻的腥味。

而在另一角上，則是幾盆盆栽，那是一種極其醜惡的植物，連我也叫不出那是甚麼東西來。

在書桌的中部，則是許多打開了和未曾打開的文件夾，巴圖本人呢，穿著一件相信至少已有四天未曾洗的白襯衫，頭髮淩亂，鬍子長約半寸，真難相信他就是在夏威夷第一流酒店中的那個衣飾華麗、風采過人的那個中年紳士巴圖！

我勉強走進了幾步，聳了聳肩：「我有點不明白，我在甚麼地方？」

「你是說我這兒不像辦公室？」

「簡直不是辦公室，巴圖！」

巴圖像是十分委屈道：「你怎麼也以爲一間辦公室一定要有條不紊的？你要知道，我所處理的事情，是異種情報，與眾不同的啊！」

他看到我沒有甚麼反應，便走開了一步，順手拾起一個用一張報紙包著的包裹來，裡面是一塊石頭。

他將石頭拋了拋：「你看，這是一塊普通的石頭，是不是？但是有兩個十二歲的男童，卻發誓說他們聽到這塊石頭發出一種奇怪的呻吟聲，所以這塊石頭便到了陸軍部的手中，但是在一個月之後，又被認作該由我處理，而轉到我這兒來了，應該怎樣？用一個小巧的水晶盒子將它放起來？」

「好了！」我打斷了他的話，「我不是爲了石頭來的，你所謂紅月亮，是怎麼一回事？」

「別心急，朋友，坐下來再說！」

真難爲他說「坐下來再說」，因爲整個房間中，除了他書桌之前的那張椅子之外，並沒有別的椅子。而那唯一的椅子，我在看了一眼之後，也認爲它作爲木虱的住宅更適宜一些！

我的面色一定不十分好看了，是以巴圖帶著笑，將那張唯一的椅子，向我推了過來，他自己則坐到了一大堆報紙之上。

我們總算坐定，巴圖又問道：「喝點甚麼？威士忌？」

我連忙搖頭：「不必了！不必了！」

我怕在這樣的情形下，根本拿不出甚麼酒來，而且更可能他拿出來的酒杯，是沾滿了灰塵的，所以我連忙拒絕了他的好意。

卻不料巴圖對我笑了笑，拉開了一隻抽屜，那抽屜中有好幾瓶酒，巴圖拿了一瓶出來，那是一隻墨綠色的瓷瓶，瓷瓶是放在一隻同色的絲絨袋之中的，我不禁「噓」地吹了一下口哨。因爲那是一瓶很好的威士忌，凡是好酒者都知道的。整間房間中，只有這一瓶酒，才和巴圖的身分相配。

他又取出兩隻杯子，我和他乾了小半杯威士忌之後，情緒已好了許多：「好了，現在我們可以談談紅月亮的事了。」

「如果你有興趣，」他指著桌上的許多文件，「我認爲你應該先看看這些。」

我搖了搖頭，道：「還是你說的好。」

我並不是不想詳細地瞭解這件事，而是因爲我看到那些文件，大多數是西班牙文的。我的西班牙文不算流利，要看那麼多文件，自然是相當吃力的事情，是以就不如聽巴圖來敘述了。

巴圖道：「好的，事情是發生在西班牙南部，一個叫作蒂卡隆的小鎮中的。」

我不等他講下去，便道：「巴圖，你第一句話，就十分不通了！」

巴圖瞪著眼望定了我，我道：「你要向我說的事是紅月亮，紅色的月亮。月亮只有一個，如果有一天月亮變成紅色了，那便是整個地球的事情，怎可以稱之爲事情發生在西班牙的一個小鎮上。」

巴圖向我笑了笑：「叫你別心急，你偏偏又急不及待了，你聽我講下去，好不好？」

我反而給他駁得無話可說了，只得沒好氣地道：「好，你說吧，那個蒂卡隆鎮是怎麼樣的？」

「這個鎮上，大約有三千居民，這是一個有著悠久文化歷史的地方，別小看它只有三千居民，可是有很多學者在內，那一天……正確地說是八月二十四日，晚上十時二十七分，鎮上所有的人都被一個現象嚇呆了。」

巴圖講到這兒，停了一停。

由於我剛才踫了他一個釘子，所以這時，他停了下來，想讓我發問，我只是翻了翻眼睛，並不出聲。

巴圖自顧自笑了一下：「這個現象，如果叫你和我遇上了，也會嚇呆的，原來也們看到，他們頭頂上的月亮成了鮮紅色！」

我坐直了身子，表示用心傾聽。

巴圖續道：「紅到甚麼程度呢？報告書上紀錄著許多人的形容，但我以為是一個作家的形容最生動，這個親眼看到了紅月亮的作家道：『月亮突然成了紅色，紅中泛著光芒，它是那樣地紅，使我們以為懸在天上的不是月亮，而是才從人體中跳出來的心！』你看，毫無疑問，那是紅顏色了吧！」

我再將身子坐直了些，因為這的確是一件十分離奇的事，千萬年來，月球反射出來的光芒，都是柔和的銀白色，它怎麼會成為紅色的？

而且，如果真的因爲月球上的甚麼礦物質起了變化，而使日光的反射，起了紅色的光芒，那麼，就應該是全世界的人，都看到在他們頭上的，是一個紅通通的月亮，又何以只有西班牙沿海的一個鎮上的人看得到呢？

我問道：「有多少人看到了紅色的月亮？月亮呈鮮紅色，約莫維持了多久？」

巴圖翻著報告，道：「有三千四百四十六人，是鎮上人數的百分之九十二，還有百分之八的人，因爲是不會說話的兒童，就算他們也看到了紅月完，他們也無法接受訪問。」

巴圖望著我，看我還有甚麼疑問。

「調查工作是由甚麼組織進行的？」我問。

「是由當地省份的警方進行第一次調查，其間又經過西班牙全國性科學衛生組織的調查，最後進行調查的是歐美亞三洲共同防衛組織，那是一個十分龐大的洲際軍事機構，然後，才轉到異種情報處理局來。最後一次，出動調查的人數多到兩百多人！」

我又道：「紅月亮出現了多少時候，以後有沒有再出現過？」

「正確的時間是七分二十一秒，因爲目擊者實在太多，而且有很多都是信譽昭著的學者，那實在是一種毋庸懷疑的事情，所以引起了很多組織的注意。自那件事情之後到如今，這個鎮的人口增加了四百多名，都全是住在該鎮，希望能看到一次紅月亮，但是直到如今爲止，這些人都失望了。」巴圖說。

我緩緩地點著頭：「照說這件事已經引起了那麼廣泛的注意，一定已有了不少結論了？」

「有很多說法。有的人認為這個鎮上的人，起了集體的錯覺，有人認為是某一種因素，使鎮上的人受了集體的催眠，也有人說，一定是有一片鮮紅色的雲，在那時遮住了月亮，但是提出這個說法的人，卻無法解釋雲何以能成鮮紅色！」

我不耐煩地搖了搖手：「這樣的解釋，我也可以不假思索地提出好幾個來：可能是一股旋風，將紅土高原上的紅土刮了起來，剛好來到小鎮的上空，形成了一片紅色的障礙；也可以說，是北極光經過雲層奇妙的反射，來到了這小鎮的上空——這全是『可能』，而不是一個定論！」

「對了！對了！」巴圖大點其頭，「請你不要忘記，如果已有了定論，事情也不會推到我這兒來了！」

我笑了起來：「好，那你準備怎麼樣？」

我一面說著，一面身子向後傾斜著，翹起椅子來。卻不料那張椅子實在太古老了，我向後一翹，「拍」地一聲，椅腿斷了下來，我身子一閃，幾乎跌倒，伸手在桌上一扶，卻將一瓶藍墨水打翻了。

桌上是滿放著報告書的，藍墨水一打翻，報告書自然全被弄汙了，我不禁有點尷尬：「巴圖，快來搶救這些文件！」

巴圖的搶救方法，也真特別之極，他將桌子的文件，用力地揉成一團，塞進了字紙簍中，然後，他才抬起頭來：「你剛才問我準備怎樣？我就準備這樣。」

我覺得十分驚訝：「準備置之不理？」

「當然不是，我的意思是，這件事，我們要親身去作調查，而不可受以前所有調查報告的影響！」

我「嗯」地一聲：「我們？」

巴圖戲劇化地攤開了手：「你不會拒絕我的邀請吧？在我發電報給你的同時，我已向上級打了一個報告，要請一個臨時的幫手，並且開出了經費的預算，經費極其充分，朋友，你不想到優美的西班牙濱海小鎮上，去度假也似地走一遭麼？」

巴圖立即將我說服了，我沒有再提抗議，若干時日之後，我再想起巴圖「度假也似地走一遭」那句話，實在是有苦笑的份兒，但那已是以後的事了。

巴圖得意地笑了起來，在我的肩頭上大力拍著，道：「好的，那我們立即就動身！」

我忙搖頭道：「不行，你先去，我是接到了你的電報之後立即就來的，我必須先回家去轉一轉，然後再和你在西班牙會合。」

巴圖是知道我家情形的，他自然知道我和白素之間的感情，是以他並不攔阻我，只是道：「好，我們直接在那個小鎮上會面，我將住在那鎮上唯一的酒店之內，你來找我。」

他同時給了我一份西班牙的地圖，指明蒂卡隆鎮的所在。然後，我們撇開了「紅月亮」那件事不談，他又介紹了幾件懸案，希望在「紅月亮」的事情調查清楚之後，再協助他處理那幾件不可能解釋的奇案，我自然一口答允。

當晚，在叨擾了他一餐極其豐盛的晚餐之後，我又上了飛機。

發了電報，吩咐白素在機場上接我，當我終於下了飛機的時候，我看到白素向我飛奔了過來，我們緊握住了手，互相對視著。

那天晚上，我和她一起坐在陽臺上，月色很皎潔，白素忽然道：「你能相信，月亮竟會變成紅色的麼？」

我陡地一愣：「甚麼？你看到過月亮成了紅色？」

「當然不是我，你一定好幾個月未曾看報紙了，西班牙的一個小鎮，在一個晚上，全鎮的人都看到月亮變紅色！」

由於怕白素責怪我在離開夏威夷之後不立即趕回來和她相會，因之我和巴圖相會的那件事，我一直隱瞞著未曾告訴她。

這時，白素倒又提起這件事來，我想了一想：「這件事，我當然知道，而且，我已經接受了異種情報處理局的邀請，準備去調查這件事！」

白素低下頭去，過了好一會，才道：「那麼，我們又要分離了？」

我握住她的手：「你可以一起去。」

白素笑了一下：「除非那個甚麼情報局也邀請我去工作，不然，我算甚麼呢？你甚麼時候走？」

「唉！」我嘆了一聲，「照說，明天一早應該去，但是我想，再遲幾天也不要緊。」

白素伸手指著我的鼻尖：「你說得嘴硬，其實啊，只要月亮上出現一個紅點，你就可以連老婆都不要，趕著去查個究竟了，何況現在是整個月亮都變成了紅色，你還有心情陪我麼？」

我張開了雙手：「那真太冤枉了！」

白素笑道：「冤枉？我問你，你離開夏威夷之後，曾到哪兒去了？」

「我……我去看一個朋友，他就是那個情報局的副局長，你怎麼知道的？」

「你發來的那封電報，是甚麼地方發來的？可是在夏威夷回家途中經得過的地方？自己露了大破綻，還不知道。」白素得意地笑了起來，「你啊，想要有事瞞我，道行還不夠！」

在這樣的情形下，我除了傻笑之外，實在也沒有別的事可做了。

爲了不想給白素料中，我故意遲了七天，等到白素將我硬推往機場時，我已較巴圖遲了七天了。

巴圖是知道我的住址，他自然也早已到了那個小鎮，一定也在展開調查工作，我奇怪何以他竟不來催我！

飛機在馬德里降落，我租了一輛汽車，依據地圖的指示，直向蒂卡隆駛去。西班牙的風物極其迷人，那的確是十分愉快的旅行。

一直到達蒂卡隆鎮之前，我的心情都十分愉快，遺憾的只是白素未和我一起來而已。可是，在找到達了那唯一的酒店之後，我卻有點不怎麼高興了。

我在櫃上一問，巴圖是八天之前到達的，而在五天之前，他離開了酒店，離開酒店時，留下了一封信交給我。

酒店的生意十分好，房間住滿了，我和巴圖同一個房間，巴圖他對酒店的經理說，我隨時會來，房間一定要留著。

第二部：海邊遇襲

房間的確留著，我可以有住宿的地方，可是，酒店經理千抱歉萬抱歉，說是巴圖先生交給他的那封信，明明鎖在保險箱之中，可是在兩天之前不見了。

明知有一封信，而這一封信又看不到，這無疑是一件十分令人懊喪的事情。

而且，巴圖離開酒店，已有五天，未曾回來，這當然顯示出事情十分不尋常，這種不尋常的事情，在那封信中，可能都有交代的，但如今這封信，卻不見了！

我十分不高興地向那經理道：「你們是時時這樣對付顧客的委託？」

那經理顯得十分之尷尬：「不，不，當然不！這件事我們表示十二萬分的歉意，而且……敝店已經報告本地警方，探長已來查過好幾次……啊，再巧也沒有，史萬探長來了！」經理將頭直探了出去，我轉過身望去，看到一個穿著警官制服的大胖子，慢慢地走了進來，那位探長雖然在走路，可是看他臉上的神情，卻全然是一副熟睡的樣子。

我不禁嘆了一口氣，指望這樣的探長會找出巴圖的信來，那簡直是不可能的事！

我立時轉過頭來：「好了，信丟了就算了，你派人帶我到我的房間中去！」

「是！是！」經理連忙答應著，伸手招來一個侍役，幫我提了行李箱，由一架古老的電梯，將我送上了三樓，在三二六號房間前面，停了下來。

侍役打開了門，我走了進去。那是一間十分美麗的雙人房，一邊的落地長窗，通向陽台，可以看到許多美麗得如同圖畫一樣的小平房。

我給了小賬，侍役退了出去，我站在房子的中央。

從我知道巴圖有一封信給我，而我又未曾收到，他又一去五天沒有回來這種事情之後，我已經感到，這個在外表看來，如此平靜寧靜的小鎮，其中實在蘊藏著極其神秘、極其凶險的事！

我在房中央站了一回，然後，轉過身來，看到了那兩張單人床。左面的那張床上，有一條紅黑相間的領帶，這條義大利絲領帶，我一看就看出是巴圖的。

那麼，右面的那張床，當然是我的了。

我走向床前，拿起枕頭來，用力拍了拍，那是我上床時的習慣，我才拍了兩下，忽然「刷」地一聲，自枕頭套中，跌出了一張紙來。

我連忙拾起了那張紙，只見紙上寫著兩行字：「已留一信，你可能收不到，小心，記得，千萬要小心，千萬！我去海邊岩洞。」

那種粗而亂飛亂舞的字跡，正是巴圖的字，我連忙將那張紙團揉皺，同時，我的心中，不禁升起了團團疑雲，這張紙何以會在枕頭套中的？

這個問題看來是多餘的，因爲既然是巴圖的字跡，那麼當然是巴圖留在枕頭套中的了。

但是，連巴圖交給旅館經理鎖在酒店保險箱中的那封信，也已經不見了，何以這張紙反可以留下來呢？侍者是每天都要進來收拾房間的，何以會未曾發現那張紙？

而巴圖又如此千叮萬囑地叫我小心，這究竟又是甚麼意思呢？

我亟欲知道詳細的情形，和更想知道巴圖是不是還有別的信留在房間中給我的，我開始仔細地檢查，巴圖的東西全在，還有許多工具，我一看便發出會心的微笑，那是林林總總的間諜工具和秘密武器。

看來這些東西都十分完整，沒有缺少。我感到我如今的當務之急，便是先要設法和巴圖會面！

所以，我決定立即到「海邊的岩洞」去，我在巴圖的工具箱中，揀了幾件適用的工具，帶在身邊，正準備離去時，忽然有人敲門。

而且，那敲門的人，顯然是一個又懶又不懂禮貌的傢伙，因爲他只敲了兩下，根本不等我答應，便已將門推了開來了。

我一隻手插在袋中，我在袋中的手，緊握了一柄十分小巧的手槍。

可是，當門被推開之後，我的手卻從袋中拿了出來，因爲我已看到，站在門口的龐然大物，不是別人，正是史萬探長！

史萬探長肥得幾乎張不開來的眼，微微張了一張：「歡迎我來拜訪麼？」

我冷冷地道：「我不歡迎，你也來了！」

這肥傢伙大搖大擺地走了進來：「是啊，不歡迎，也來了。事實上，是很少人會歡迎我的，嘿嘿，我的職業是偵探，這是一個討人厭的職業，是不是？嘿嘿，嘿嘿！」

史萬探長不但不斷地討厭的笑著，而且還老實不客氣地在沙發上坐了下來，我冷冷地望了他一眼，道：「你喜歡在這兒坐，只管坐，我要出去了。」

「你不能出去，」他揚起了肥手，「護照，先生，我有權檢查。」

我只是冷冷地道：「噢，原來如此，我不知你有那麼大的權力。但是，我仍然懷疑，你的地位是不是高到知道有這樣一種證件！」

我伸手入袋，將國際警方發給我的那種證件，取了出來，在他的面前揚了揚。

獲得這種證件的人並不多，每一份這樣的證件之上，都有著七十幾個國家警察首長的親筆簽名，特有這種證件的人，在七十幾個國家之中，可以取得行動上的種種便利。但是有一點，只有職務相當高的警務人員，才知道有這種證件的存在。

胖子眨了眨眼睛，我無法判斷他是真的不知道，還是假的不知道，他只是懶洋洋地道：「你手中拿的是甚麼，我知道那不是護照！」

我收起了那份證件，冷笑道：「你認不出這份證件來歷？那麼，去叫你的上司來，你的上司再認不出，去叫你上司的上司來！」

一般說來，我這樣的講法，是足可以將對方嚇倒了的，可是，史萬探長在外表看來，雖然肥胖昏庸，但實際上，他卻是一個固執而不容易對付的人物，他絕不被我的話所嚇窒，仍然堅持道：「護照，先生，如果你拒絕，我有權逮捕你！」

我望了他半晌，終於將護照取了出來，交給他，因爲我急於去尋找巴圖，我不想和這個大胖子再作無謂的糾纏，浪費時間。

史萬探長接到了護照，打了開來，望了一眼：「嗯，你叫衛斯理？」

我沒好氣道：「上面寫得很清楚！」

他又看了一會，將我的護照合了起來，但是卻不交還我，而放入他的口袋之中：「你的護照，須要保管在警局中。」

我陡地一愣，道：「爲甚麼？」

他彈了彈眼睛：「不爲甚麼，我認爲有此必要！」

我實在忍無可忍了，我的拳頭已揚了起來！

就在我的拳頭想向他至少打了三個肥摺的下頦擊去的時候，我忽然想起了巴圖的警告：小心，千萬小心！

這肥探長的一切舉動都蠻不講理，他似乎在故意激我怒，要叫我出手打他。

我如果出手打了他，那會有甚麼結果呢？毆打警務人員，當然犯了法，就算終於可以沒有事，也必然吃了很多眼前虧了！

我一想到這兒，立時改變了主意，揚起的手，放了下來：「好吧，那麼，我甚麼時候，可以取回我的護照，探長先生？」

史萬的胖臉上，現出了十分驚訝的神色來，似乎是奇怪我何以竟能忍受得下去。

他用我的護照輕輕地在手上拍著：「等我認為可以還給你的時候。還有，你每天必須到警局來報到一次。」

我既然已打定主意不發脾氣，那麼，他再說出荒唐一些的話來激怒我，我也是絕不會發火的了，我向他笑了笑：「好啊，看來我不像是遊客，倒像是一個疑犯。」

當我這樣講的時候，我的心中，的確是十分高興的。

因為這胖傢伙既然這樣子來對付我，當然他是有目的的，而我才來到這個小鎮之上，巴圖又消失縱跡，有五天之久，看來他的處境不會太妙，我可以說是茫無頭緒，一點線索也沒有！

胖傢伙既然執意與我為難，那是他自己送上門來，成為我行事的線索了，我怎會不喜？

胖傢伙臉上的神色更奇怪了，他仍然瞪著我，又道：「你每天報到的時間，是早晨七點鐘，那是我們開始辦公的時候。」

「好啊，那對我正適合，我是習慣早起的。」

胖傢伙暫時無計可施了，他站了起來，我真懷疑一個人的兩條腿，究竟可以支撐多重的分量，因爲那胖傢伙看來，至少在三百磅以上。

他向門口走去，在門口停了一停，轉過頭來：「再見！」

我向他笑著：「你小心走。」

他也回報我一個十分難看的笑容，然後，走了開去，我在他走了之後一分鐘內，仍然呆立在房內。

這時候，我的心中很亂，雖然，這個胖傢伙是我唯一的線索，但是如今我卻處在不利的地位，我幾乎可以肯定，如果我出去，我一定會受到跟蹤。

本來，擺脫跟蹤，那是我的拿手好戲，可是也是要有條件的，條件就是必須我所在的地方是我所熟悉的，而不是像現在那樣地人生地疏。

我這時當然還不知道爲甚麼胖傢伙要跟蹤我，我也不知道胖傢伙究竟是甚麼身分，但是無論如何，被人跟蹤，總不是一件愉快的事。

我要不被人跟蹤，唯一的可能，便是不從房門出去。所以，我在考慮片刻之後，便去將門關上，然後，我利用巴圖的東西，化裝起來。

巴圖顯然也曾化裝過的，因爲他留下了許多當地人的服裝在，而我在一路駛車進鎮來的時候，也已經留意到了當地人最普通的服裝。

我用一種特殊的藥水，使我的頭髮變得鬈曲，又用一隻極其精巧的鋼絲夾子，使我的眼睛看來變得大些，然後用軟膠加高鼻子，再塗黑我的皮膚。

那樣，使我看來，十足是一個西班牙沿海小鎮上的普通人了。

然後，我推開了浴室的窗子。

浴室的窗子後面，是一條巷子，那巷子十分冷僻，我輕而易舉地從窗口中穿了出去，並且順著水管向下爬去，我的動作必須迅速，愈是迅速我被人發現的機會，便愈是少。

我在離地還有八九呎的時候，雙手一鬆，身子一曲，人便已落下地去。當我落下地、站起身來之際，巷中有一個大約四歲大、梳著兩條粗辮的小女孩，正睜大了眼睛望著我。

我將手指放在唇上，示意她不要出聲，一奔出了巷子，我便放慢了腳步。

因為這個小鎮的生活太悠閒了，如果我現出了匆忙的神色，那是很容易露出破綻來的。

本來，我還想偷進酒店去，和胖傢伙或是他的同夥去開一個玩笑的。但是我卻立即打消了這個念頭，因為這時，一切都沒有把握，還是不要再節外生枝，替自己找麻煩的好。

我在一家麵食店中，買了一條夾腸麵包，一面啃著，而且，有女人走過，便目不轉睛地望著她們，這樣使我看來更像是當地人。

我在走出了幾十碼之後，已可以肯定在我的身後，絕沒有人在跟蹤我了，我更加放心，十五分鐘之後，我來到了海邊。

巴圖曾說，這個鎮雖小，但是卻十分有文化，而且是一個歷史悠久的地方，我來到了海邊，更證明巴圖的說法是對的。

海邊是一個海灣，在海灣的兩面，全是嵯峨的峭壁，而在峭壁之上，我數了一數，一共有七個古堡之多，那七座古堡的建築，都極其宏偉。

在數百年之前，西班牙海軍的全盛時代，這個小鎮可能是一個十分重要的海軍基地，但現在，西班牙當然沒落了，它是一個無足輕重的國家，誰想得到它曾經稱雄世界？這時，海邊的風很緊，浪花湧上岩石，在漆黑的岩石上，滾動著白得耀眼的浪花。

我向兩旁的峭壁看去，看到峭壁之下，有不少岩洞，岩洞和岩洞之間，看來相互是通的。

我來回地在海邊踱著步，心中在迅速地轉著念，我設想巴圖是在到了這兒的兩天之後，發現了甚麼，才到海邊的岩洞中去了。

然而這一去，他去了五天，影蹤全無！

如今，我也在海邊了。如果巴圖已經有了甚麼不測的話，我又是不是會步他的後塵呢？

恰好在這時，一股十分淩厲的海風吹了過來，我縮了縮身子，我決定先向左走去，我一直來到了海灣的盡頭，開始攀上了岩石。

峭壁上沒有路，但是凸出的岩石，卻可以供我立足，使我背貼著峭壁，打橫移動，我這樣移動了約有二十碼左右，忽然聽得我的上面，有人叫我：「喂，你在幹甚麼？」

叫我的人講的是西班牙語，我的西班牙語不十分好，但是總還可以應付幾句，我抬頭向上看去，只見在我上面約有二十呎處，峭壁上有一個凹槽，那個凹槽，恰好可以十分舒服地坐一個人。

一個中年人就坐在裡面，我向他揚了揚手：「你別管我的閒事，也別講給別人聽！」

我故作神秘地向他擠了擠眼，又哼起一首著名的西班牙情歌來。我企圖造成一種印象，我是到那些岩洞中去會佳人的。

可是我的一切造作，看來全都白費了，那中年人又道：「你不是鎮上的人，你是誰？」

我呆了一呆，這傢伙的口氣如此肯定，看來我是難以再造作下去的了。

我沒好氣地問道：「喂，好管閒事的，你又是誰？」

那人「哈哈」地笑了起來，道：「你連我也不認識，那就絕不是蒂卡隆鎮上的人，聽我的命令，回到海灘上去，快！」

他在講到「快」字的時候，已抓起了一支大號的鳥槍，對準了我。

他和我之間的距離並不十分遠，而這枝大號鳥槍如果發射的話，我縱使不死，也必然遍體鱗傷了，那絕不是我所喜歡的事。

我連忙揚起手來：「嗨，這是怎麼一回事？」

那人冷冷地道：「你回到海灘去，不然我就發射。」

我大聲道：「為甚麼？難道我不能到那兒的峭壁之下的岩洞中去麼？有人在那兒等我！」

那人用一種十分難聽的聲音，笑了起來：「或者會有人在那兒等你，但是那等你的人，一定是只剩下白骨。」

我不明白他這樣說是甚麼意思，但是我總可以知道，這個人坐在這兒，一定是擔任著一項甚麼任務的，多半他是在這兒戒備著，不讓別人走過去。

愈是這兒有人戒備著，便愈是表示著前面有著不可告人的事，我也非要過去不可。再和這個人糾纏下去，是沒有意義的，而且是對我不利的，所以我揚起了手來，「好，好，我退回去就是了，你別著急！」

我一面說退回去，一面身子一轉。

而就在我一轉身之際，我的手一緊，一支有著強烈麻醉劑的針，已在一個特殊裝置之中，激射而出，在那傢伙還不明白究竟是怎麼一回事間，那枚毒針已然刺中了他的手腕，他手一鬆，那支大號鳥槍向下跌了下來。

我一伸手，將那支鳥槍接住，一秒鐘之內，麻醉劑的藥力發作，他會在峭壁之上的那個凹槽中「睡」上六小時。

剛準備將手中的那枝大號鳥槍拋向海中的時候，突然，在鳥槍的槍柄上，發出了一陣「滴滴」聲來。

那種聲音十分低微，但是聽來十分清晰，這種聲音對我來說，絕不陌生，因為那是無線電對話機通知對方有人講話的聲音。

我低頭一看，同時伸手在槍柄上一拍，「拍」地一聲響，槍柄上有一個小蓋彈了開來，隱藏在槍柄中的一具小型無線電對講機，也顯露出來。

我呆了一呆，才伸手在一個掣上，按了一下，我立時聽到了一個清脆的女性聲音：「三十四號，例行報告，作例行報告。」

我又呆了一呆，才道：「一切平安。」

我並不知道「例行報告」是甚麼意思，也不知道我應該怎樣說才好，所以，姑且說上一句「一切平安」。

等我講了之後，那邊發出了「嗯」地一聲，接著，便是「卡」地一聲，似乎她對我的回答，表示滿意。

我獲得了重要的線索！知道在如此平靜的一個小鎮中，竟有著一個龐大的組織存在！

那毫無疑問是一個極其龐大的組織，那中了麻醉針的人，乃是「三十四號」，就算他是最後一個，也說明了這個組織，派在外面，和他同樣的瞭望者，至少也有三四十名之多。

那是一個甚麼性質的組織呢？走私黨？假鈔集團？販毒組織？

這個組織的存在，已被我無意之中發現了，我應該怎麼辦？繼續偵查下去？是知會當地警方？還是完全置之不理！

想到「我應該怎麼辦」這一點的時候，心中才陡地一動，奇怪為甚麼在事情一開始的時候，竟未曾想到事情可能和「紅月亮」有關！

我手中仍持著這柄鳥槍，當我一想到我所獲得的線索和我來此的目的可能有關之際，我的身子又震了一震，同時，我又向那柄鳥槍多望了幾眼。

我可以說是自古至今，各種各樣的武器專家，是以當我向那柄鳥槍多望了幾眼之後，我立即發現這柄並不是鳥槍！

它有著鳥槍的外形，但實際上，那是一柄射程極遠、殺傷力極強的火箭槍！

為了證明我的觀察正確，我推上了一個掣，向著大海，扣動了槍機。

「噓」地一聲響，一枚六寸來長的小火箭，以極高的速度，向前射出，足飛出了三百多碼，才呈拋物線而落入海中，緊接著「轟」地一聲響，火箭在海水中爆炸，湧起了幾股老粗的海水。

火箭槍的後座力也相當大，令得我的身子猛地向後撞去，肩頭撞在岩石上，好不疼痛。

這一個意外的發現，更令得我吃驚。

這種槍械是最新型的，我只知道有手槍型的火箭槍，至於鳥槍型的，我還是第一次看到！

我心知事情的不平常程度，一定遠在我所能想像之上！

我將那柄槍也拋進了海中，然後，我沿著峭壁慢慢地向前走去。這時，我已握了我自己的武器在手，那是一柄可以發射十八枚麻醉針的槍，剛才我已用過了一枚，這是十分好的武器，因爲它發射之際，幾乎沒有聲音。

十分鐘之後，我接近一個岩洞。

我背貼著岩洞的邊緣，仔細地聽著。

除了海水衝進岩洞時那種洶湧空洞的聲音外，聽不到甚麼別的聲音。

我由岩洞的邊上，轉到了洞口，向內一跳，然後又斜跑出了幾步，使我在進了岩洞之後，身子緊貼著石壁。

但是，我立即發覺，我這一連串動作全是多餘的，因爲這個岩洞中，根本沒有人！

那岩洞相當深，但是我卻沒有法子再向前去，因爲岩洞裡面全是海水，海水從狹口中流進來，在裡面，形成了一個十分大的水潭。

由於岩洞中光線黑暗的緣故，是以那個大水潭，看來十分黝黑，極其神秘。

我看了片刻，肯定裡面沒有人了，才退了出來，我躍過了約有五呎寬的空間，繼續前進，不久，又到了第二個岩洞的洞口旁邊。

我仍然用十分小心的動作，掠進洞去，可是，那個岩洞一樣是空的。

在接下來的三個小時中，我走進了二十七個岩洞，我已遠離那小鎮至少有五哩之遙了。

岩洞多姿多彩，有的狹而深，有的廣而圓，有的生滿了倒掛的鐘乳石，有的黑得幾乎伸手不見五指，但是我的目的，不是尋幽探秘，我是來找人的！

而我未曾見到任何一個人！

峭壁已漸漸地變爲平坦，前面，又是一大片沙灘，我來到了沙灘上，那三個小時之中，我跳來跳去，神情緊張，可是一無所獲，來到了沙灘上之後，我實在感到十分疲倦。

沙灘上的沙潔白而細，不少人在享受日光，離海灘不遠處的公路邊上，停著幾輛相當名貴的大汽車。

我還看到，在公路邊上，有兩家小吃店，我需要休息一下，是以我向那兩家小吃店中的一家走去，我推開了門，店內十分空，一個胖女人滿臉笑容地向我迎了過來，口中嘰嘰咕咕，也不知道她在講些甚麼。

我坐了下來，舒展了一下身子，那胖女人道：「啤酒，看你的樣子，就知道你需要啤酒！」

我實在不想她再來煩我，啤酒就啤酒好了，是以我點了點頭，揮手令她走開。

可是我卻未曾想到，拿啤酒來的仍然是她。

她將啤酒放在我的面前之後，便又站在我的身邊：「這啤酒是全世界最美味的，你只有一個人？可要找一個人來陪陪你？」

我心中暗嘆了一口氣，我只準備快快將啤酒喝完了就走，世界上再沒有比多嘴的胖婦人更討人厭的東西了。於是我拿起杯子來。

卻不料到就在我拿起杯子來的時候，那肼婦人突然發出了異樣的一笑，我還未曾來得及抬起頭來看看她為甚麼要笑，我的後頸之上，已然捱了重重的一擊！

那一擊，自然是那個胖婦人出手的，因為我的身邊除了她以外，絕沒有第二個人，而如果有第三者在的話，我也一定會暗中留意，可是對那樣一個嚕嗦不已的胖婦人，誰會去注意她呢？

可是，最不受注意的人，卻是最危險的人，那一擊之力，令得我向下撲去，我手中的啤酒，也潑了我一頭一臉。

啤酒潑了我一頭一臉，對我有好處，因為這多少可以令得我比較清醒一些。

我連忙一個翻身，可是當我翻轉身來之際，我只看到一個極其龐大的身形，向旁閃了一閃，接著，我的背後，又捱了重重的一腳。

接連兩下攻擊，使得我幾乎要昏了過去，我連忙著地滾了開去。

在我滾開去時候，我雙手也沒有空著，我一揚手，拉住了那胖婦的圍裙，希望將她拉跌！

第三部：被神秘的白衣人拘禁

我向外滾去的力道十分大，那一拉，果然將胖婦人拉跌了，可是，至少有兩百五十磅重的身子，卻也無情地向我身上壓了下來。

那一壓，又令得我七葷八素，一開始受攻擊以來，我就處在被動的地位，連還手的機會也沒有，而這時，胖婦人跌倒了，我勉力撐起身子來，眼看可以報仇了，卻不料我的身子還未曾站起，我的後胸椎上，又受了重重的一擊，那一擊，令得我眼前一陣發黑，昏了過去。

我聽到一陣水流聲，彷彿我是置身在一道瀑布之下，水流聲不但親切，我的確有身子浸在水中的感覺，終於，我明白那是怎麼一回事了，我是在昏了過去之後，又醒了過來。

但是，不斷的水聲，又是怎麼一回事呢？

我連忙睜開了眼來，我實在詫異得不能再詫異了，我的身上，除了一條襯褲之外，竟甚麼也沒有，而且被浸在浴缸之中！

浴缸的水喉，還在開著，水從我的頭上流下來，難怪我在將醒未醒之間，會覺得我是在瀑布之下淋浴了。

我第一個動作，自然是想立即爬出浴缸來，可是我卻不能夠，因爲我的手和足都被和浴缸相連的扣子扣著，除非我能連浴缸拔起，帶著浴缸一起走。

這是怎麼一回事？我在的那間房間看來也不太像是浴室。它十分寬大，那隻浴缸在正中，房間的四周圍，全舖著白色的石塊。

在浴缸的旁邊，有兩隻十分巨大的金屬箱子，那金屬箱子的下面，有輪子可以推動。在箱子上，有許多紅色的小燈，明滅不定，看來像是兩具可作特殊用途的儀器。我搖了搖頭，將頭偏開了些，我試圖將水喉門好，但是扣住我手的鏈子又不夠長。眼看水就要從浴缸中滿出來了，我大叫道：「快來人關水掣啊！」

我叫出這樣一句話來，實在十分滑稽，但是我卻又非這樣叫不可。因為水已浸到我的下頦了，如果水再繼續滿上來，雖然是在浴缸中，我也可以被水淹死的，我叫了兩聲，一扇門打了開來。

我必須說明一下的是，這間房間，看來是絕沒有門窗的，它的四壁全是白色的大理石，每一塊約有一平方英呎，突然，其中的幾塊被打了開來，一個自頭至足套著一件白衣服的人，走了進來。

由於那人也一身白色，又突然出現，是以我一時錯覺，似乎這個人是透牆而過的一樣！

那個進來的人，是甚麼樣的人，我實在無法知道，不能形容他的外形，他穿著一件雪白的奇特無比的衣服，那衣服是一件長袍，但是頭上也有一個白布套，圓形。

在眼睛部份，頭套上有兩個洞，但是我還是看不到那人的眼睛，因為在洞口鑲著兩片瓷白色的鏡片，我真懷疑他是如何看得到我。

長袍其長及地，將那人的雙足蓋住。

我心中在想，至少，我可以看到那人的雙手吧！

然而，當我向那人的雙手看去之際，我也失望了，因爲那人的雙手，也戴著一副白手套。

戴著白手套的手，先關住了水喉，然後，將那兩隻金屬箱，先後推近來。

我忙道：「喂，你在做甚麼，至少你得講給我聽，我進店來喝一杯啤酒，爲甚麼要受到這樣的待遇？」

那個穿著如此怪模怪樣的衣服又戴著頭罩和手套的人，像是未曾聽到我的話，自顧自地動作著，他將金屬箱推到了浴缸邊上，然後，自每一隻金屬箱之中，拉出了一條電線。

在那兩條電線的一端，都有一個金屬的插頭，那人抓住了這兩根電線，將兩個插頭踫了一下，只聽得「拍」地一聲，爆出了一朵碧綠的火花來。這不禁使我大吃了一驚，那絕不是在開玩笑了，那兩個箱子，可能是發電箱！

要不然，怎麼電線的兩端相踫，就會有「拍」地一聲發出和爆出火光來呢？我張大了口，一時之間，不知該怎樣才好。

我只好望著那人，那人扳下了那電箱上的兩個掣，再踫了一下那兩根電線的插頭，這一次，沒有火光爆出來了。

我略鬆了一口氣，可是那人接之而來的動作，卻將我嚇得魂飛魄散！

只見那人將那兩根電線，放入浴缸中，然後，將之插入浴缸壁上的洞中。浴缸中幾乎已放滿水，當電線浸入水中之際，我不由自主發起抖來，只要一通電，我還有命麼？

我勉力定了定神，大聲叫道：「喂，你做甚麼？你將我當作科學怪人？」

我一面叫，一面用力地掙扎著。

但是我卻沒有法子掙得脫扣在我手上的鐵鏈，我猛地一側頭，喝了一大口水，然後，將喝在口中的水，「噗」地一聲，用力向那人的臉上，噴了出去。

那一大口水，齊齊正正地噴在他的頭上，一口水噴了上去，化爲許多水珠，落了下來。有許多水珠，落在那兩隻金屬箱子上，發出「滋滋」的聲音，立時蒸發。這證明那兩隻金屬箱子的表面極其灼熱！

這人將電箱的電線插入浴缸之中，他想做甚麼，那實在是再明顯也沒有了，他要放電來電死我！

我雖然想到了這一點，但事實上，我的心中，卻比想到了這一點，更要駭然，因爲如果那人是想取我性命的話，何必這樣大費周章？我曾經昏過去過，他大可以在我昏過去的時候，將我拋到海中去。

但是他卻不這樣做，而這時將兩個電箱推到了我的身邊，他想做甚麼？

我用盡了氣力叫道：「喂，你究竟想做甚麼！」

我的聲音極大，大到了極點，可是那人卻完全沒有反應，那人一隻手已放在剛才他扳下去的那個掣上，看來，他是準備將那個掣扳上去了。

而那個掣一扳了上去，結果如何，我早已看到過，我就會觸電，那人要將我通電的目的何在？卻不是我所能知道的了。

那人的手放在掣上，卻又不立即扳上去，而是俯下頭來，來察看那兩根電線的插頭是不是插得夠穩了，他戴著手套的手伸進了水中，在摸索著，而他的頭，也俯了下來。

他的頭俯了下來，離我的頭，只不過幾寸。

在如今這樣的情形之下，我實在沒有別的辦法可想了，我一見到他的頭部離我如此之近，我猛地伸出頭去，張口就咬！

那實在是十分無賴的行徑，但是我總不成一點辦法也不想，就死在這浴缸之中。

那人顯然絕料不到我會有此一著，當我的牙齒由張而合之際，那人立時發出了一下可怕的呼叫聲來，而我也覺得我咬中了那人。

我猜想我所咬中的是那人的耳朵，因爲我的臉正對著那人的頭側，我的頭向後縮來，將那人的頭也拉了過來，我口中咬著那人的耳朵，講起話來，自然是十分含糊不清。

但是我卻又必須表達我的意思，我道：「你放開我，我也放開你。」

但是那人卻只是叫著，他呼叫的聲音十分難聽，那是一種尖銳而急促的聲音，聽來有點像驢叫。

只不過過了半分鐘，我已看到另外一個人，從那幾塊白石板之後，走了過來，來人急促地奔到了浴缸的面前，一手按住了我的頭，一手按住了他的頭，想將我的頭和他的頭分開。

那走進來的人，和被我咬住了耳朵的人，裝束一模一樣，我看不到那人的臉面，但是我卻可以知道那人是一個蠢材。

因為那人那樣做的話，不是在幫他同伴的忙，簡直是要他同伴的命！

因為他若是用力分開兩個人的話，那一定是那人的耳朵給我咬了下去，那對他的同伴有甚麼好處？果然，當他用力在分開我們之際，那人又怪叫了起來，這傢伙住了手，退了開去。

突然之間，他的手中，多了一根金光閃閃的金屬棍，那金屬棍一看便知道極之而重，我心想，我反正是無法反抗的，我只有咬得更緊，這是我唯一的報復方法！

當我在恍惚之間，以為我已將那人的耳朵咬下來之際，那沈重的一擊，也已擊到我的頭上。

在我昏過去之時的那一刹那間，我所想的只是一件事，那便是：我一定沒有機會再活了！

可是，在不知道過了多久之後，我卻又醒了過來。

這一次，我沒有聽到水聲，也沒有甚麼別的聲音，我只覺得軟綿綿地，像是坐在一張舒適的天鵝絨沙發之上一樣。

我慢慢地睜開眼來，我的確是坐在一張極其舒服的沙發之上。那張沙發在一間房間的中心，白色，那間房間，和我上次醒來之際身子所在的「浴室」一樣，也是全白色的。

我是這間房間中，唯一不是白色的「東西」。因爲我身上的衣服又回來了。別忘記，我在離開酒店之際，是帶了許多小工具在身上的，我這時立時伸手向身上蹤了蹤，那些有用的小工具竟全在！

而且，我的四肢可以活動，而又有那麼多極有用的小工具，我可以應付任何困難的環境。我立時站了起來。

就在我剛一站起之際，我覺得整間房間，忽然都轉動了起來！那並不是我頭暈，而的確是整間房間都在旋轉，或者不應該如此說。因爲我並不是天翻地覆地那樣旋轉，而是地板在轉動。

我身形立時站立不穩，晃了兩晃，又坐倒在沙發之上，而當我坐倒之際，地板的旋轉立即停止。

我苦笑了一下，地板之所以旋轉，毫無疑問，是由於自動裝置所觸發的，使得地板旋轉，逼我非坐下來不可！

但是，我立即發覺我這個設想是講不通的，因爲我坐著，我的體重壓在沙發上，沙發放在地板上，地板是一樣受到重壓的。

除非沙發不是放在地板上的！

沙發不是放在地板上，難道是懸空的麼？這顯然是不可能的事。

但是，當我低頭看去時，卻看到那沙發，的確不是放在地板上的。

在地板上，有一個直徑四寸的圓孔，從那圓孔之中，有一根圓形的金屬柱，自地板之下伸了上來，沙發就是靠那金屬柱支撐著的，並不碰到地板！

那根金屬管，其直徑約莫只有三寸半，是以，在金屬管和地板的圓孔之間，還有一點隙縫，我看到隱隱有光亮，自那縫隙之中，透了上來。

我不能下地，因爲我一站到地板上，地板就會劇烈地旋轉，這將使我甚麼也不能做。是以，我的身子，伏在沙發上，彎下身去，盡量使我的頭部接近地板，同時，我也取出了一件小工具來。

那件小工具，專門用來窺視之用，它的一端十分小，可以在相當細小的縫隙之中穿過去，而它的另一端，則和單筒望遠鏡差不多。

那細小的一端，裝有十分精巧的廣角放大鏡，在另一端看去，可以看到一百二十度的景象！我小心地將這窺視鏡的一端，穿過了金屬管和地板之間的縫隙，我湊上眼去察看。

呎。

我看到下面，是一間相當大的房間，比我此際存身的那間房間要大得多，足有六七百平方

約是八呎。

而那根支撐著我所坐的沙發金屬管，是在一張圓形的桌子之中穿過的。那張圓桌的直徑大

屋子的四壁、地面全是白色，這時，在圓桌之旁，還坐著八個人，那八個人的裝束，也和我曾經見過的兩個人一樣。

他們的身上，全都穿著雪白的衣服，頭上戴著那種白色的膠質的頭罩，而在眼睛部份，則是兩片白色的玻璃片，或是膠片，一片白色，除了白色之可，沒有別的顏色。

哦，不對，別的顏色是有的，就出現在牆上一具十分大的電視機的螢光屏之上。

的。所以，當我發現了這一點，而我也已看清了那屋中的情形之後，我也自然而然地向那電視

那八個圍坐在圓桌旁的人，都向那具電視機望著，那可以從他們頭部偏向的方向看出來

望了過去！

容！

唉，我不去望那電視還好，一去看那具電視，我在刹那之間，心中的尷尬，實在難以形

在那電視螢光屏之上，清清楚楚地可以看到我所在的這間房間！

而且，電視攝像管毫無疑問是對準了我的，因爲我可以更清楚地看到我自己，伏在沙發

上，翹起了屁股，從一根管子中，向下面在張望的那種情形！

我在設法窺視別人，但是我的行動，卻一點也不漏地早已落入別人的眼中，天下還有比發現了這一點更狼狽一些的事麼？

我陡地一呆，連忙直起身子來，坐回在沙發上，一時之間，不如該怎樣才好，足足呆了一分鐘之久，我才向下面叫道：「行了，我已醒了，請問，你們究竟是甚麼人，究竟想將我怎樣？」

我那句話才一出口，便有一個人，推開了牆上的白色的雲石片，走了進來，這個秘密地方的一切房間，幾乎全是用暗門出入的，你根本沒有可能知道門在甚麼地方。

那人走了進來，當他一步一步地向前走近的時候，曾使我大是開心。

因為他的體重，照理來說，也應該引起地板的旋轉的。而我早已準備好了，地板一轉，我就撲過去，先將他打倒再說！

可是，他已經來到了我的面前了，地板卻仍然不轉動！

地板不轉動，那當然是轉動掣已然被他們鬥上了！那對我來說，一樣有好處。

因為地板不轉動，我也不必被困在沙發之上，我一樣可以站起來和這個神秘的白衣人，進行搏鬥的！

我幾乎沒有考慮的，立時站了起來！

可是，我剛一站在地板上，地板又突然轉動了起來，地板在轉動，會產生離心力，我的身子，猛地側倒，我是向著那人側倒的，我趁此機會，向那人猛地揮出了一拳！

這一拳，雖然是在我自己也將要跌倒時揮出的，但實在可以擊中那白衣人。可是，不知道怎樣，我的這一拳卻落空了。那白衣人的身子向後退了兩步，他竟可以在旋轉的地板上行走自如！

而我在一拳擊空之後，卻已然倒在地上，我連忙伸手在地上一按，勉力站了起來，向沙發上跳去。

當我一跳到沙發上之後，地板的轉動，幾乎立即停止！

我喘了一口氣，瞪著那神秘的傢伙：「你沒有重量嗎？」

這當然是一句氣話，因爲我假定地板旋轉，是因爲我體重觸發了機關的緣故，而這個假定也是十分可靠的。

那麼，這傢伙也站在地板上，地板卻不旋轉，那麼，他豈不是和沒有重量一樣。

我講了那樣一句話之後，那白衣人居然也開口講話了。

這是我被那胖婦人擊昏之後，醒了過來遇到的第三個這樣的白衣人，但卻是第一次聽到這樣的白衣人講話。

那白衣人講的竟然不是本地話，而是英語。只不過他的英語十分之生硬，絕不是歐洲人所講的。但是要我講出他是甚麼地方的人，我卻也講不出來。

他先是用十分難聽的笑聲，笑了兩下，然後道：「當然有重量，沒有你那麼重就是了。」

我忙道：「好了，你們肯和我交談，爲甚麼要扣留我，而我又在甚麼地方？」

那白衣人又用那種難聽的聲音，笑了兩下：「那先要問你自己，你是甚麼人？你爲甚麼要到蒂卡隆鎮來？」

我搖了搖頭，勉力笑道：「這很不公平，是我先問你的，你應該先回答我。」

那人道：「你是俘虜，你必須回答我的問題，要不然，我們就一直囚禁著你，直到你肯回答爲止！」

我裝著恍然大悟：「原來是這樣！」

我當然不會蠢到連這一點都不知道的。而我之所以故意和他拖延時間，是我可以趁這時間作準備之故。

我已將一個有強力彈簧的小銅管，摸在手中。那小銅管可以射出兩粒銅彈子來，約莫像蓮子那麼大小，在十呎之內，力道十分之強。

我一講完了那句話，立時一揚手，我早已決定，我要射他眼上的那塊白玻璃！

當我彈破了那塊白玻璃之後，我至少可以令到這傢伙的雙眼受到損傷，那麼，我可以進一步向他撲過去，制服他，迫他帶我出去了。

我手才一揚起，那金屬管之內，便發出了「錚錚」兩聲響，兩粒銅彈子，以高的速度，向前射了出去，這兩粒銅彈子，如果射中了一個人頭部要害的話，是毫無疑問，可以將一個人射死的。

而我的瞄準力也十分高，幾乎是立即地，「拍」、「拍」兩聲，那兩粒銅彈子，恰好射在那傢伙頭罩上的兩塊白玻璃之上！

而我在一射出了那兩粒銅彈子之後，立時準備從沙發上跳了起來。

但是，我卻只是作勢欲撲，而並未曾撲出去。

因爲在那一刹那間，我看到那傢伙全然未受那兩粒銅彈子射中的影響，他只不過呆了一呆，那兩塊白色的玻璃也未曾碎裂。

這是我所未曾預料到的，這等強烈的銅彈子，尚且不能使那兩塊白玻璃破裂，那麼，我還有甚麼法子可以令得這傢伙受傷呢？

我除了仍然僵坐在沙發上之外，實在沒有別的辦法可想，那傢伙呆了一呆之後，向前走了一步，用責備的口氣道：「你這是甚麼意思？你爲甚麼要攻擊我？」

我大聲叫了起來：「我爲甚麼要攻擊你？那你先得問問自己，爲甚麼要囚禁我！」

那人的頭搖了兩下，道：「我們囚禁你，絕無惡意，我們到這兒來，也絕無惡意，我們只不過是來作一種觀察。」

那傢伙的話，使人聽來有莫名其妙之感，我瞪著眼望著他：「觀察甚麼？」

那人道：「對不起，不能宣佈，我們的行動當然秘密，要不然，會引致極大的不便，你來到我們這兒，我們實在抱歉。」

這傢伙的話中，已然在不懷好意了，我吸了一口氣：「你準備怎樣？」

「我勸你接受一種對你的腦網膜的輕微刺激，那種刺激，會使你消除一切有關我們的記憶，那樣，對我們來說，就安全了。」

「胡說！」我立即抗議。

「你必須接受，」那人堅持著，「而且，我保證對你無害！」

我不能再坐在沙發上了，在這樣的情形下，我實是非站起來反抗不可了。人的知識、記憶全是儲藏在腦膜之上的，誰知道那傢伙所謂的刺激、失憶，是怎麼一回事，或許在接受了刺激之後，我會變成白癡！

我連忙站了起來，我剛一站起，地板便開始旋轉，我不顧一切地向前撲去。由於地板旋轉得十分快，因之我在一時之間，也看不清那人有了一些甚麼動作。我只覺得我才掙扎著向前走出了一步，一股光束，便自那傢伙的身上發射了出來。

那像是「雷射」光束，事實上，我根本沒有時間去研究那是甚麼光束，因為光線一射到我的身上，我立時起了一陣窒息之感。

接著，我便喪失了知覺。

我是被一個婦人的尖銳的聲音叫醒的，在那婦人叫醒我的同時，我還覺得有人在以相當大的力量在搖撼著我的身子。

我於是雙手向前伸出，想抓住甚麼，來止住那種搖撼，我抓住了一張桌子。

我睜開眼來，桌上放的是一大杯啤酒，而在搖我、叫我的，則是一個二百五十磅以上的胖婦人，那時天色已相當昏黑，有不少遊客在海灘旁生著了篝火。

當我才看到那一切的時候，我的腦中混亂到了極點，我一點也想不起這是甚麼地方，我爲甚麼會在這兒。

然而，這種混亂，只不過是極其短暫的時間，我立時漸漸想起巴圖，想起紅月亮，想起那被我射中、跌入了海中的那個人。

我也想起了我逐個岩洞尋找，想起我來到了這兒，要了一大杯啤酒。

但是我的記憶力卻到此爲止了。

在要了一大杯啤酒之後，又發生了一些甚麼事情呢？似乎甚麼也沒有發生過，那麼，這胖婦人爲甚麼要搖我、叫我呢？

我向那胖婦人望去，那胖婦人用十分友善的笑容望著我：「先生，你的臉色不十分好，剛才看來，你像是昏過去了！」

我歉然地一笑：「是麼？」

「是的，先生，你一定是從那峭壁的岩洞中走過來，而且曾進過岩洞，是不是？」

我心中一愣，道：「是啊，你怎麼知道？」

胖婦人笑道：「我當然知道，我在這兒住了很久了，以前，我們只知道那些岩洞中有妖魔，會使進去過的人感到不舒服，但在政府組成了調查團之後，才知道那些岩洞中，有很多大蝙蝠，蝙蝠聚居的地方，有一種神奇力量，使人有癲癇的影響，先生，你剛才一定是受了那種影響了！」

那胖婦人喋喋不休地講著，我可能是因為受了那種影響，或是太過疲倦了，所以才會使人家以為我要昏過去的。

我向那胖婦人道了謝，一口氣喝了那杯冰凍清涼的啤酒，精神振作了不少，我決定由公路走回小鎮去，等我回到小鎮時，已是萬家燈火了。

而且，月亮也恰在那時升起，我注視著月亮。

事實上，從地球的任何角落來看月亮，月亮總是那一個，但蒂卡隆鎮上的人，既然看到過月亮變成紅色，我自然也非對之多望幾眼不可。

但是我看到的月亮，則是潔白的，並沒有一絲紅色。

我在走進鎮中之前，將我臉上的化妝除去，恢復了本來的面目，然後，才來到了酒店的大門口，在大門口略停了一停，買了一份鎮上所出的報紙，便推開門，走了進去。

我才一走進酒店，便被那美國人的吼叫聲所吸引。

我逕自向升降機走去，但是在我還未走到升降機的門口時，我忽然聽得酒店的經理道：

「好了，這位先生回來了，他是唯一能幫你忙的人。」

第四部：失去的日子

這句話，似乎是針對我而說的，我停了一停，轉頭看去，已看到那美國人轉過頭來望我，他向我揚了揚手，招呼道：「嗨！」

我實在懶得去答應他，只是點了點頭，但是他卻向我走來：「聽說你一個人佔有一間雙人房？」

這傢伙，一開口就討人厭，我一個人佔有一間雙人房又怎樣？就算我一個人佔有一間八人房，只要我付房錢，他媽的關你甚麼事？

於是，我只是瞪了他一眼，並不理睬他。

他一個箭步，來到了我的身邊，這時，我才注意到他的肩上，掛著一個相機。

那種相機，一看外殼，就知道是十分專門的一種，這人可能是一個專業攝影師。

他來到了我的身邊：「你一個人睡不了兩張床，讓一張床給我，我來負擔百分之五十的房租，怎麼樣？」

我讓一張床給他，他來負擔百分之五十的房租，這本來是天經地義的事情。但這時在他講來，就像是他在資助我一樣！

我冷冷地回答他：「對不起，我有一個習慣，喜歡上半夜睡一張床，而下半夜睡另一張床，所以，你還是將你的那百分之五十的房租，留在口袋中吧！」

那美國人愕然地望著我，升降機也到了，我不再理會他，跨了進去，他並沒有跟進來。可是，當我上了三樓，向房門口走去之際，那美國人卻氣呼呼地，從樓梯上奔了上來。

他直奔到我的面前，笑道：「聽說日本人是最好客的，那麼你——」

我不等他講完，便搖手道：「你又錯了，先生，我是中國人。」

那傢伙現出了十分沮喪的神色來：「唉，我到這小鎮上，前後已七次了，連那次我看到月亮變作紅色在內，沒有一次是找得到住所的！」

他一面說，一面轉過身去，他的話，顯然是在自言自語，並不是講給我聽的。但是，他的話，卻也引起了我的極大的注意，我道：「嗨，你說甚麼？你看到過月亮變紅色。」

他轉過身來，點頭道：「是，我正是爲了這再來的，我準備寫一篇文章，刊登在『搜尋』雜誌上，噢，我還忘了介紹自己了，我是保爾，搜尋雜誌的攝影記者。」

這個叫保爾的傢伙，是看到過紅月亮的！

我也曾聽得巴圖講起過，當時有一個外國人，湊巧也在蒂卡隆鎮上，那一定就是他了。

我伸出手來，和他握了握：「那麼，我們有相同目的，我也是爲了這件事而來的，只不過我未曾看到紅月亮。」

「那麼，我可以供給你資料，但是，房租方面，我只能負責百分之二十。」

一時之間，不知該怎樣回答這個精明的美國人才好。我和他互相對視了一分鐘之久，沒有辦法，我屈服了，因爲我是爲「紅月亮」而來的。我迫切需要關於「紅月亮」的第一手資料。正因爲那樣，不要說這個美國人只肯出百分之二十的房租，就算他要白住，我也沒有辦法。

我伸出手來：「好，達成協議！」

他和我一握手，我打開了房門，進了房中：「我還是第一天到，我本來是有一個同伴的，可是他不知道哪兒去了。」

我當然沒有必要向這傢伙報告我的行程的，我只不過是想藉此打開話題而已。

卻不料我的話才一出口，保爾便改正道：「不，你來了已兩天了，昨天你出去了一整天，直到這時才回來，你到哪兒去了？」

我瞪著他，道：「我才來了一天。」

他大聲道：「兩天！」

我向他揮了揮拳頭，示意他不要再和我爭下去，若是再爭下去，那非打架不可。我的心中，實在也十分氣憤，因爲我來了多少時候，我自己莫非不知道，還要他來更正？

我一面握著拳，一面道：「我是今天才到的。」

他指著我：「你手中有報紙，你可以看看，報紙上的日期，是甚麼日子。」

報紙是我在酒店的門口買的，當然是當天的報紙，我本來是不想看的，但是聽得他講得如此之肯定，我也低頭看了一下。

但是我一看之下，我卻不禁呆住了。

我看得很清楚，那報紙之上印著的日子是十三日。

這是怎麼一回事？

如果是十三日的話，那麼我來到這個鎮上，應該是兩天了，可是，我卻只過了一天，我甚麼時候多過一夜來？

我呆住了無聲可出，保爾卻得意了，他拍了拍我的肩頭：「怎麼，弄錯了，是不是？」

我並不回答他，我向前走了幾步，在沙發上坐了下來，我的心中十分亂，因爲我不明白這是甚麼一回事，我來了之後，出去，在岩洞中查了一遍，喝了一杯啤酒，然後就回來了。

那麼，我怎會失去了一天的呢？我在那失去的一天之內，做了一些甚麼事呢？我拚命去想，努力去記憶，但是卻一點也想不起來，我所記得的只是：我到這兒，只不過一天——正確地來說，也只不過幾個小時而已！

我呆了半晌，抬起頭來：「會不會這張報紙的日期印錯了？」

保爾聳了聳肩，道：「你可以下去，向所有的人問一問，你是今天到的，還是昨天到的。」

我托住了頭，心中實在不知想一些甚麼才好，一天，我失去了一天，這在我來說，實在是難以想像的事情，我完全不記得過去的一天之中，有甚麼事情發生過！

這不是太神秘了麼？

而這種神秘的「時間失蹤」，也使我的心情十分沮喪，但是保爾卻因爲找到了住所，而十分高興，他吹著口哨，進了浴室，進進出出，十分忙碌。

我呆坐了很久，直到我肯定自己已完全無法記起我「失去的一天」之內，有過甚麼經歷，這才站了起來，問保爾道：「我一定太疲倦，以致竟記錯了我到這兒來的日子，實在太可笑了。」

保爾表示同情地在我的肩頭上，拍了兩下。我立即又道：「我們談談你看到紅月亮，是怎麼一回事？」

保爾望著我，好一會，才道：「先要有一個君子協定。」

我道：「好的，甚麼協定。」

保爾道：「我講的全是第一手資料，你不能將我所說的一切拿去公開發表。」

我嘆了一聲：「和你相處，似乎十分困難。」

「沒有辦法，在我們的國家中，人人都想賺錢，沒有辦法不這樣。」

我不禁爲他的坦誠而笑了起來，我在身上，取出了一疊美金旅行支票，在他的面前，翻了一翻：「你看，我十分富有，富有的程度，遠在你想像之上，你將第一手的資料，詳細講給我聽，不但不會發表，而且，還會付一筆可觀的報酬給你！」

保爾大聲叫了起來：「太好了！」

他興致勃勃地在我對面坐了下來，想了一陣：「那天晚上的情形，實在太奇特，我正住在這酒店之中，我來到這個小鎮的任務，是想拍攝海邊的西班牙少女的照片，我完成任務。當晚，我正在一個人喝著酒，忽然外面有人怪叫了起來——」

保爾望著我，我示意他繼續講下去。

保爾道：「我的西班牙文不十分好，但是，我卻聽得在酒店的外面，所有的西班牙人，全都奔相走告，發狂似地叫著：『末日來到了，月亮變成紅色了！』

「我探出頭去一看，連我也呆住了，月亮是紅色的，我呆在窗口，足足呆了有五分鐘之久！

「而這時，街上的情形，混亂到了極點，突然變成了紅色的月亮，顯然令得每一個人都失常了，幾個醉鬼大聲地唱著，開始有人將一瓶又一瓶的酒，從雜貨店中拋出來。

「很快地，街上喝醉酒的人愈來愈多了，平時矜持的少女開始放蕩，她們之中有很多扯下了長裙，只剩下了褻衣，當街跳舞，而平日鎮上的權威人物，那些道貌岸然的學者，也都和浮華子弟一樣，衝上去擠著，想伸手去摸摸那些跳舞的少女，而那些少女，卻像被人趕捉的母雞，發出『咯咯咯』的笑聲躲避著。

「一切的變故，來得如此之快，真的，我那時的感覺是世界末日來臨了，可不是麼，我們從小看到的，一直是銀白色的月亮，竟然成了紅色，那樣鮮明的紅色，這實在使人瘋狂！」

保爾講到這兒，不由自主地喘了一口氣，然後才又道：「我想，我算是比較能夠自制的人，因爲在我呆了五分鐘之後，我在克服了也想衝到街上去的衝動之後，我想起來了，我有彩色的軟片，我有相機，我可以將紅色的月亮，拍攝下來！

「我連忙找彩色軟片，要命，彩色軟片放在甚麼地方呢？如果找不到，這小鎮上只怕是買不到的，而且，在如今這樣的情形下，誰還會做買賣呢？我找了好幾分鐘，終於找到了，我對著月亮，拍了幾張，又跑到街上，將一卷軟片拍完。

「第二天，我就回國，一回去，我立時將軟片沖洗了出來。」保爾講到這兒，忽然停了下來，望著我，嘆著氣，搖著頭。

我忙問道：「怎麼樣？」

他嘆了一口氣道：「我一看照片，就到療養院去療養，同時光顧了一個心理醫生。」

我奇怪道：「爲甚麼？」

他打開一個信封，拿出一疊相片來給我，道：「你看，當時我看到的月亮，分明是紅色的，鮮紅色的，可是你看看照片上的月亮！」

我不知道他這樣說法是甚麼意思，我只是感到，我即將看到紅色的月亮了，因此我的心中，十分緊張。

可是，當我一看到相片的時候，我不禁呆了一呆，那一疊相片的第一張，是一個大月亮，可是那個月亮，卻是銀白色的。

我一張又一張地看下去，每一張相片之上，都有月亮，有的幾張，前景是模糊的人影，那是正在狂叫呼喚的一群人。

可是，每一張相片之上，月亮全是白色的。

我抬起頭來，道：「保爾，這是甚麼意思？」

「就是那樣，當時，我看到了紅月亮，紅的，在我看到月亮是紅的之際，我用彩色拍攝，你說，正常的結果，應該怎樣？」

「當然相片上的月亮，也是紅的。」

「可是，它不是紅的。」

我呆了半晌，迅速地想著，然後才道：「你的意思是說，當時你看到月亮是紅的，那只不過是你的錯覺？」

「是。」他點著頭。

「所有的三千多人，全都是錯覺？」

「雖然聽來不可能，但卻是唯一的解釋！」

保爾在講了這句話之後，又補充道：「我們都知道，相機的構造，和人的眼睛一樣，而相片上也有紅色的別的東西，表示並不是軟片上的紅色感光部份壞了，相機和人的眼睛所唯一不同便是它沒有生命，所以它也沒有錯覺，永遠如實地反映真實！」

我呆了片刻，再道：「那麼你的意思，確實地說來，就是說，當時的月亮，其實仍是白色的，和以前沒有甚麼不同，只不過是所有的人，生出了同樣的錯覺？」

「是。」

「有這個可能麼？」

「這是唯一的解釋。我之所以再度前來，完全是爲了想找出這個原因。」

保爾揮著手，加重語氣地講著。

我望著他，我開始覺得他不是那麼討厭了，他的想法是對的，月亮並沒有變色，而是蒂卡隆鎮上的所有人，都在同一時間，發生了錯覺。

爲甚麼會在那一剎那間發生了錯覺呢？而且，凡是在這個小鎮上的人，無一能避免。

我可以立即提出幾個解釋來，但是只要想深一層，這些解釋是全站不住腳的。

第一個解釋是：有一種生過病的麥子，因爲麥中含有一種可以使人發生幻覺的細菌，即使在烤製成爲麵包之後，服食之後，仍然會使人產生許多恐怖的幻覺的。但是，總不成蒂卡隆鎮所有的人，都在同一時間之內服下了這種有毒的麥子，那不可能！

第二個可能，是恰在那時，有一股紅色的微粒——但這個可能，我還未曾想完，就被我自己所否定了，因爲如果有一股紅色霧遮住了月亮的話，那麼，相片上的月亮也應該是紅色的。

那只可能是人的眼睛的錯覺：是甚麼因素使得在這個小鎮上的人，都產生這一種錯覺的呢？我也是爲了這一原因來的，巴圖也是爲這個原因來的，可是巴圖在甚麼地方呢？我……爲甚麼又會突然失去一天呢？

一連串的問題，使得我的腦子混亂到了極點。

我坐在沙發上，用手托住了頭，保爾則看來仍然十分輕鬆，他取出了一隻收音機來，扭到了音樂節目，那是吵鬧的爵士音樂，我被它吵得忍不住了，大聲道：「你怎麼那樣輕鬆？你可是有了頭緒？」

我本來是出言嘲笑他的。可是，出乎我意料之外，他卻點頭道：「是的。」

我呆了一呆：「你的線索是甚麼？」

他搖頭道：「你未免問得太多了。」

我揚手道：「好了，你的目的，只不過是想將事情調查清楚之後，獲得一筆稿費而已，是不是？我現在，代表一個機構以高薪暫時雇用你。」

「甚麼機構？甚麼條件？」

「聽說過異種情報處理局麼？它直屬於最高軍部的機構，專門處理類似紅月亮這樣的特異案件的。我想，你可以獲得五百美元一周的周薪。」

保爾「噓」地一聲，吹了一下口哨：「好了，我接受，你是我的上級麼？」

「不，我是你的同事，我們的上司是一個蒙古和中國的混血兒，他叫巴圖，他在五天之前……不，六天之前，來的，他到了一天就離去，一直到現在還沒有回來。」

「啊，那一定是遭到意外了。」保爾叫著。

我搖頭道：「不會的，我不相信他會遭到意外，因爲他幾乎是可以應付任何意外的人。」

保爾忽然皺起了雙眉：「他甚麼模樣？我的意思是說，他有甚麼特徵？」

我望著保爾，不知道他這樣問我，是甚麼意思，但是我還是照實回答：「他是一個高而瘦的男子，他膚色黝黑，頭髮天然捲曲，他的左頰之上，近額角處——」

我只講到這兒，保爾一揮手，大拇指和中指相叩，發出了「得」地一聲，立時道：「近額角處，有一個新月形的疤痕，那可能是燒傷，是紅色的，是不是？」

我震了震，才道：「你有對一個人如此詳細觀察的習慣麼？」

保爾道：「不是，我注意這個人，只因爲他那個疤痕的形狀像月亮，而且，是紅色的，你知道，我的腦中塞滿了紅色的月亮這一個印象，所以便不免對他多看了幾眼，就記得了。」

我又問道：「那麼，你是在哪兒見到他的？」

「在我來的時候，他正步行到這個鎮上來，我搭的馬車，在他的身邊經過，駕車的老頭子問他是不是需要搭車子——」

我心急地問道：「那麼他為甚麼不和你一起來？難道他寧願走路，而不要搭車子麼？」

保爾也搖頭道：「我不知道是為了甚麼，他的臉上，一片極之迷茫的神色，他看來像是遇到了極大的困擾，他只是呆呆地站在路邊，對那駕車老者的話，一點反應也沒有，我覺得這人奇怪，是以在馬車駛走之後，只見他仍在慢慢地向前走來。」

我忙道：「如果他是到鎮上來的話，那麼現在——」

我才講到這裡，門上便響起了「卡」地一聲響。由於直到現在為止，我至少已知道事情極之不尋常，是以我一聽得門上有聲，立時緊張了起來，沈聲道：「快躲到了沙發的後邊。」也就在這時，再是「卡」的一聲響，來的人，似乎是有鑰匙的。

我呆了一呆，房門已被推開來了。

站在門口的，不是別人，正是巴圖。

當我才一看到他的時候，確如保爾所說，巴圖的神色，十分之憔悴、迷惘，像是有著甚麼重大的心事一樣，我忙叫道：「巴圖！」

若不是我一下叫喚，他是不是會注意有我在房間中，只怕還成問題。而在我一叫之後，他當然望到了我。他在一看到了我之後，面上便露出欣喜的神情來：「啊，你那麼快就來了。」

保爾也站了起來，巴圖的精神顯然已恢復了，他向保爾一指：「嗨，這位朋友是誰？」

我道：「這是我新認識的朋友，他叫保爾，我已代你聘他為異種情報處理局的臨時職員，周薪是五百美元。因為他曾看到過紅月亮。」

巴圖興奮地道：「是了，你就是那個曾經看到過紅月亮的美國人。」

保爾走向前去，和巴圖握了握手。

巴圖向我笑道：「你那麼快就來了，你的妻子一定要罵我了。」

我的臉紅了一紅，我以為巴圖是在諷刺我，因為事實上，我是耽擱了七天才來的。我忙道：「不算快了，我已耽擱了好幾天。」

巴圖一呆：「你說甚麼？」

我道：「我已比你遲了七天，我想，在這七天之中，你一定已有不少收獲了？」

巴圖睜大了眼睛：「你一定是瘋了，我今天上午到，現在，你也來了，你只不過比我遲來十個小時而已！」

我也呆住了。

一聽得巴圖這樣講法，我已然明白，那是怎麼一回事了。我失去了一天，但是巴圖，卻在他的記憶之中，失去了七天！

他以為他是「今天」到的，事實上，他到這兒，已是第八天了，只不過到達之後，他便失去了七天，當然，我更可以知道他的情形和我一樣，在失去的七天之中，他究竟做過一些甚麼事，他是完全不知道的，他只當自己是今天到的！

我雖然明白了這一點，但是要將這一點向巴圖解釋明白，卻不是容易的事情。

我不出聲，巴圖卻追問道：「甚麼意思？你說你比我遲來了七天，是甚麼意思？」

我嘆了一聲，道：「巴圖，我們都遇到極其不可思議的事情了。我到了這兒之後，失去了一天；而你比我更要不幸，你失去了七天！」

接著，我便將我「失去一天」和保爾爭論的經過，講了一遍。

在我只講到一半的時候，巴圖一把搶過了那張報紙來，看看上面的日期，他的臉色，變得極其蒼白。

在他看到了日期之後，他自然也明白那是怎麼一回事了，只見他背負著雙手，來回地踱著步，我們三人，全好一會不出聲。

足足過了五分鐘之久，才聽得巴圖喃喃地道：「怪不得我在奇怪，何以路邊的那一叢向日葵，竟會在一天之間，長大了那麼多，原來我已失去了七天！」

我不明白：「甚麼路邊的向日葵？」

巴圖道：「我一到，就離開這小鎮，去調查一切，當我離開的時候，我注意到路邊的一叢向日葵，可是在我回來的時候，在同樣的位置上的向日葵卻長大了不少，我一直在思索著這個問題，所以——」

保爾接上去道：「所以，你心情迷惘，連有人叫你搭車，也聽不到！」

巴圖道：「是的，這實在是一件奇事，可是比起我無緣無故地失去七天這一點來……」

巴圖苦笑了一下。

我道：「那麼，你將經過的情形、你所可以記得起的，向我們說說。在你講完之後，我再將我記得起的經過講給你們聽。」

巴圖點了點頭，又呆了片刻，才將他可以記得起的經過，講述了出來。

第五部：詭異的小吃店

巴圖是在上午到的，他走進酒店的時候，在門口，和一個胖子幾乎撞了一個滿懷。

巴圖向後退了一步，那胖子向他打量了一眼：「遊客，嗯？」

巴圖冷冷地道：「可以說是。」

胖子的態度十分傲慢：「我是鎮上的史萬探長，我問你問題，你的回答最好肯定一些！」

巴圖的雙手，若不是都提著行李的話，這時他一定一拳揮擊過去了；當時，他沒有說甚麼，只是身子一側，在史萬的身邊走了過去。

當他進了房間之後，他伸了一個懶腰，將上衣脫了下來，他是一個十分機警細心的人，當他脫下上衣的時候，他突然發現，自己上衣的領子，似乎被人翻轉過。他呆了一呆，輕輕地翻開衣領來。在他的衣領之下，有指甲大小看來和扁平的鈕扣差不多的一枚東西。這枚東西，巴圖一看就可以知道是偷聽器。這是他一到達之後的第一件意外。

巴圖並不將那偷聽器除去，他只是想著：是誰在自己的衣領之內放下這個東西的呢？照一路上的情形來推測，似乎只有在酒店門口遇到的史萬探長。然而，他既是當地的探長，又為甚麼要這樣做呢？

巴圖不明白這是怎麼一回事，但是他卻也可以知道，自他一進入蒂卡隆鎮開始，就有人在注意他、監視他了！巴圖並不去破壞那偷聽器，他只是將衣領摺好，想了片刻，然後，打開了手提箱，取出了一些精巧的工具來。

他用那些精巧的工具，輕輕地旋開了那隻小巧的竊聽器，將線路用放大鏡仔細地檢查了片刻，然後，撥動了幾根十分精細的金屬線。

巴圖的這一番工作，是將一具竊聽器改變成收音器的手續。

當他放下了工具之後，他立即聽到了輕微的聲音，傳了出來，那是一個女子的聲音：「唔，整天在岩洞中，悶死了！」

另外一個男子的聲音，道：「有我陪著你，還會覺得悶麼？別亂說，叫我們的雇主聽見了，可得受罰。」

那女子道：「我們的雇主，究竟是何等樣人？」

那男人道：「我也不知道，我只見過他們一次，他們的打扮就像美國的三K黨一樣，看在薪水高的份上，在岩洞中過日子，又怕甚麼——咦，怎麼線路障礙的紅燈亮了，快通知警戒室！」

在這個男子的那句話之後，巴圖又聽到了一陣雜亂的腳步聲。

然後，所有的聲音，完全沈寂。

巴圖知道自己的把戲，已被人發現了，他拉下了那具竊聽器，放在腳下踏扁。

那一段對話，使他知道，岩洞是一個重要的線索。

於是，他留下了一封信，又在枕頭中放了一張字條，然後，離開了房間，將信交給了經理，便出發去查勘那些岩洞了。

巴圖查勘嚴洞的經歷，和我差不多，只不過我是向右邊走，他呢，向左邊的峭壁走去，他一路搜尋了三十四個岩洞，有的大，有的小，可是卻甚麼也沒有發現，當他來到了沙灘上的時候，情形也和我的遭遇差不多，他進了一家在海灘旁邊的小食店中，要了一杯飲料。

據他自己說，他是一喝完了那杯飲料，就步行走回鎮來的。

可是在事實上，他那一杯飲料，卻喝了整整七天！

我的一杯啤酒，喝去了一天的時間，他的一杯飲料，則喝去了七天的時間！

這全是不可思議的事，講出來不會有人相信。但是卻又是鐵一般的事實！

在巴圖講完之後，我們都不出聲，保爾道：「那麼，事情很簡單，我們該從那兩家吃食店下手！」

我望著保爾，好半晌，才道：「不錯，你的工作，可以開始了！」

保爾露出不解的神色來：「我？」

我道：「是的，你到那兩家吃食店的任何一家去，去的路線，也是沿著岩洞走過去，一路對每個岩洞作十分詳細的搜查。」

「嗯，」保爾立時搖頭，「我可不想失去寶貴的幾天！」

「你必須失去，這是你的工作！」我大聲地回答他，「而你剛才已接受了聘請，我和巴圖將在暗中監視你，看你如何會失去一天或更多的光陰。」

保爾無可奈何，道：「好，那麼，至少要等到明天，不是現在！」

我和巴圖都同意：「好，明天。」

那一晚上，我們都幾乎沒有睡。三個人各抒己見，結果，作出了幾個大家都同意的結論：

（一）史萬探長可疑！

（二）海灘邊的小食店可疑！

（三）有一個集團，正在鎮附近的峭壁的岩洞之中，從事著不可告人的勾當。

（四）這個機構的組織十分嚴密。

由於我們有了這四點結論，所以我們也決定，明天觀察吃食店的結果如果失敗，那麼，我們便再在大胖子史萬的身上下手。

第二天一早，保爾便離開了酒店，他帶著無線電訊儀，和我們之間，不斷地聯絡。我和巴圖兩人，則在鎮上的幾間酒吧中流連了兩三小時。

我們的目的，是想聽聽鎮上的居民對於「紅月亮」這件事，究竟有甚麼意見。

可是鎮上的居民對於這件事，絕口不提，你若是問到了他們，他們也顧左右而言他，不作理會，我們自然一無結果。

直到我們聽到保爾說，他已經到了海邊，我們才出發到左首的海灘去。

半小時後，我們便來到了離巴圖失去七天時間的那吃食店只不過五十碼的地方了。

我們打量了一下環境，看到吃食店的後面，有著一排濃密的灌木，灌木叢中，足可以藏下我們兩個人。

而在灌木叢的上面，有一個小小的窗口，如果我們躲在灌木叢中，可以利用小型的潛望鏡去觀察那間吃食店內的情形。

我們鑽進了樹叢之中，巴圖立即取出一根金屬管子來，將管子的一端，湊到了窗口，他則在管子的另一端張望著。

他看了一會，便將那小型的潛望鏡，交到了我的手中，我湊上眼去，只見那是一間十分普通的吃食店，兩對情侶在綿綿細語，掌櫃的是一個身形矮小的中年人，用一隻手撐著頭，在打瞌睡。

我們看了十五分鐘，只見那兩對情侶，分別先後離開了小食店。

然後，我們接到了保爾的通話信號，他道：「我已經在海灘上了！」

我和巴圖兩人，都緊張了起來，巴圖將潛望鏡交給我，他自己則取出了一柄小型的火箭發射槍來。

我用心張望著，只見那掌櫃的直了直身子，忽然，他來到門口，向門外張望著。他那種動作，分明是在等著甚麼人！

我的心中立時閃過了一個念頭：難道他知道保爾要來？

那傢伙並沒有望了多久，就退了回來。

就在掌櫃的退回來不久，保爾走進來了，面色很難看，一看就知道他的心中很緊張。可憐的保爾，這一定是他一生之中第一次冒險。

保爾走進了店子，坐了下來，揚了揚手：「啤酒。唉，從那些岩洞回來，口渴極了。」

店主答應了一聲，不一會，便提了一大杯啤酒，來到了保爾的面前，將啤酒放在保爾的桌上，那情形和我在另一家吃食店時相同。

然後，我看到保爾拿起杯子來。

他一定是真的口渴了，所以當他拿起杯子來之後，大口地喝著。

我自己是在喝啤酒的時候，失去了一天的，所以我看到保爾的啤酒，心情緊張。果然，就在這時，我看到那店主人，在保爾的身後，向保爾躡手躡足地走了過去！而且，他的手上，還拿著一根相當大的木棍！

他顯然是要對保爾有不利的行動了！

我心中不禁十分躊躇，因爲我決不定我是應該出去，還是一直看下去。一時之間，難有決定，我將潛望鏡向巴圖遞了過去，想給他看到了店中的情形之後，由他來決定。

可是，也就在這時，在灌木叢之外，忽然響起了一個濃重的呼喝聲：「躲在樹叢中的人，快滾出來！」

那是史萬探長的聲音。

如果只是史萬探長的聲音，我們還可以不加理會，但與此同時，我們還聽到了「卡卡」兩下，槍栓拉動的聲音，那是一種老式步槍子彈上膛時的聲音。

但是，槍總是槍，你絕不能因爲它是老式而輕視它的，我和巴圖互望了一眼，巴圖用極快的手法，收起了潛望鏡，我們兩人，都無可奈何地站了起來。

在站起來之際，我立即向窗口看去，只見店中已空空如也，保爾不見了，那店主也不見了！

由於情況出現了突如其來的變化，我們的目的，當然又未能達到，而且，我們的處境還變得十分尷尬，不但在我們面前，出現了兩個警員，用步槍指著我們，而且，史萬探長的手中，也握定了手槍。

史萬探長的雙眼，眯成了兩道縫：「我們歡迎遊客，但是卻絕不歡迎行動鬼祟的人！」

我們沒有法子自辯，因爲我們躲在灌木叢中，當然「行動鬼祟」。若是要講道理，看來，在這山高皇帝遠的小鎮上，史萬探長有權處理一切，我們也講不清道理。是以，我和巴圖兩人，都不說甚麼，但是，我們卻交換了一個眼色。我們這時是在小店的後面，而小店的後面，寂靜無人，史萬探長可以說是自投羅網了！

我們全不出聲，史萬又喝道：「好了，舉起手來！」

巴圖先舉起手來，由於我是站在他的身邊的，是以我聽得在他舉起手來的同時，發出了「嗤嗤」兩聲響，兩枚麻醉針射了出去。

而我也立即發動，一躍向前，一掌向史萬的手腕，疾敲了下去！

史萬手中的手槍落地，和那兩個毛頭小伙子警員倒地，同時發生，我一揚腳，將槍踢向巴圖，巴圖將槍拾了起來，指住了史萬。

史萬面色大變，叫道：「你們這樣做，可能被判四十年徒刑！」

巴圖冷冷地道：「將你的兩個部下拖進小店來，如果你不這樣做，可能比四十年徒刑更糟糕！」

史萬喘吁吁地望著巴圖，但是他終於屈服了，他一手一個，挾著那兩個昏迷不醒的警員，繞過了灌木叢，來到了小店的門口，走了進去。

小店子空無一人，巴圖令史萬坐下，喝道：「好了，你究竟在玩些甚底把戲，老老實實地講，要講得快！」

史萬還在口硬：「你這樣對付西班牙政府的警務人員，你——」

不等他講完，巴圖已然道：「別假惺惺了，你不但是受雇於西班牙政府，只怕你還受雇於另一個集團，而且，薪水相當可觀吧！」

史萬呆住了，他的眼睛睜得老大，真使人懷疑他的眼皮怎麼會有那麼大的力量，可以將他眼上的肥肉撐起來，使眼睛睜大。

他的態度，在那一剎那間，便完全改變了，他垂頭喪氣，道：「你們是甚麼人？你們都知道了麼？」

巴圖冷笑道：「甚麼都知道，你認識塞隆斯先生麼？我們是他的私人代表。」

巴圖提到的那個人，我也不知道是誰（事後才知道那是西班牙內政部中一個極有潛勢力的人），但是史萬的面色，卻變得更難看了。

他牙齒打顫，「得得」有聲：「這……這……我……實在是薪水太低，而我的女朋友……又多。」

我實在忍不住笑了起來，這兒實在是一個十分可愛的地方。試想，在一個警務人員貪汙有據、被捉到了之後，竟以「女朋友太多」來為自已辯護，這不是可笑之極的事情？尤其這樣的事情，發生在像史萬這樣的一個大胖子身上，更會使人笑得前仰後合。

我在他的肩頭之上，重重拍了一下：「好了，如果你想保有你的女朋友，你就應該將事實一切，全都講給我聽了！」

史萬攤開了手：「其實也沒有甚麼，我只不過接受指示，做一些無傷大雅的事情，例如……」

他在講到「例如」兩字時，臉上居然也現出了一絲不好意思的神色來：「例如偷走了酒店中的一封信，注意你的行動，放一個……偷聽器等等。」

巴圖問道：「你是怎麼得到指示的？」

「電話，每當要我做事時，總有一個電話先來指示，那電話是一個女子的聲音。」

「甚麼人付你錢呢？」

「錢按時從郵局寄來。」

巴圖道：「那麼，最初和你接頭的，又是甚麼人？」

史萬苦笑著：「沒有人，也是電話——」他看到我們有不相信的神色，忙道：「那是真的，我現在，再也不敢說假話了，絕不敢。」

我和巴圖互望了一眼，我們都覺得，他的確不是在說假話，但是，他也未必是完全在說真話。我們兩人都不約而同地不再逼問他，只是冷冷地望著他。

這使他感到極大的精神威脅，他搖動著身子，像是想擺脫我們兩人的眼光。

但是他這樣表現不安，卻更使我們的目光變得淩厲。終於，在一分鐘之後，他屈服了，他嘆了一口氣，像是一隻氣球開始洩氣一樣：「好，我可以告訴你們，我的心中，也同樣好奇。」

我們一時之間，還不明白他這樣講法是甚麼意思，他又道：「我也想知道在電話中和我聯絡的是甚麼人，在一個鎭上，要追查一個電話的來源，是很容易的事。」

我心中大喜，難得他不打自招，說出了這樣的話來，我忙道：「那麼，是誰？」

史萬向這小食店指了一指，說道：「就是這家小食店的主人的妻子。」

我又問道：「她現在在哪兒。」

史萬搖著頭，道：「不知道，那我的確不知道。」

巴圖再問：「那麼，店主人又是從哪一條暗道之中遁走的？」

史萬依然搖頭，道：「我不知道，我不知道。」

我略想了一想，覺得再留史萬在這兒，已沒有甚麼用了。如今最重要的工作，當然是搜查這間吃食店，因爲我們已經知道，那是一個組織的支點，人在這兒不見，指揮史萬的命令，也是從這兒發出去的。

是以我揚手道：「你可以走了，別忘記帶著你的部下，你回去之後，絕不可驚惶張揚，明白麼？」

史萬連連點頭，抖著一身肥肉，向外走了出去。

我和巴圖兩人，在史萬一走之後，立即開始行動，巴圖從袋中取出一隻探測器來，那是對電流極敏感的一種探測器，如果甚麼地方有電掣，這東西一接近，就會發出「嗚嗚」聲來。

而一般來說，暗門、暗道大都是用電控制的，是以利用這樣的一個探測器是很有效的。

我也開始行動，我不使用探測器，我只是用手指在各處敲著，我們先檢查了店堂，並沒有甚麼發現，繼而，我們又向後面去，後面是一間廚房，廚房之中也是一個人也沒有。

廚房有一扇後門，就是通往後院的，那便是我們剛才藏匿的所在，店主人和保爾兩人，不可能從這兒離了開去。

如果說他們是從正門離去的，可能性也極少。

因為保爾如果不是被擊昏了，他自然會掙扎，如果保爾已被擊昏，那麼，店主人拖著他出去時，就一定會引起別人的注意。

店主人和保爾兩人，一定是通過了這個店內的一條暗道而離去的，一定是！

但是，為甚麼在我們精密地檢查之下，竟一無發現呢？

我們又回到了店堂中，有幾個食客走進來，但卻被我和巴圖趕了出去。我們繼續搜尋著，正當我們幾乎要將店子整個翻轉來之際，突然聽得在通向那個廚房的門口，有一個人冷冷地道：「朋友，滿足了麼？」

我和巴圖被那突如其來的聲音，都弄得吃了一驚。

我們一起直起身來，站在門口的竟是店主人，巴圖的反應，當真快到了極點，他一看到了那店主人，身形騰起，「呼」地一聲，便向前撞了過去。

可是店主人的身手也不慢，他一翻手，手上立時多了一柄配有滅音器的槍，並且立時放了一槍。

巴圖的身子突然自半空中跌了下來，在地上打了一個滾，我連忙踏前一步，來到巴圖的身邊，俯下身去。

我的動作，無論哪一個人看來，都像是在察看巴圖是不是受了傷。

而當我俯下身來的時候，我是背對店主人的，那樣就更不容易使人起疑。

可是，我才一俯身下來的時候，身子突然向下一倒，雙手撐在地上，雙腳已疾揚了起來，絞住了店主人的脖子，用力一轉，「拍撻」一聲，店主人已經倒在地上。

而巴圖也已生龍活虎地跳了起來，我只見他抬起腳用力踏了下去，同時，聽到店主人指骨的斷折之聲，當我翻轉身站了起來之際，巴圖的一隻腳踏在店主人的右手的手背上，另一隻腳，則踏住了店主人的後頸，我將那柄手槍，拾了起來。

巴圖道：「衛，你沒有受傷？」

我道：「沒有，我們有兩個人，若是反倒受了傷，那太說不過去了！」

巴圖大有同感地笑了起來，低聲問道：「你將保爾弄到哪兒去了？為甚麼我上次在這兒，會失去了那麼多天？」

店主人低哼著，但不出聲。

巴圖厲聲道：「如果你再不出聲，我就搓斷了你的手指，你忍得住麼？」

巴圖實際上，還未曾採取任何行動，但是店主人卻已然怪叫了起來：「別，別，我忍受不了，我是忍受不住的，哎喲，我的手指已經斷了！」

那店主人剛才還那樣兇狠，可是忽然之間，他竟變得這樣膿包起來，這實在是出人意料之外的，巴圖也呆了一呆，提起了腳來：「好，那你就實說——」

他一句話沒有講完，只聽得店主人突然大叫了起來：「別殺我，別殺我！」

他這兩下「別殺我」，顯然不是對我和巴圖叫的，因為誰都可以看得出來，我和巴圖兩人都沒有殺他之意，那麼他為甚麼這樣怪叫呢？

是他想分散我們的注意力，想趁機逃脫，還是真的有人要殺他呢？

我和巴圖兩人，立時一起向外跳了開去。

因為在這樣的情形之下，我們絕不怕店主人會逃走，我們怕的是有人要殺店主人，有人要殺店主人當然是為了怕他會供出甚麼來，是以才要滅口！

而當暗殺者發現要殺死我們也是一樣容易的話，那麼下手的人當然改向我們兩人下手。

我們兩人之所以同時向外跳了開去，就是因為我們同時都想到了這一點。

可是，四周圍都是靜悄悄地，並沒有甚麼人。

我們斷定那是店主人的詭計，於是又同時轉過頭，向倒在地上的店主人看去。不看猶可，一看之下，兩個人都呆住了！

店主人已死了！

他實實在在，已經死了，我們兩人和他，雖然都隔兩碼以上的距離，但是我們都一眼就可以看得出，店主人已經死了！店主人已經死了！店主人的臉容十分可怖，雙眼瞪著，眼珠幾乎要突出眼眶來。

他是怎麼死的？我的心中立即升起了這一個疑問。而巴圖爲人，顯然比我實際一些，我只是在想：店主人是怎麼死的，但是巴圖已向前走去，來到了店主人的屍身邊在檢查他因何而死的了。

我連忙也向前走去，我們檢查了三分鐘，但是，店主人的身上，看來一點傷痕也沒有，巴圖在他的上衣袋中，找到了一些無關緊要的東西。

我們又看到有人向吃食店走來，我提議道：「巴圖，我們該走了，不然，要惹麻煩。」

巴圖似乎還不捨得走，但是我連忙拉了他一下：「快走吧，這兒已沒有甚麼線索了，我們到我曾失去一天的那地方去。」

聽到了這句話，巴圖才肯跳了起來，和我一起從後門奔了出去，沿著公路，一路奔出了三五百碼，看到後面沒有人追來，我們才不再奔跑。

巴圖嘆了一口氣：「唉，真丟人，甚麼也沒有找到，反倒把保爾弄丟了，這怎麼辦？」

我苦笑了一下：「現在，我們只能從好的方面去設想，希望保爾不會有危險，只不過和我們一樣失去點時間而已。」

巴圖道：「但願如此，可是——」

我拍了拍他的肩頭：「別洩氣，我們快去那家吃食店去喝啤酒，看看情形怎一樣。」

巴圖道：「是我們兩個一起進店去，還是一個人進去，一個人在店外窺伺？」

我想了一想，道：「現在我們也難以決定，還是先到了那兒附近，再作打算的好。」

巴圖點頭表示同意，我們一起來到了路上，只走出了十來碼，便看到有一輛十分漂亮的奶白色的跑車，停在路邊上。

那輛跑車的車頭，鑲著不少花花綠綠的牌子，巴圖笑道：「你看到沒有？這一定是一個鬥牛勇士的車子，在西班牙最有錢的就是鬥牛士，我們借他的車子來用一用，大概他損失得起的。」

我微笑著，在緊急需要的時候，這樣「借」用一下車子，我從不反對。

我們兩人跳上了跑車，巴圖用百合匙輕而易舉地將跑車駛走，一直向前駛著，駛出了兩哩，才轉了彎，我們在小鎮的北面繞過，到了小鎮的另一邊，當車子在路邊停下來之後，離我上次「失去一天」的那家吃食店，大約三十碼。

我在一路上，已經有了一個計畫，是以這時車子一停，我便道：「照剛才的情形看來，店主人用一根木棍，先將保爾擊昏了過去，然後再帶走的，那麼，我們兩個人進去，比較好些，他們也難以下手。」

卻不料我才講出了第一點，巴圖便搖頭道：「不，你的方針錯了，我們不是要他們下手難，而是要他們下手容易些！」

我呆了一呆，巴圖又道：「他們下手難，他們便會不下手，而他們如果不下手的話，我們便也就一無所得。所以，我們要他們下手。還是那樣好了，你在一旁窺伺，我進店去。」

我想了一想，巴圖的話是有理的。但是我卻仍然不免苦笑，因爲如果再有甚麼意外，那麼連巴圖也不見，就只剩下我一個人了。

第六部：再度會見白衣怪人

巴圖當然可以知道我為甚麼苦笑的，他拍了拍我的肩頭：「不要緊，上次壞事，全是壞在史萬這胖傢伙的手中，這次不會壞事了。」

我只得道：「那你小心些。」

巴圖「哈哈」大笑了起來：「你又錯了，我根本不能小心，因為我希望他們對我下手！」

我們慢慢向那小店走去，到了只有七八碼的時候，我便伏下身來，巴圖則繞過屋子，到了小店的正門。

我估計他已經進了小店。才一個箭步，來到了小店的後門口，伸手一推，將虛掩著的後門，推了開來。

門內是廚房，我一推開門來，一個廚子便抬起頭來，以十分異樣的目光看著我，我不等他出聲，便陡地揚起拳，躍起身來，向他的腦上重重地擊了一下，然後，立時身子一轉，轉到了他的背後，將他要倒下的身子扶住，慢慢地放在地上，這樣，就不至於會有聲音發出來了。

我由一個小門口向外面張望了一下。那小門口是用來遞送食物的。

我看到那個肥婦人正背對著我，巴圖則坐著，在研究著餐牌。

我心中暗叫道：「老天，可千萬別點要經由廚房煮出來的東西，要不然，肥婦人一進來，事情又不成功了！」

幸而，巴圖在看了一分鐘之後，抬起了頭來：「啤酒，最大杯的。」

那肥婦人微笑著，轉過身來。我連忙將那扇小門掩上，只留下一道縫。

同時，我站到了一個最有利的地方，那地方，可以使我清楚地看到巴圖。

不一會，啤酒送到了巴圖的桌上。那肥婦人則用圍裙抹著手，在巴圖的身邊，走了過去。

在那一剎那間，事情發生了！

我雖然早已知道會有事情發生的，但是事情發生得如此之快，卻仍然令我驚愕不止！

那胖婦人的行動，看來像是十分遲緩，但當她突然出手的時候，她的動作，卻快得像一頭美洲豹一樣，只見她剛一在巴圖的身邊走過，右手便突然揮起，反手一掌，向巴圖的後腦擊到！

那一掌，我估計力道在一百磅以上！

巴圖剛拿起杯子來，便已中了一掌，他手一鬆，杯子落到了地上，他人向前一俯，他已伏在桌上了。

在這樣的情形下，我要竭力忍著，才能不向前衝出去幫助巴圖。

因為這時我衝出去的話，來此的目的又達不到了，而我們的目的是看胖婦人將巴圖弄到甚麼地方去，追蹤前去，發現對方的總部！

那胖婦人在擊倒了巴圖之後，轉過了身來。這時，在她的臉上，現出了一種十分狠毒的神情，她的口張著，尖尖的牙齒，森然外露，看來像是一頭在暴怒中的河馬或是犀牛。

而一看到了那種神情，我不禁呆住了。因為在那一剎那間，我認出她是甚麼人來了！不如各位是不是曾留心過，兩百五十磅以上的胖婦人，看來模樣都是差不多的。但是，胖婦人而兼有那樣狠毒的神情的，可以說天下只有一個人，那就是義大利黑手黨中，坐第四把交椅的重擊手普娜。

義大利黑手黨的全盛時代已經過去了，幾個首領也銷聲匿跡。由於我曾和黑手黨有過一番龍爭虎鬥，所以有關黑手黨的一切，我也特別注意，我曾經看到過好幾張由不同角度拍攝的重擊手普娜的這種神情的特寫照片，她那一擊，那種神情，等於是她在大聲告訴人：「我是普娜，我就是有『世上最凶惡的女性』之稱的那個普娜！」

在普娜臉上出現的那種狠毒的神情，大約在五秒鐘之後便已消失。

我的心中不知有多少疑問。普娜在這兒，那麼，我們要找的總部，究竟是甚麼組織呢？是黑手黨的新總部，還是另一個新的犯罪組織？

即使是新的犯罪組織，又有甚麼力量，可以使三千多個人看到月亮成為紅色，他們又有甚麼力量，可以使我失去一天，而使巴圖失去七天呢？

我一面想著，一面仍然目不轉睛地望著外面的情形。巴圖也可以說得上是一條彪形大漢，但這時，普娜卻毫不費力地將之提了起來。

接著，我意想不到的事便發生了。

普娜將巴圖提了起來之後，將之放在那張桌子上，然後，她不知道在桌子的甚麼地方，按了一下，那張桌子，竟向上升了起來。

在那張桌子剛向上升起的一剎那間，我幾乎不相信自己的眼睛！

但是立即地，我明白了，因爲在桌子的腳下，有白色的氣體噴了出來。我明白了，那外表上看來十分陳舊的桌子，是一具飛行器。

桌子升起，店堂中突然光亮了起來，我又看到屋頂上出現了一個洞，剛好和桌面一樣大。桌子湊到了那個洞上，並沒有再向上升去，便又降了下來，落在地上。而當桌子降下來之時，被放在桌面上的巴圖，卻已然影蹤全無，不知去向。

我更明白何以我們不知保爾是到何處去了！

如果不是親眼看到的話，誰能想得到，人竟是從屋頂上被弄走的呢？

當然，雖然我親眼看到了，但是我仍然不明白，人到了屋頂之後，又是怎麼被弄走的。我看到普娜又若無其事地在抹桌子，我連忙悄悄退了出來。

當我退出來之後，我抬頭看去，屋頂上當然沒有人，我也想不出巴圖被送到了屋頂之後，又是用甚麼方法離開這裡的。

我又失敗了。

我雖然看到巴圖是由一張會飛的「桌子」升上了屋頂，而屋頂處又出現了一個洞口而不見的，但是，出了屋頂之後，巴圖又上哪兒去了呢？

我不知巴圖的去向，當然也沒有法子跟蹤到那個組織的總部去。

但是，卻也不能說我一點收獲也沒有，因爲我認出了那胖婦人是普娜，而且，普娜還留在店堂之中，我相信在她的口中，多少可以得到一點線索。

我在店後並沒有停了多久，便繞過了店舖，向那間吃食店的正門走去。當我來到了門口的時候，看到普娜龐大的身軀正站在門前。

我向她走去，她看到了我，面上略現出一絲驚訝的神色來。我知道她之所以驚訝，一定是爲了我曾經來過一次，居然再度光臨之故。

她並沒有讓開，在我走向前去的時候，她只是側了側身子，她那似河馬的身子，其實側不側都是一樣的，我要橫著身子，才能在門中擠進去，進了店堂，我自顧自地坐了下來。

她叉著雙手，來到了我的面前：「你要甚麼？」

我望著她，打量了她片刻，才以聽來十分平靜的聲音：「你以爲我應該要些甚麼才好呢？重擊手普娜！」

普娜是她的名字，「重擊手」則是她的外號。

我相信她已有許久未曾聽到有人以這個名字稱呼她了，是以在最初的十分之一秒的時間中，陡地一呆。

然後，她開始行動，突然向我撲了過來！

我雖然是坐著望著她，但是我也早已有了極度的準備，在她一向我撲來之際，我的手在桌上，用力一按，我人已「呼」地向旁，躍出了六七呎去，普娜的那一撲，撲了個空。

她一撲空，兩百五十磅以上的體重，再加上她那一撲的力量，一起壓在一張椅子上，使得那張椅子發出了一陣可怕的聲音，全然碎裂。

重擊手普娜曾經是泛美女子摔角冠軍，雖然胖，但是動作十分靈活，她立時跳了起來，我搖著手：「別打架，普娜，要打架，誰打得過你？我們來談談！」

普娜瞇著眼望定了我，半晌，才道：「你是誰？」

我笑了起來：「這問題可難以回答了，還是我先來問你的好，普娜，像你這樣的犯罪天才，卻在這兒開設一家小食店，那是為了甚麼？」

普娜道：「自從黑手黨走了下坡之後，我洗手不幹，退休了。」

我哈哈大笑了起來，我實在忍不住笑。

因為世界上實在沒有比普娜剛才所講的那一句話更好笑的事情，她會洗手不幹？她是一個天生的罪犯，五歲的時候，便曾將老鼠藥放進她姑姑的咖啡中，她的一生，就是犯罪的一生，她會洗手不幹？

在我仰天大笑的時候，普娜慢慢地向我逼近來，我當她來到了可以向我出手的距離之際，才身子一閃，閃到了桌後，伸手自上衣袋中，取出了一樣東西來，「拍」地一聲，抛在桌上。

我那樣東西一取了出來，普娜的視線，便停留在那東西上，不再向我逼近。

別以爲我取出來的是甚麼武器，絕不是，那只不過是一本支票簿。

我已經說過，「重擊手」普娜是一個天生的罪犯，我十分懷疑她除了錢之外，還認得別的甚麼。而這時，我的那本支票簿，是瑞士一家第一流銀行所發出來的，難怪普娜要睜大眼睛望著它了。

我笑了笑：「在這兒說話可方便？」

她像是根本沒有聽到我這句話一樣，只是猛地一伸手，搶也似地將那本支票簿抓在手中，翻了一翻，然後，又抬頭向我望來。

我再一次問她：「在這兒講話可方便麼？」

普娜苦笑了一下，忽然將那本支票簿向我抛來，喝道：「滾開，你在我這兒，甚麼也得不到的！」

從普娜那種忍痛割愛的神情上，我突然聯想到了那另一個店主人的神秘死亡，我心中已經知道，這個組織對於洩露秘密的人，一定立即以神秘的方法予以處死，所以普娜才會將支票簿拋還給我的。

在這樣的情形下，我當然要採取激將和利誘的雙重辦法，我右手執著支票簿，在左手上「拍拍」地敲著，一面笑道：「這倒是天下第一奇聞了，有一百萬以上的瑞士法郎收入，重擊手普娜居然不敢要！」

普娜的臉色變了！

她的臉色之所以轉變，當然是爲了「一百萬瑞士法郎」和聽得我講她「不敢要」之故。她的雙手按在桌子上，雙眼瞪著我。

爲了表示我並不是一無所知，我向桌子一指：「你別按得它太用力，小心它飛起來。」普娜的身子一震，她隨即道：「好了，臭小子，你已知道了多少？」

「不多！」我笑了起來，「所以我才得出高價，一百二十萬瑞士法郎如何？」普娜的身子向前俯來，咬牙切齒：「現金！」

我揚了揚手中的支票簿：「沒有人會用這家銀行的支票開空頭支票。」

「可是你可以通知銀行止付。小伙子，現鈔，你將這筆數字折成美金帶來，我就將我所知道的秘密，全講給你聽！」

我早已說過了，她是一個天生的罪犯，她既然是一個腦中充滿了各種各樣犯罪思想的人，那麼，不信任支票，自然而然。

我多少感到有點爲難，但是我卻也很欣慰。因爲事實上，我並不需要親自到瑞士去，提出款子來，再折成美金，帶來這兒的。

我只要拍一個電報到那家銀行去，在電報中道出異種情報處存款戶頭的密碼，銀行就自然會將這筆錢匯到這兒來的。

是以，普娜的提議可以實行，大約五小時，就可以辦得到了。在我幾乎是一無頭緒的情形下，五小時的等待，實在不算太久。

我點了點頭，道：「你的提議很公平，我接受，我們在五小時之後，在鎮上酒店中，我的房間中——」

我才講到這兒，只聽得普娜突然叫了起來：「不！不！」

我呆了一呆：「若是你不喜歡在鎮上——」

這一次，又是我的話未曾講完，普娜又叫了起來，道：「不，我拒絕他好了，我只不過是一時經不起誘惑，我以後不會再犯了，別殺我！」

她那最後叫出來的「別殺我」三個字，尖銳到了極點，令人不寒而慄！

而我這時，也感到了真正的恐怖，因爲普娜不但在尖叫著，而且，她的臉上，也現出了恐懼之極的神情來，她的那種樣子，使我想起那另一個神秘死亡的店主人來，我幾乎直覺地感到，普娜要死了！

可是，誰來殺她呢？彷彿在她的面前，有一個看不見的厲鬼在索命一樣，她雙手亂搖，拚命地尖叫著。

然後，突如其來地，她的叫聲停止了。

她的身子還站著，然而，那只不過是半秒鐘的事情，她的身子轟然倒下去！

我僵立著，無法動彈。

普娜已經死了，那是毫無疑問的事情。

可是，她是怎麼死的呢？我不但沒有看到甚麼，而且，除了普娜的尖叫聲之外，我甚至沒有聽到任何異樣的聲音。是甚麼力量，令得一個如此強壯的人忽然之間死了？她死了，那神秘的殺人力量，又是不是會降臨到我的身上來呢？

我頭腦混亂之極地站著，但是足足站立了一分鐘之久，我卻還活著。

那神秘殺人力量，並沒有光顧我。看來，那種力量只是殺他們自己的叛徒——任何企圖洩露組織秘密的人，而並不殺外人，即使這個外人力圖知道他們的秘密。我深深地吸了一口氣，才向普娜走了過去，她的樣子就像是心臟病猝發而死一樣。

我將店門關上，以免有不相干的人進來打擾我進行工作。

本來，我可以在普娜身上得到線索。普娜死了，除非我不再追究這件事，否則我就必須自己製造「失蹤」。

我要使自己，和昏了過去的巴圖一樣！

於是，我來到了巴圖剛才坐的那張桌子之上，同時，伸手在桌底下，摸索著。

不一會，便給我摸到了一枚按鈕，我用力按了下去。

桌子向上，慢慢地升了起來。同時，屋頂上也移開了一個洞來，一切和剛才巴圖失蹤的時候一樣。

我蹲在桌上，桌子上升的勢子很穩，不一會，我的身子便已冒出了屋頂上的那個洞。

我感到夕陽十分刺目，天上一片虹霞，剛在我想看清楚究竟會有甚麼事發生之際，我的眼前，突然揚起了一片異樣的光芒。

那種光芒是如此之強烈，令得在剎那之間，我的視力完全被破壞了，在我眼前，只是一片奪目的銀光！

我雙手亂搖亂揮，那全然是一種下意識的動作，想將我眼前的那片銀光揮去。

在那樣的情形下，我實在沒有法子注意到我還曾有一些甚麼別的感覺，例如我的身子曾被移動之類。

然後，我的眼前，陡地黑了下來。

那是致命的漆黑，我以爲我的視力已全被那片強光所破壞了，我將從此看不到東西，我將要變成瞎子了，是以我嚷叫了起來。

我叫了兩聲，便聽得一個聲音道：「鎮定些，朋友，鎮定些！」

我喘著氣，停止了嚎叫，也就在這時，我的眼前，出現了一片柔和的光輝。

一看到了眼前那片異樣柔和的光輝，心中恐懼消失。

我看到我是在一間十分寬敞的房間中，在我的面前，站著一個人。

那人的全身，都穿著白色的衣服，那種衣服的質地，十分奇特，有點閃閃生光，他的頭上，也罩了白布罩，而在眼睛的部份，則鑲著一塊白色的玻璃。

我一看到了這樣的一個人，我的心中便爲之陡地一動，在我的腦中，升起了一種淡薄之極的印象。

我感到好像看到過這樣一個人，僅僅是好像，無論我怎樣努力去想，都無法想出，曾在甚麼地方見過這樣一個人過。

在我緊蹙雙眉、拚命在思索之際，那人又開口了。他先嘆了一聲：「唉，我真想不到，我們會再度相見。」

他說「再度相見」，那當然是以前我們曾經相見過。

然而，我們是在甚麼時候、在甚麼情形之下相見的呢？何以竟絲毫也想不起來？何以我的印象竟然是如此之淡薄？何以記憶力竟忽然衰退到這一地步？

在我自己向自己提出一連串的疑問之際，我的心中突然亮了一亮，我想起我那失去了的一天來了。那一切，我與這人的第一次會晤，一定全是那失去了的一天之中所發生的事情！

那麼，使我失去了一天的，當然也是那個裝束得如此神奇的人，自然也是令得普娜和那個店主人神秘死亡的人，他就是我要追查的對象！

我的神經緊張了起來，那人卻向我揚了揚手：「我們來一個協定，好不好？」

我道：「甚麼協定？」那人道：「我們在這兒的研究工作，不想受到別人的打擾，你和你的兩個朋友，最好別來干涉我們，做得到這一點？」

我立即道：「不行。」

那人搖了搖頭：「如果你們不肯答應，那我們只好對你們採取行動了，我們實在是不願意傷害人的，極其不願。」

我冷笑道：「別假惺惺了，普娜和那個店主人呢？不全給你們用神秘的方法殺死了麼？」

那人道：「那情形不同啊，他們曾經發誓替我們工作，效忠我們，而且，我們付給他們極高的酬報，在這樣的情形下，他們居然想背叛我們，洩露我們的秘密，這一定要處死。」

那人所講的一切，和我料想之中差不多，我又道：「那麼，如果我們一定要追究下去呢？」

那人停了片刻：「你知道，你曾失去一天？」

我全身的神經都緊張了起來：「是的。」

那人緩緩地道：「我們既然可以令你失去一天，當然也可以令你失去更多天，甚至於失去一生，我們不會殺你，但是卻可以使你的腦中，空無所有。」

我緊張得不能再緊張，身子不由自主發起抖來，我望著他：「我想這種話，你以前已對我講過了？」

「沒有，我們想你在明白失去了一天之後，一定會知道你絕不能和我們相對抗，會就此遠離的，因為怕事、膽小，不敢和強者對抗，善於屈服，這正是你們人的特點，不是麼？」那人一口氣的說著。

我呆呆地聽著，我的心中，忽然起了一個十分奇怪的念頭：那人這樣地在數說著人類的弱點，像是他根本不是人一樣。

我緩緩地道：「你只說對了一半，的確有如你所說的那種人，但是也有無畏的、勇敢的人。人類歷史是由勇者寫出來的，勇敢的人在使人類進步，那種卑劣的、屈服的人性，如果能代表人類的話，那麼你的觀察，便大錯而特錯了！」

我這番話，似乎將那個白衣人不當是地球人。我立即在心中問自己：為甚麼？

我也立即得到了回答：眼前這個人，可能不是地球人！當我想到了這個答案之際，我大聲問：「你是從哪兒來的？」這一個問題，似乎擊中了那白衣人的要害，他忽然震了一下，向後退出了一步。同時，在他那看來像是膠質的衣服和頭罩之中，傳來了兩下如同金屬撞擊般的聲音，而那種聲音聽來又有點像是驚訝之際所發出的異聲——那究竟是甚麼聲響，實在難以形容。

然後，我又聽得他道：「你很聰明，或許是我們接觸的人不多，但是直到目前爲止，你是我們接觸到的人中，最聰明的一個。」

我呆了一呆，立即追問道：「爲甚麼你以爲我最聰明？」

「你向我提出了這個問題：『你來自何處』。只有你一個人提出過這個問題。」

「那麼，你回答我，你究竟來自何處？」

當我再次逼問的時候，緊張得難以名狀。因爲眼前的這個白衣人，他的全身都被籠罩著，如果他從外太空來，他是甚麼樣子的呢？

我的處境本來就十分不妙，但是這時，我的心中卻仍然願意我面對著的是地球上最凶惡的、最沒有人性的凶徒，而不願意面對著的是一個善良的、來自別的星球上的「人」，因爲那是不可想像的異類！

我不由自主地喘著氣，等著那白衣人的回答。

第七部：外星人的問題

那白衣人只是道：「我們會引導你去看一些東西，看你在看到了這些東西之後的反應怎樣，必須提醒你，當你看到了那些東西，不必用心去記憶，因爲不論你的記性多好，我們都有法子令你記憶消失。」

我很同意那白衣人的講法，因爲他們的確有特殊的方法，可以消滅人的記憶。我已經失去了一天，我全然無法知道我失去的一天中，有過甚麼經歷。

那種特殊的消滅記憶的方法，以及我突然來到了這個神秘的地方，這一切，都說明他們有著超人的能力！

從這幾點聯想起來，他們不是地球人，似乎愈來愈可能了。

我呆了好一會，才道：「要我看一些甚麼？」

那白衣人的身子搖擺著：「那是無線電視傳真，在地球上相當大的一塊地方中發生的事，這些事，你可能很熟悉。」

我對那白衣人的話，感到莫名其妙，我道：「請你說得明確一些，同時，我的問題，你們仍然沒有回答：你們來自何處？」

那白衣人又搖了搖頭：「這沒有意義，請你不必再問了。」

我大聲道：「在我看來，這個問題十分有意義，是以我必須要問！」當我講到這裡的時候，我略頓了一頓，然後加強語氣地道：「你們來自甚麼地方，我想，你們不是地球上的生物！」

白衣人發出了一下笑聲，也不知道他這下笑聲，究竟是甚麼意思。

他堅持著不回答我，我也難以再問下去，沈默了片刻，他才道：「你願意不願意接受我的邀請，去看一些在地球上發生的事情？」

當他這樣講的時候，我的心中也恰好在想，你不回答也不要緊，我是可以在和你接觸之中，慢慢地探知你來自何處。

要探知這神秘的白衣人究竟來自何處，以及要得到保爾和巴圖的消息，我當然非裝作和這傢伙十分合作不可，是以我點了點頭：「好，我們去看，我們怎麼去？坐飛機，還是搭潛艇？」

「不用，就在這兒，我們有電視，極大的電視螢光屏，使你如同置身現場一樣，唯一的缺點，是沒有聲音。」我呆了一呆，問道：「剛才你說要我去看一些東西，是看電視？」

那白衣人點頭道：「是的。」

我又問道：「電視上出現的，是世界上每一個地方的情形麼？」

白衣人的回答，仍然很簡單：「可以說是這樣。」

界各地呢？

我急速地想著這個問題：他們用甚麼法子，使得他們設在此處的電視接收機，可以看到世界各地呢？

照地球上的方式來說（我已經假定他們不是地球人），那麼，必須在世界各地，普遍地設立電視攝像站和播送塔，而且，還一定要通過人造衛星的轉播，才可以在一個固定的地點，收看到世界上固定地方的情形。

若是說來自另一個星球的人，居然能在地球的每一個地方都設上電視傳送站，而地球上的人仍然一無所知，那太可怕了！

那白衣人道：「請跟我來。」

他向前走去，我在後面跟著，來到了雪白的牆前，我伸手在牆上摸了一下，以確定這種潔白的建築材料，究竟是甚麼質地。

但是我卻得不到結論，這看來全然是新的東西，它摸上去是溫熱的、光滑的，像是一塊剛被溫水浸過的玻璃。在我摸向牆壁之際，白衣人冷冷地道：「你似乎十分好奇？」

「當然是，身處在這樣一個神秘的地方，沒有人會不好奇。」

「你這話多少有點過分，」白衣人不同意：「有更多的人，來到了這兒之後，一點也不好奇，害怕得完全成了木頭人。」

我聳了聳肩，對他的話，不表示意見。世界上自然有各種不同的人，有的人以爲害怕，妥協可以解決問題，有的人則堅持信念，勇敢地和逆境作戰，每一個人都有他的自由選擇，何必爭論？

白衣人伸手，向牆按了一按。

他手上戴著白色手套，在他伸手向牆上按去之際，我注意到他的中指之上，有一團白亮的光，突然出現，一閃即滅，牆上一道暗門打開，白衣人隨即向門外走去。

我仍然跟在他的後面，門外是一個穿堂，一切都是白色的，穿堂的中心是一條十分粗大的圓柱，白衣人帶著我，直來到了圓柱之前，「刷」地一聲響，圓柱打開了一個半圓柱形的門，白衣人走了進去，我也走進去，和他並肩站在圓柱之內。

然後，門關上，我覺得像是在向下降，圓柱內一片銀白色。

在我離開了普娜的吃食店，來到了這兒之後，我所看到的一切，全是白色的，這使我不能不問道：「看來，你們似乎很喜歡白色。」

白衣人卻笑了一下，道：「你不會明白的。」

這時，下降的感覺停止，門再打開，我到了一個巨大的大堂之中。

那大堂像是一個大城市的火車站，上下四面，全是白色，只有在正對著我的那一面，大約有十呎高、二十呎寬的一幅長方形，是銀灰色的——這是我唯一看到的不是白色的東西。

大堂中有七個同樣的白衣人，坐在一具巨大控制台之前，那具控制台，看來像是一具極其複雜的電腦，上面各種各樣的按鈕，數以千計。還有許許多多發出白色光芒的小燈，在明滅不定。」

那七個白衣人並不轉過頭來，只是自顧自地工作著，那帶領我前來的白衣人則將我領到了一張沙發之前：「請坐下。」

我坐了下來，坐下之後，我正面對著那一大幅銀灰色。這時，我才陡地想起，這是電視螢光屏——如此巨大的電視螢光屏。

那白衣人站在我的身邊：「請你用心地看，然後，請你合作，解釋我們一些問題，因爲你是直到如今爲止，我們遇到的最大膽的人。」

我立時試探著問道：「我的朋友，巴圖和保爾呢？」

那白衣人支吾道：「他們很好，但是我們主要的問題，還得要你來解決，因爲你……」他停了片刻，像是不如該怎樣措詞才好，然後才道：「因爲你對我們表示最大的疑問的一些問題，可能比較熟悉些。」

我自然不知道他的話是甚麼意思，因爲我根本不知道他的所謂「疑問」是甚麼！

那白衣人揚了揚手，道：「開始了！」

他一句話才出口，我的眼前，突然感到了一陣目眩，在那一大幅的銀灰色中，我突然看到了絢爛的彩色，而且彩色的傳真度又是如此之高，我看到了藍天、白雲，然後，我又看到了成千成萬衣著絢爛的男女。

那是一個極具規模的足球場，而一場顯然是十分精彩的足球比賽，則正在進行。

我定了定神，我立即懷疑，那是他們在故弄玄虛，放映一套紀錄電影，因爲我看到的一切，實在太真實、太清晰了，甚至於有立體感，以致我在刹那間，猶如自己也在球場中一樣。

但是當我回頭四顧之際，我卻看不到任何電影放映的設備，我還想再找時，我身邊的白衣人已然道：「這是巴西的聖保羅大球場，你看！你看！」

我給他的聲音，引得轉過頭去。的確，那是南美洲。

因爲只有南美洲的足球迷，才會在足球比賽之中，有那樣瘋狂神情。

他們不論男女，都在張大喉嚨叫著，揮著手。

正如那白衣人所說：可惜沒有聲音。

我看到，鏡頭是不斷地轉換著的，有時我看到的是球場的全景，有的是球員的特寫鏡頭，但是更多的則是觀眾。

在我看了約莫十分鐘之後，事情便發生了。

事情是突如其來的，好像是由於比賽中兩隊中的某一隊，踢進了一球，但後來又被裁判判決無效之故——我不能十分確定這一點，由於我在事先根本不知道事情會發生，所以也未曾注意。

我只是看到，先是球賽停了下來，接著，便是觀眾湧向球場，然後我看到一大隊警察衝了進來。

再接下去，事情便發生了。我所指的「事情」，是指那瘋狂的打鬥而言的。觀眾和觀眾、觀眾和球員、觀眾和警察之間，開始了混戰。幾萬人都像瘋了一樣，有些人則並不參加打鬥，只是直著喉嚨在叫，這一部分人，大多數是女人。

我看到了一場足球暴動！

在南美洲，足球暴動並不是甚麼特別的新聞，但是在報紙上讀到足球暴動的新聞，和眼看到的，究竟不同，雖然沒有聲音，但那種血肉橫飛的情景，仍然看得我瞠目結舌，難以喘氣。

我更不明白這一切是如何拍攝來的，因爲我還看到有兩個中年人被推倒在地上，上千的人就在他們的身上踏了過去，踏得他們臉上只是血肉模糊的一片。我又看到，一個只有十四五歲的少年人，被人用小刀子用力地刺著。

刺他的也是同樣的少年人，一刀又一刀，似乎將被刺者當作一塊可口的牛排一樣。我更看到了互相群毆的場面，人像是瘋狗一樣地，用他們的手、腳、頭、口去攻擊對方。

我足足看了半小時之久，才看到直升機飛來，濃煙自直升機上噴出來，人群開始走散，但是仍一堆一堆地聚集著，破壞著他們所經過的地方的一切可以破壞的東西，嚷叫著。

在球場上，遺下的是一具又一具的屍體，有的屍體，由於已經傷得太重，以致實在沒有法子辨認出那原來是一個人。

屍體的數字，至少在兩百具以上。當我看到了這兒的時候，白衣人揚了揚手，我眼前的一切不見了，又恢復了一片銀灰色，但由於那一切太使人吃驚了，是以我仍然呆坐著。

好一會，我才聽得那白衣人道：「我們想請問，為甚麼好好地在尋找娛樂的人，會自相殘殺起來？為甚麼他們要相互了結對方的生命？他們全是人？」

我苦笑了一下：「當然他們全是人。」

「那麼，請回答我，為甚麼？」

「你也看到的了，我想，是因為有人抗議裁判的決定。」

「那麼，除了流血之外，難道就沒有別的辦法了？」

這時，我更加肯定了這幾個白衣人不是地球人，也正因為如此，我覺得我有著替地球人辯護的義務，是以我道：「你該知道，人的情緒，有時很難說，球賽的時候，必定有敵對的雙方，每一方面的人，都希望自己擁護的一方獲勝。」

「那也不至於動武，就讓球隊憑自己的技術，去公平地作出勝負好了。」

「當然那是最好的辦法，可是有時，一些細小的問題，便會導致爭執，而在情緒的激昂之中，爭執就可能演變為動武了。」

那白衣人冷笑了一聲：「朋友，照你的結論來看，地球人實在還是一種十分低等的生物，因爲地球人根本不能控制自己。」

我聽得那白衣人這樣講，心中自然十分不愉快，但是我卻又難以反駁他，因爲我剛才所講的那些話，的確是可以導致這樣一個結論的，我只是反問道：「那麼你呢?你是不是一個高等生物？」

那白衣人對我的問題避而不答，卻繼續攻擊地球人：「地球人低等，是一種近乎白癡的極度的低等。爲了一場球賽的勝負，竟可以演變成如此凶殘的屠殺，這種行動，實在是白癡的行動。」

我站了起來：「先生，剛才我們看到的地方是南美洲，民族性是最衝動的，你怎可以一概而論？」

白衣人「望」著我，我當然看不到他的眼睛，因爲在他的眼睛部份，是一塊乳白色的玻璃，但是我的的確確可以感到他是在望著我。

過了半晌，他才道：「好，那麼讓我們來看別的地方，看一個以文明、深沈知名於世界的地方，現在正發生著甚麼事。」

我還未曾同意，他已經又道：「請坐，請坐下來慢慢地欣賞。」

我沒好氣地冷笑了一聲，又對著我那幅巨大的電視螢光屏，坐了下來，螢光屏中開始有閃亮的線條在抖動，突然，畫面出現了。

電視上出現的畫面，我是熟悉的，我立即看出，那是世界上最優美的城市的一角，那種精緻輝煌的建築物，都有著近千年的歷史了。

我感到十分滿意，因爲那白衣人稱這地方爲「文明、深沈」著名於世的地方，這個城市，當然是世界上最文明的城市！

我有點洋洋自得：「你看，在這兒的人，和剛才你看到的人，定然是大不相同的了，你——」

我的話還沒有講完，便看到一大群人，湧了過來。那一大群人，全都穿著灰或藍的衣服，由於他們是成群結隊地湧了過來的，是以乍一看來，像是一大群灰色的蝗蟲。

我呆了一呆，我覺得我的話有點站不住腳了，因爲從那一大群有著優秀文化傳統的人的行動神情上，看不出絲毫文明的跡象來。

他們衝了過來，在沿途的建築物上肆意地破壞著，將最最精美的藝術品當作臭雞蛋一樣地砸著。他們一面還在跳、還在叫。

和剛才一樣，我仍然聽不到他們在叫些甚麼和跳些甚麼，但是看他們那種口沫橫飛的樣子，他們無疑是中了邪，或者，正如那白衣人所說，他們是「低等到近乎白癡」的生物！

我張大了口，喘著氣，這時，電視螢光屏上，出現了一個年輕人的特寫鏡頭，他大概只有十七歲，或是十八歲吧，營養不良的臉上，肌肉正在跳動著，他正在聲嘶力竭地叫著，像是在叫口號。

但是從他的臉上那種像發羊癲瘋也似的神情看來，他顯然絕不知道他叫嚷的內容是甚麼。而且這個人一定是從來也未曾刷過牙，因爲他張開口來的時候，牙齒上有著令人作嘔的黃垢！

我揚手道：「別看了！別看了！」

我一叫，螢光屏上便恢復了一片銀白色，我喘了一口氣：「再看，再看一會。」

我剛才叫停，實在是有理由的，因爲那些人的樣子，實在太令人作嘔，他們簡直不像是人，而只像是一群……唉，實在難以形容，或者只有「近乎白癡的低等生物」這一句話，才足以形容他們。

但是我卻一定要再看下去，看他們還會做出甚麼來。

而且，我想，在一個有著如此悠久文明的地方，一定會有人出來阻止這種事的。我期望剛才看到球場暴動時的情形一樣，希望這種瘋狂的行動，很快地被遏止，那麼我至少可以向那白衣人說，這只不過是一小撮敗類——人類的敗類而已。

但是，我所期望的事情，卻並沒有發生。

相反地，我看到的是這樣蝗蟲般的人愈來愈多，他們所經過的地方，破壞力比蝗蟲還大，終於，打起來了，他們開始分成了兩派，接著，分成了七八派、十幾派，他們毫無目的地打著。

他們所用的手法之醜惡，實在令人不能卒睹，我看到一個瘦長的青年人，他的衣服，比較整齊，他的神情也十分嚴肅，絕無一點瘋狂的神情。

但是，這個年輕人卻被十七八個瘋子拖了過來，那些瘋子將那年輕人的手按在地上，用力踐踏著，直到將那年輕人的手指一起拗斷。

在那時候，那年輕人臉上的那種痛苦、憤恨的神情，是我一世也忘不了的。

我偏過了頭去，不忍再觀看。瘋子，那兒是瘋子的世界，瘋子可以橫行，而正常的人卻遭受著荼毒，我怎能再看下去？

白衣人的聲音，又在我的耳際，響了起來：「這是一個有悠久文明傳統的地方，是不是？」

我沒有回答，因爲這是一個毫無疑問的問題。

白衣人又道：「可是你看到那些人沒有？他們不是低能至極的生物麼？他們不是低能得近乎白癡一樣麼？他們實在還未曾完成高等生物的造化！」

我仍然沒有回答，因爲我不得不在心中，同意了那白衣人的話。

白衣人再道：「你同意我的結論了？」

我十分困難地搖了搖頭，盡管我的心中，已同意了白衣人對那一群人的結論，但是我必須搖頭，因爲我是地球人的一分子！

白衣人笑了起來：「你不必替地球人辯護了，哈哈，你——」

我怒道：「這有甚麼好笑？」

那白衣人不再出聲了，我又可以感到他在望著我，過了片刻，他才又道：「對不起，我又忘記了地球人的另一弱點了。」

我厲聲道：「那又是甚麼？」

白衣人道：「如果你不介意的話，我就講了，我們發現地球人最喜歡掩飾自己的弱點，嘲笑地球人的弱點，往往可以造成大慘劇。」

我沒有出聲，只是在心中嘆了一口氣。

可不是這樣麼？這白衣人對地球人似乎已知道得夠多了，但是我對他們，卻仍然一無所知。

我慢慢道：「看來，你們已不需要再向我問甚麼了，因爲你已知道得夠多了！」

那白衣人仍不肯甘休，竟進一步向我逼問道：「那麼，你以一個地球人的身分，已然承認我所提出來的結論：地球人是很低等的生物！」

我皺皺眉：「這個理論，本身是不合邏輯的，低等和高等，是比較的，在地球上，人是最高等的生物，但是在整個浩渺無際的宇宙之中，地球人可能很低等，你們也不能說高等！」

我不但在替地球人辯護，而且，我還直接指出，那白衣人並不是地球人。

那白衣人並沒有否認，可是他對我的話，卻也不表示同意，他只是乾笑了幾聲：「我全然不同意你的話，即使在地球上，人也是極低等的。」

我一字一頓，道：「你，胡，說！」

「一點也不！」白衣人攤了攤手，「你不妨想想，地球上有哪一種生物，會不斷地進行著如此醜惡的自相殘殺？」

他的手又指向電視螢光屏。

於是，我又看到了一連串人類自相殘殺的鏡頭。我看到炮火連轟，在炮火下的人血肉橫飛，我也看到了炮手木然而毫無表情的臉。

我也看到，許許多多衣衫襤褸的人，在互相打鬥，他們使用著各種各樣的方法去置對方於死地，而且在對方已被殺死了之後，還要將對方的眼睛挖下來，或是將對方的屍體掛在電線桿上。

屠殺者和被屠殺者，面上的神情都是瘋狂的。

我又看到了數以萬噸的糧食被拋棄，和看到了數以千計骨瘦如柴的饑餓者，在死亡的邊緣上掙扎。

這一切，究竟過了多久，連我自己也說不上來，我所看到的，毫無疑問全是事實。

然而，那種醜惡之極的事實，卻又是作爲地球人的一分子的我無法接受的，但我又無法不看下去，因爲這一切，實在太怵目驚心。

我終於如夢初醒地全身震動了一下之時，正是那白衣人問我「你覺得怎樣」之時。我要過好一會，才能回答他：「可是你也不能否認，在人類幾千年的歷史中，雖然有著不斷的殺伐，但是也有著不斷的進步！」

白衣人搖著頭，道：「想不到你居然也這樣沒有常識，由於人性的劣根性，地球人的進步至少被延遲了幾千幾萬倍。你們常稱頌愛因斯坦，認爲他是你們之中最偉大的科學家，可是如果愛因斯坦在還是一個孩童的時候便死在炮火之下，地球人的進步當然又要延遲了。而事實上，愛因斯坦只不過是千千萬萬的天才中，倖免於難的一個而已！地球人一面想進步，一面卻無時無地不在屠殺著將來可能是天才的人！」

我幾乎已全然被白衣人擊敗了，但是我當然仍不甘服輸，是以我大聲道：「那麼難道你以爲地球人的文明毫無可取之點麼？」

白衣人竟斬釘截鐵地道：「沒有！」

我眨著眼，想要駁斥他。

但是白衣人不等我開口，便又道：「生物最高的目的，是生存，如何使生命延長，如何生活得好，是最高的目的，可是地球人的文明，卻是以如何來毀滅生命作目的的。你們已有了可以毀滅全地球生命的毀滅性武器，但是至今爲止，對於最普通的疾病——傷風，你們卻還沒有有效的防禦方法！」

我變得真正無話可說了，因爲那自衣人所說的，全是難以辯駁的。對於最普通的疾病，我們所有的是各種各樣的「特效藥」，但我們每一個人都傷風過，我們也可以知道這些「特效藥」是怎麼一回事！

地球人就是這樣的一種生物，有甚麼法子去和那白衣人辯駁呢？

在我不出聲之後的五分鐘，那白衣人才道：「多謝你的合作。」

我只得抗議道：「我並沒有和你們合作過甚麼。」

白衣人道：「合作過了，我們來到地球上，研究和搜集資料，進行了將近半年的工作，仍然未能得出確切的結論來，但由於你，我們有了結論，地球人是卑下的、劣等的生物。」

我忙道：「有了這個結論之後，你們打算怎麼樣？」

白衣人笑道：「這個初步的結論，導致一個進一步的結論，那就是：就算沒有任何外來的力量，地球人由於秉性的惡劣，也遲早會自相殘殺，而至於一個也不剩下，這是自然而然的引伸結論！」

我問的仍是那句話，我問道：「你們打算怎麼樣？」

「我們打算——」白衣人又攤了攤手，「我們有辦法使你消失記憶，所以不妨告訴你，我們準備提早結束地球人那種醜惡的行動，也就是說，我們要展開一項行動，毀滅所有地球人。」

其他星球上高級生物對地球的威脅，這個問題，不是沒有人提出來過，地球人本來可以努力來對付這個威脅的。

但是地球人卻不這樣，熱衷於自相殘殺，而如今，這種威脅果然來了。

第八部：地球人類是生物垃圾

我竭力使自己鎮定，緩緩地道：「侵略者總有著各種各樣的藉口，我想，你們的最終目的，只不過是想佔領地球而已。」

白衣人直認不諱：「是的，我們原來居住的星球太擁擠了，我們必須另外尋找適當的居住地方，我們並不是一開始就看中地球的，地球已是我們的第二十七站，也是我們所見到的一個被最卑劣的生物所充塞的一個星體！所以我們決定了。」

我冷笑著：「你不能因爲地球人性格……有缺點，而強搶地球。」

白衣人嘆了一口氣：「看來你仍然不十分明白，我們絕不是強搶地球，而只不過使地球人全體毀滅的日子早些來臨，而且保持地球的乾淨和美麗！」

我厲聲道：「放屁，人類或許會走向自我毀滅的道路，但是那一定是許多年以後的事！」

白衣人的聲音，倒顯得十分心平氣和：「照你的估計，大約還可以維持多少年？」

我大聲道：「那我怎麼知道？或許是好幾千年。」

白衣人道：「就算一萬年吧，那又算得了甚麼？在人類而言，一萬年是一個大數目，但是在整個永恆的宇宙而言，一萬年和千萬分之一秒一樣短促！」

我冷笑著：「不管如何，地球人有權利過完這『千萬分之一秒』，而你也不能奪走地球人這『千萬分之一秒』！」

白衣人搖著頭：「不能，地球人沒有這個權利！」

我愕然，地球人沒有這個權利，這是甚麼話？

可是那白衣人又續道：「你不要以爲我不講理，地球將來一定毀滅於醜惡的核子爆炸之中。第一，人類沒有權利要求地球上其他所有的生物替人類殉葬；第二，這種毀滅，必然引致地球的變形，使整個宇宙間的平衡起變化，雖然這變化微乎其微，但是受到影響的星球，將在兩億以上，在這兩億個星球之上，有一百四十六個有生物。」

我「哼」地一聲：「你們的星球，便是其中之一？」

白衣人道：「你看，你這句話，又表現了地球人的自私，你以爲我們一定是其中之一，但你料錯了，我們的星球，離地球超過三十萬光年，地球就算整個爆裂了，也影響不到我們。」

三十萬光年，這白衣人果然來自別的星球，而且，他們的星球離開地球，有三十萬光年之遙，那麼，他們是怎樣來到地球上的呢？用光的速度來行進，他們也要化三十萬年的時間！

白衣人像是看穿了我在那刹那間是爲了甚麼在發呆一樣，他笑了起來：「你以爲我是在說謊，你以爲我不可能從那麼遠的地方來的，是不是？告訴你，天體之中，有生物的極多，但沒有一個天體上的生物，比地球人更低能的了。」

那白衣人道：「地球人有了歷史記載幾千年，幾千年之前，是爭權奪利，殘害生靈，幾千年之後，仍是爭權奪利，自相殘害，我們是怎樣來的，你們地球人完全無法理解。」

我用力地握著手：「這一切全是廢話，我們地球人喜歡怎樣就怎樣，你們想要毀滅地球人——」

我講到這兒，陡地停了下來。

同時，我的身上，也不禁感到了一股極度的寒意。

他們來自三十萬光年以外的星體，他們的科學進步，當然絕不是地球人所能望其項背的，他們要毀滅地球人，豈不是容易之極？

所以，我講到了這兒，便頓了一頓，才改問道：「你們準備用甚麼方法，來……毀滅所有的地球人？」

「當然是絕無痛苦的方法，我們不喜歡消滅生命，但是最愛惜財物的人，也會將垃圾掃出去，你明白了麼？」

我苦笑了一下，道：「地球人不全是垃圾，固然有奪權奪得天翻地覆的瘋子和白癡，但是也有許許多多愛好和平的好人。」

白衣人冷笑了兩聲：「由於你是一個地球人的緣故，所以這個問題，我不再和你作任何討論，你想知道的問題，我也無法答覆，因爲如何使地球上的人類在一秒鐘之內盡數滅亡，而又絕不影響其他生物的方法，我們還在研究中。現在，由於我們行動的方針已然確定，我相信很快就會有結果。」

我心中在盤算著，如今和他徒作爭辯，自然也是多餘的事，我所要作的是，設法破壞和阻止他們毀滅地球人的計畫。

而我第一步所要做的，則是和巴圖、保爾兩人，一起離開這兒。

我相信巴圖一定有著和我類似的遭遇，那麼，我們就可以立即和世上各強國商議，用最新的武器，來毀滅這些外星怪人。

我心念電轉，裝著不在乎的神氣道：「我還有一個問題。」

白衣人倒十分客氣：「請問。」

我道：「在蒂卡隆小鎮上，所有的人，都曾見到月亮一度變成紅月亮，這自然也是你們弄的把戲了。」

白衣人道：「非常抱歉，不是有意的，而是在那段時間中我們有一些重要的裝備，需要運來地球，但是又不能被人看到，是以我們運用了一種射線，來改變人的視力，使人看不到有龐然大物自天而降。至於那種射線，會使視細胞中的紅色感應敏感，以致使月亮的反光中的紅色特出，那是一項副作用，我們事先未曾想到。」

我苦笑了一下。

我，是爲了解決「紅月亮」的謎，總算已有了答案。

我呆了片刻，才道：「多謝你的解釋，我可以和我的朋友會面麼？」

白衣人道：「你們可以離去，但在會面、離去之前，你們必須接受消失記憶的手續。」

我陡地一呆，我又想起了我曾經失去的一天。現在我可以肯定，我所失去的一天，多半也是在這兒，在同樣的情形之下度過的。

但是我卻完全無法記得起，在這一天之中，我曾做過一些甚麼事，曾發生過一些甚麼事！

這當然是「接受消失記憶手續」的結果。

如果我再次接受這種「手續」，那麼，我豈不是仍然甚麼也不記得？更不能設法去防止他們消滅地球人的計畫了麼？

我拚命地在想，有甚麼法子，可以使我的記憶保存下來，不至於消失。

也就在這時，那白衣人又道：「由於月亮變成紅色一事，已給我們引起了不少麻煩，所以我們也已將所有看到過紅色月亮的人，和記載紅月亮，以及像你這樣爲了紅月亮而來的人，有關紅月亮的記憶，一起令之消失，那我們就不會再受到干擾了。」

我並沒有回答他，我只是在想，我有甚麼法子，可以防止他消失我的記憶。

我問道：「你們真有辦法消失人的記憶？」

「當然有，我們用光束去刺激人的腦膜，可以隨心所欲地使人忘記任何我們需要人忘記的事。」

聽到這兒，我的心中，不禁陡地一動，如果他們是用光束刺激腦部的，那麼我如果用甚麼東西保護了腦部，那是不是可以避免了呢？

我的確有一件東西，是可以保護腦部的，那是一副特製的假髮。

這種假髮，和別的假髮，看來並沒有甚麼不同之處，但是那連接假髮的網，卻是鉑絲，和另一種合金絲編成的，有著超卓的避彈性能，尤甚於鋼盔。

當然，那也不是我的東西，而是巴圖在他的「異種情報處理局」副局長任內，實在太過無聊，設計出來的東西。

這種東西，如果不是製作成本實在太高，早已被各國的軍隊所採用。

如果我套上這樣的一個金屬網，那麼是不是會使得對方消失我部分記憶的方法失效呢？

我不能知道這一點，但是我卻不妨試一下。

當我這樣決定了的時候，我伸手入衣袋中，握住了那團假髮。

這時，那白衣人已然道：「請你跟我來。」

他在前面走著，我跟在後面，當我來到了牆前的時候，我回頭看了一下，我看到了其餘的幾個白衣人正全神貫注地在控制台之前操縱著。

而我前面的那個白衣人，則正伸手向牆上按去，我就趁這機會，低了低頭，用極快的手法，將假髮套上。

面。

當我套上了假髮，抬起頭來之際，牆上的暗門才打開，那白衣人跨了出去，我跟在他的後面。

我和他一起來到了另一間房間之中，那白衣人自牆上取下了一具儀器來，有一根長長的管子，對準了我的腦部，他道：「你最好不要亂動，如果你亂動的話，光束可能傷害到你腦膜的其他部分，那麼，吃大虧的，就是你自己。」

我只好照著他的指示，在一張白色的椅上坐了下來，我覺得十分慶幸的是，他未曾發現我的髮色已有多少改變。

（當然，在很久之後，我才知道，他們對顏色的反應很遲鈍，在他們看來，幾乎甚麼全是白色。）

我剛坐下，「咕」地一聲響，一股光束，便自那儀器中射了出來，我只覺得眼前生出了一片極之眩目的光芒，令得我不得不閉上眼睛。

在那一剎那間，我是喪失了所有知覺。

這種完全沒有知覺的時間有多久，我也說不上來，但當漸漸又恢復了知覺的時候，感覺就像是被人用重物在後腦上，重重地敲昏了過去之後又醒來之時一樣。

我覺得頭十分沈重，左右搖擺著我的頭，力圖睜開眼來。

然後，我聽到巴圖的聲音：「你醒來了麼？別動，我用冷水來淋你！」

我含糊地答應了一聲，「嘩」地一聲響，一大盤冷水已淋到了我的頭上，這使我清醒了不少，我睜開了眼來，首先看到了巴圖。

巴圖就站在我面前，他的神情相當狼狽。

我轉過頭去，又看到了保爾。

保爾坐在地上，還昏迷不醒，而我們正是在公路的邊上，一大叢葵花之下。

巴圖又去提了一桶水來，向著保爾，兜頭淋了下去，保爾的身子震了一震，揉著眼，醒了過來，莫名其妙地道：「甚麼地方？我們怎麼會在這兒的？我曾經昏過去麼？發生了甚麼事？」

我才被巴圖淋醒的時候，我的心中，也曾想起過和保爾如今所發出的同樣的問題。可是我卻沒有問出來。

但這時，我已清醒了許多，所以，我已然可以記起曾經發生過一些甚麼事了。我手在地上按著，站了起來：「你等一會，就會全記起來了，巴圖，你可曾和那些白衣人打過交道？」

巴圖緊蹙著雙眉：「甚麼白衣人？」

我呆了一呆，一時之間，還弄不明白他如此反問我是甚麼意思。

是以，我不由自主地搔了搔頭。

在我一伸手搔頭之際，我抓到了還戴在我頭上的假髮，而就在那一剎那間，我明白了，我甚麼都明白了！

我所戴上的「假髮」，的確對我的腦部起到了保護的作用，我的腦膜因之也未曾受到白衣人光束的刺激，我的記憶仍然保存著。

但是巴圖和保爾兩人，他們的記憶顯然已經消失！

我深深地吸了一口氣，又道：「你們一定甚麼也不記得了，是不是？」

巴圖用力地用手指敲著他自己的前額：「我記起來了，這兒是甚麼地方？這兒是西班牙南部的蒂卡隆鎮！」

「對，」我連忙回答，「你再想想，你爲甚麼而來？」

巴圖和保爾兩人，面面相覷，我又指向保爾：「你也想想你是爲甚麼來的，你應該記得的。」可是他們兩人的臉上仍是一片茫然。

我的心中感到一股寒意，因爲那白衣人曾說過，他們要消滅所有人有關「紅月亮」的記憶，莫非他們已經成功了？

我焦切地望著他們，希望他們能夠記起來。可是在等了三分鐘，而他們仍然保持沈默之後，我忍不住了，我道：「你們爲了月亮來！」

「月亮？」兩人的神色更茫然了。

「是的，在這個小鎮上，每一個人都曾經目擊月亮變成紅色，而你，保爾，也是三千多個目擊者中的一個，你真的甚麼都記不起來了麼？」

保爾竟轟笑了起來：「你真愛開玩笑，如果我曾經看到過月亮變成紅色，那是我一輩子也不會忘記的，又何必要你提醒？」

我望向巴圖，巴圖也搖著頭：「月亮看來是紅色的？這太荒唐了，我當然不會爲了這種荒唐的事來，我們或者是來度假的？是來拾貝殼的？」

我絕望了。

因爲白衣人已然成功，他們已成功地消滅了所有人有關「紅月亮」的記憶，世界上怕只有我一個人知道曾發生過一件這樣的事，也只有我一個人知道有這些白衣人的存在了。

我呆了好半晌，才道：「巴圖，保爾，你們兩人聽我說，你們必須相信我所講的每一個字，因爲我們現在所處的情形極之嚴重、極之危險！」

保爾顯得有點不耐煩，他聳了聳肩：「甚麼事那麼嚴重，第三次世界大戰要爆發了？」

我幾乎破口大罵了起來，但是我只是冷冷地道：「你或許已全然不記得你爲甚麼來這兒，但是回到酒店中之後，你的行囊中，一定有不少文件，能使你想起一些事，我們快回去再說。」

巴圖的態度比保爾好些，保爾根本不相信我所說的話，但巴圖卻對我的話，保持懷疑。有關「紅月亮」的文件，他記憶消失，但當他看到了那些文件的時候，他就會知道，他曾有記憶，我們又可以開始行動。

回到了酒店，進了房間，我一關上房門，立時道：「好了，巴圖，將你的文件拿出來，保爾，你搜集的資料呢，快拿出來。」

他們兩人都不起勁，保爾更站立著不動：「你一定是瘋了，我哪有甚麼資料？」

巴圖則打開了他的公事包，在他的公事包中，是一大疊雜誌，而不是我曾經看到過的文件！

我大聲道：「你曾經失去七天的時間，你不記得了麼？失去了七天！」

我以為這一點他一定記得的。

他只要記得這一點，那麼我就可以引導他進一步地記起其他的事來了——至少我希望這樣。

可是，巴圖呆了半晌，望著我，在他的臉上，現出了看來像是對我表示無限同情的神色來，然後才「哦」地一聲：「好朋友，你沒有感到不適？」我大聲道：「我沒有感到不適，你曾經失去七天，我則失去一天，我們是為了尋查月亮為甚麼會變成紅色而來的，你這個蠢才！」

巴圖仍然搖著頭，他顯然認定了我有不適，所以我罵他，他也不在乎。

我只好平下氣來：「好了，你們都不相信我說的你們來這兒的理由，那麼我問你，你們是爲甚麼來到這個小鎮的？」

保爾立即道：「這個小鎮是我常到的地方，我是爲攝影而來的。」

我指著巴圖：「你呢？副局長先生。」

巴圖搖了搖頭：「奇怪，我記不起來了，或許根本就沒有目的吧？」

我嚴肅地道：「你們聽我說，一定要相信我的每一個字。」我抬起頭來：「如果有人不願意聽我的話，可以離去。」

保爾立即道：「我不願意聽。」

他提起了行李，走了。

我呆了半晌，說不出話來。保爾竟連聽我的話都不願意，我固然不在乎他的走不走，但是，他絕不考慮我的話的可能性，這令人極不舒服。

我轉頭向巴圖望去，巴圖用一種同情弱者的神氣望定了我：「衛，你一定有甚麼不對頭了。」

我立即道：「不對頭的是你，你曾經被來自其他星球的人，用一種特殊的光束刺激腦膜，消除了你對紅月亮，以及對他們的記憶！」

他仍然用懷疑的眼光望著我，但是他究竟不同於輕佻浮滑、唯利是圖的保爾，他道：「好的，你不妨將事情講來聽聽。」

我。」

於是，我便開始講。

我講我在那些白衣人處的遭遇，又講述我何以能夠避免了光束刺激，而將那一部分的記憶保存了下來。我雙手抓住了巴圖的肩頭，用力地搖著他的身子：「你必須信我，你一定要信我。」

巴圖道：「好，你鬆開我，我信你。」

我放開了手，後退了一步，然後道：「巴圖，你不是真的相信我的話，是不是？」

巴圖轉過身去：「除非你自己也不信自己所講的，否則你怎會有這種念頭？」

我喜道：「那麼你相信了？」

巴圖點著頭，道：「照你所講的，事情極其嚴重。」

我忙道：「當然嚴重——對了，還有一件事，是可以證明我所講的話不假的，那場足球暴動，你可以打長途電話到任何一個通訊社去問，是不是有這樣的一場足球暴動發生！」

巴圖道：「我已經相信了你的話，不必多此一舉。事情既然如此嚴重，那我要立即回去，將一切報告上去，而且，立即要調派可以查知、毀滅那些白衣人的基地的武器來。」

我道：「那當然是當務之急，可是，我們是不是打得過他們？」

巴圖苦笑著：「我們必須打，要不然，我們就只好等著被他們消滅。」

我來回踱了幾步：「巴圖，我們一點證據也沒有，你想，如果你將事情報告上去，決策的將軍們，會相信你的報告？」

巴圖苦笑了一下：「他們當然不會相信，但是你放心，我有方法令得他們相信，這是我的事，我們必須分工合作，我立即動身，你留在這兒，隨時注意事情的進一步發展。」

我問道：「你需要多久，然後可以有結果？」

「盡量快！」巴圖回答著，他已著手在整理行李箱了。

兩分鐘之後，巴圖離去。

我頹然地生在沙發上。

有許多事，發展的細節難以預料，但是事情會有甚麼樣的結果，總是可以斷定的。

可是如今這件事會有甚麼樣的結果，卻無法知道，那些白衣人，他們會成功麼？他們成功了，那自然是人類的末日到了。

可是，正如他們所說的，人類是不斷地自掘墳墓，末日是總會來到的。

人類的末日！這實在是不能想下去的事！

第九部：外星生物奇異行動

我在沙發中坐了好久，才洗了一個淋浴，在床上躺了下來，很久之後，我才睡醒，那已經是第二天的中午了。

我是被一陣敲門聲吵醒的，我睜開眼，坐起身，大聲道：「請進來。」

門被用力地推了開來，推開門的是史萬探長。

這個狡猾的大胖子，爲甚麼一早便急於來看我，使我的心中十分疑惑，我冷冷地望著他，只見他的面色十分難看。

他「碰」地關上了門，向前走出了幾步，然後，坐倒在沙發上，不住地喘氣。

我望了他好一會，他才道：「他們全死了，他們全死了啊！」

那兩句話的後一句，簡直是帶著哭音叫出來的。

我給他的話，嚇了老大一跳，他們全死了，那是甚麼意思，莫非白衣人毀滅地球人類的計畫，已提前實行，而小鎮上的人全死了？

我一躍而起，但是在躍起之後，我又不知該說甚麼才好，我揮著手，竭力想表示我心中的焦切，可是史萬卻一點也未曾注意我，仍然不斷在重覆著：「他們都死了，死了！」

我衝到了窗前，拉開了窗子，向外看去。

外面人來人往，依然和平時一樣，這令得我大大地鬆了一口氣，我轉過頭來，埋怨道：「探長先生，你說誰全死了？」

史萬語無倫次地道：「他們，不，我是說我們。」

我不耐煩起來，向浴室走去：「你最好自己先明白，是他們還是我們，再來和我說。」

可是史萬卻拉住了我的衣角，不讓我走，而且哀求道：「別走，你別走，他們全死了，我說的他們，是和我一樣，爲那個神秘集團做事的人。」

我陡地一呆：「除了那兩間吃食店的男女老闆之外，還有甚麼人？」

史萬道：「還有七八個人，其中有幾個還是由我指揮的，昨晚，他們有的自峭壁上摔下來，有的在家中暴斃，如今，只剩下我一個了。」

我的心頭亂跳，白衣人方面，顯然已完成了他們對地球人的調查工作，而決定開始行動了！

他們要開始行動，第一要務，自然是保持他們在地球上的極度秘密，他們絕不能讓任何人知道有他們的存在，他們要消滅所有知道他們存在的人！

而且，他們對付知道他們存在的人，手段也是有分別的，像我、巴圖這樣的人，他們只是消滅我們的記憶，但是像史萬、普娜這樣，曾經被他們利用，受過他們好處，正式是他們走狗的那些人，他們則毫不猶豫地將之殺死，絕不可惜。

是以，這時史萬雖然還坐在我的面前喘氣，但事實上，他已是一個死人！因爲沒有人有力量可以防止白衣人奪走他的性命。

我搖了搖頭：「我沒有法子，你也不必拉住我的衣角，你爲了賺錢，自然想到應有今天的結果。」

史萬幾乎哭了出來：「你可以救我，你可以，我知道你們……你們有極大來頭的，你們可以救我，救救我！」

我剛想說，如果是一個甚麼犯罪集團的話，那我們當然可以救他，但如今，那個神秘組織，卻是由另一個星球的高級生物組成！即使巴圖能夠調動得到最新的裝備，我也不一定可以肯定敵得過他們！

可是，我話還未曾講出口，史萬的情形便不對頭了，他像是離了水的魚兒一樣，大口大口地喘著氣，雙手在空中亂抓亂摸。

我抓住了他的衣領，用力提起他那沈重的身軀來：「喂，你怎麼了？你怎麼了？」

史萬軟得像一團泥一樣，面色開始變，我一鬆手，想打開門來大叫，可是，我才一轉身，便聽得史萬的喉嚨中，響起了「格」地一聲響。

我不必再去叫甚麼人，史萬已經死了，這個胖傢伙死在我的房間之中，這對我來說，無疑是天大的麻煩！

我再也不能在這個小鎮上住下去了，如果我在這兒的話，我有甚麼法子可以洗得脫我和史萬之間的關連？我用最迅速的手法，收拾好行李。將史萬拖進了浴室之中，然後，我在他的身上，找到了一串鑰匙，我離開了酒店，來到了史萬的辦公室中，在史萬空無一人的辦公室中，我很快地就找回了自己的旅行文件，而且，我還駛走了史萬那輛老爺車。

等我來到了最近的火車站，又搭火車來到了一個較大的城市之後，我才決定，先到馬德里去住上幾天，等候巴圖的消息。

在那個城市中，我打了一個電報告訴巴圖，我將會在馬德里的帝國酒店之中。

第二天，我到達了這個美麗的城市，住進了那間第一流的大酒店。

我以為一定可以在酒店之中，安穩地等到巴圖來告知我他回去辦交涉的經過。

卻不料我才進酒店的當晚，正當我想獨自出去走走的時候，突然有人叩門，我打開了門，進來的是一個穿黑衣服的小個子，是酒店的侍者，他的手中，捧著一隻半呎見方的盒子。

那盒子包裝得十分好，那人進來，向我一鞠躬，道：「先生，有人將這包東西交給櫃台，托我們轉交給你。」

我還並沒有怎麼在意，只是道：「請放下。」那侍者放下了盒子，就轉身離去了。

我在侍者將門關上了之後，心中才陡地一動，這盒子是誰交給我的呢。誰知道我住在這兒呢？我的行蹤，除了巴圖之外，沒有人知道。

來。

我心中愈想愈是疑惑，然而，正當我要向前走去，將盒子拆開來之際，忽聽那盒子講起話來。

說盒子「講話」，未免太駭人聽聞了些，事實上，是盒子中發出聲音來。

那盒子之中發出來的是人聲：「衛先生，你還記得起我的聲音麼？」

那種聽來生硬，不怎麼流利的聲音，我十分熟悉：那些白衣人的聲音。

可是，我卻立即想到，我絕不能讓那些白衣人知道我仍然記得他們，他們顯然在跟蹤我，想試探我是不是還記得他們，所以才送了這樣的一隻盒子來。

所以我十分駭然地後退，像是他們可以看得見我一樣：「你是誰，這是甚麼？這是甚麼意思？爲甚麼會……有聲音的。」

那聲音繼續道：「你真的認不出我的聲音了？你也不記得我的樣子了？我喜歡白色，你記得我的樣子？我喜歡白色，你記得麼？」

我假裝喘著氣：「你……是甚麼玩意兒，誰在開玩笑？」

那聲音停了十秒鐘，才道：「很好，你甚麼都不記得了，那對你有好處。」

那句話才一講完，只聽得「拍」地一聲，盒子爆了開來，冒出了一股濃煙。我連忙走向前去，只看到一些金屬碎片，當我伸手去拾起那些金屬片的時候，我被金屬片燙得「滋」地一聲，手指上的皮焦了一小片，起了一個水泡。

白衣人當然是在試探我，認為我的確是不記得他們了之後，才使傳音器爆毀，不留下任何證據。我呆立了好半晌，心頭亂跳。

我又想起我在白衣人的總部之中，看到那大電視中的情形，他們似乎有本領將地球上任何角落發生的情形，都傳到眼前去，那麼，我在甚麼地方，當然絕對瞞不過他們。

而且，我想，巴圖如果去調動軍隊，他們一定也可以早知道，那麼，即使巴圖調動到了軍隊，豈不是只是造成更多人的犧牲？

我想了不知多久，一點辦法也拿不出來，我只好等著，等巴圖來了，再和他商量。

我在馬德里的第一流大酒店中，度日如年，足足住了七天，巴圖才來到與我相會。

巴圖的神色，比他離去的時候，更要憔悴得多，他見了我，將一隻手提箱用力放在椅上，人則向沙發中一倒，一聲不出。

我十分同情他，因為看他的樣子，一定是受到挫折，所以才這樣沮喪的了。

他坐了好一會，才道：「我交涉成功了。」

這一句話，是全然出乎我意料之外的，我猛地一呆，喜道：「你成功了，那不是再好也沒有了麼？何以仍然這樣不高興？」

巴圖苦笑著：「成功是有條件的，條件便是，那個神秘星球人的總部，究竟是在甚麼地方，要有明顯的目標，和這個總部存在的確實證據。一有了證據，有關方面便會派一艘核子潛艇給我們，在水底發射毀滅性的飛彈，如果沒有，那就——」

巴圖講到了這兒，攤了攤手，表示如果沒有這一切的話，那就甚麼都不必說了。

我呆了片刻，安慰他道：「這已經很不錯了，我們去搜集資料！」

巴圖望著我：「你有信心？」

我點頭道：「有，但是我知道你沒有，因爲你已甚麼也不記得了，或許，你認爲根本沒有我所講的這一切。」

巴圖不說甚麼，站了起來，來回踱了幾步：「我們是好朋友，不管我是不是信你，或者是不是有自信，我一定聽你的。」

我笑了起來，這才真的是朋友。因之我又將我的麻煩，和巴圖講了一遍，我們一致認爲，再在蒂卡隆小鎮上出現，絕不合適。

而我們也斷定，白衣人的總部，必定是在小鎮附近的峭壁之中。

於是，我們決定採取從海面上逼近的辦法，由巴圖去聯絡一切。第二天，一架小型飛機，將我們載到了一個海軍基地。一艘小型的炮艦，載我們出發，來到了我們要搜索的目的地，離岸一里處停下。

然後，又有一艘十分華美的遊艇，將我們送到了離沙灘只有兩百碼處泊定。

我們利用高倍數的望遠鏡，可以清楚地注視著鄰近小鎮的峭壁，我們兩人輪流窺視，監視了四十八小時之久，可是卻甚麼也沒有發現。

直到我們幾乎要放棄了，才看到了一件怪現象。

那時候是在午夜，我們看到近峭壁的一處海水中，不斷地有氣泡升了上來，維持足有半小時之久。

在海底有氣泡冒起來，這本來不是甚麼異特之事，有可能是海底的沼氣以及其他的原因等等。

但是，我們卻看到那些氣泡由一種奇異的氣體所造成。

那種氣體，呈深藍色，如果不是仔細觀察，不容易看出來，因爲那時正是深夜，海水也是深藍色。

我們還發現，那種氣體的比重相當重，因爲它從水中冒了上來之後，在海面上平鋪了開來，使得那一塊海面的顏色，變得更加深藍色。

我們一直注視著那種奇怪的變化，我們主要的目的，是搜集證據，是以，我們並沒有立即採取行動，而巴圖則在一發現這等現象時，便立即利用精巧的活動攝影機，將這種情形攝下來。

當然，僅僅是在海中有深藍色的氣體冒出來，這並不能證明我們所講的那一切的確存在，我們還必須期待著進一步的發展。

一小時之後，我們期待的變化出現了。

那時，自海水中冒起來的那種氣體已展布了很大的一個範圍，而就在這時，海面上響起了一種「吱吱」的聲響，那種聲響十分輕微，聲音由一個急速的漩渦所發出來。

那情形就像你將一個積滿了水的水池池底的塞子拔去時，水旋轉著向下流去時，所形成的那種急流的漩渦。

海底當然不會有甚麼漏洞，事實上，自那個急流漩渦中，被吸進海水中去的，也不是海水，而正是那種深藍色的氣體。

那種氣體從海水中冒出來，這時又被吸進海水中去！

我一伸手，拿起一具潛水用具，便向身上套去。巴圖低聲道：「做甚麼？」

我向前一指：「我到水底下去看看！」

巴圖卻笑了笑：「不必了，我早已將一副水底攝影機沈到水下，那副攝影機不但有紅外線鏡頭，而且還有遠攝鏡頭，它所攝到的一切，一定比你看到的要清楚得多！」

我猶豫一下：「親自看一個究竟，可以對事情更有幫助。」

巴圖嘆了一口氣：「那可能極危險！」

我很感謝巴圖對我的關切，但是我卻無法同意他的話。因爲這絕不是一件不冒危險便能成功的事！

我們不但要冒險，而且拆穿來說，我們的生命，可以說毫無保障，因爲那些白衣人隨時隨地可以毀滅我們！

我又取起了一副潛水鏡，那副潛水鏡不但可以使我的眼睛免受海水的侵蝕，而且還配有紅外線鏡片，可以使我看清黝黑的海底的情形。

我再取起了一柄水底發射的強力箭槍。巴圖一聲不響地望著我。然後，在我已將躍進水中之際，他才在我的肩頭拍了一拍：「小心，朋友，小心。」

我聽出他的聲音十分傷感。

這不應該是像他那樣一個傳奇式的英雄人物的聲調，我忙道：「我會沒有事的，你自己覺得怎樣？」

巴圖苦笑了起來：「不可抗拒！我如今的感覺是，我們正抗拒著不可抗拒的力量！」

我呆了半晌，才道：「巴圖，我們必須這樣做，不管是不是可以成功，非如此做不可，地球人正在面臨被毀滅的威脅！」

可是，巴圖的回答，更是出乎我的意料之外，而且是使我極其震驚的，我一時之間，幾乎不相信那些話是巴圖所講的！

巴圖道：「我們爲甚麼要替地球人出力呢！人類的醜惡，已使地球失色，而且，人類既然那麼熱衷於自我毀滅，有甚麼理由對人家要來毀滅我們，如此激動！」

我足足呆了好半晌，才道：「巴圖，這是怎麼一回事，你也是地球人啊！」

巴圖的雙手掩住了臉，足有半分鐘之久，才道：「是的，我也是地球人，但是我實在恥為地球人，在如今的時代中，人竟可以下流到這種程度，那實在使我感到地球人之可恥。」

我曾將我和白衣人會見的一切細節、一切對話全講述給巴圖聽過。但是如果我事先知道這些對話竟能給巴圖以如此深刻的印象的話，那我一定不會說的了。

當時，我呆了好一會，才緩緩地道：「巴圖，從如今的情形來看，人類的確是在走著自我毀滅的道路，但焉知發展下去，沒有轉機？而且，一個人蓄意自殺是一件事，被人謀殺又是一件事，我們必須盡全力來阻止那些外星人的計畫。」

巴圖當然未曾被我那幾句話所說服，但是他卻道：「衛，你是我的朋友，我已經說過，你要做甚麼，我總是幫助你的。」

我勉強笑了一下：「多謝你，那麼，我下水去了，請你注意和我聯絡，我將不斷地將我的所見告訴你。如果我——」

我講到這兒，略停了一停，才繼續道：「如果我不能回來了，那麼請你告訴我的妻子，叫她……叫她痛快地哭幾場，但不要難過太久。」

我這幾句話，也和我平時的為人，大不相合。本來我天不怕地不怕，從來也不會這樣婆婆媽媽。但這時，或者是巴圖的態度影響了我，或者是事情實在太過凶險，我竟也傷感了起來。

巴圖不等我講完，便轉過了頭去，他的聲音十分生硬：「我知道了，廢話，你不會有事！」我苦笑了一下，攀下了船舷，身子沒入了水中，海水十分冷，我禁不住打了幾個寒噤。但是這種寒冷的感覺，在我完全潛進了海水之中後，便已消失，我沈到我可以觸到了海底時，才向前游動著。

通過有紅外線裝置的眼鏡，我可以看清海底的情形，我看到成群的魚呆呆地棲息在珊瑚叢中，我也看到有兩條巨大的蝣魚在輕搖著它們的身子。

我漸漸地向那個冒出奇異的氣體的地方接近，當我估計，我約莫游出了一百二十碼之際的時候，我看到了那兩個白衣人！

就是那種白衣人，他們自頭至胸，都被白色的衣服所遮蓋著，令得我奇怪到幾乎不相信自己眼睛的是，那兩個白衣人身上是穿著白色長袍的。

照我們地球人的概念，白衣的長袍，在水中是一定會揚起來的。

但是那兩個白衣人身上的白袍，卻一點也沒有揚起來的跡象，以致在刹那之間，我還以爲是身在陸地上，而不是在水中！

由於我行動十分小心，而海底又十分黝黑，所以我猜想，那兩個白衣人並沒有發現我。

我立即停止了前進，那地方，恰好有一大叢海帶，我就將我的身子，妥善地藏進了那一叢海帶之中。我的行動，驚動了幾十條的海鰻，他們迅速地向前，竄游了開去，令得海底的沙揚了起來。

我身子藏得十分好，而那兩個白衣人，看來也正在專心一致地從事他們的工作。

我按下了無線電對講機的掣，低聲道：「巴圖，我看到他們了，我看到他們中的兩個，他們的手中，正捧著一個十分大的金屬筒……」

那兩個白衣人的手中，的確是捧著一隻十分巨大的金屬圓筒，那金屬圓筒是灰白色的。在金屬圓筒的一端，有著一根細長的管子。

那細長的管子直通向海面。

我相信一定有一股極大的吸力，是從那根細長的管子中所發出來的，吸進那種氣體，使得海水發出「滋滋」聲的，當然是那根細管了。

看他們的情形，像是正在搜集那種綠藍色的，比重相當重的氣體。

可是，這種氣體，事實上卻是從海中冒上來的。

這就使得我莫名其妙，不明白那究竟是怎麼一回事。

我一面將看到的情形，不斷地告訴著巴圖，一面仍然用心地注視著前面的情形。而巴圖也將他在水面上用望遠鏡觀察所得的情形告訴我，他道：「海面上那種濃藍色的氣體，越來越少了，現在，急漩也停止了，海面上已完全沒有那種氣體了！」

等到他這一句話出口之際，我看到了那兩個白衣人的身子移動了一下，同時，那圓筒上的金屬管，也已然縮了回來。

那兩個白衣人中的一個，抱住了那圓筒，另一個則是空手，他們轉過身，向前走來。他們的行動，和在陸地之上，一模一樣，完全沒有在水中那樣遲緩的感覺。這實在不可思議，水的阻力和空氣的阻力，截然不同，何以他們在水中的活動竟能如同在空氣中活動一樣呢？

我看到他們走出了十來碼左右，來到一塊岩石之前，走在前面那個空手的白衣人，伸手去推那塊岩石。

隨著他的推動，那塊岩石，居然緩緩地移動了起來，直到岩石被推出了三呎，海底上出現了一個洞為止。

如果我是在陸地上看到這種情形的，那我或者還不至於奇怪，可是這時，我必須睜大了眼睛，才能相信我所看到的是事實。

因為在陸地上，出現一個地洞，那是平常之極的事情，可是這時卻是在海底，海底有地洞，海水會灌進去，有甚麼可以抵擋得住海水的壓力？

那兩個白衣人進了海底的那個洞，那塊岩石也移回了原來的位置，遮住了那個洞時，我才大大地透了一口氣，連忙又向前游了出去。

我游到了那塊岩石之旁，繞著岩石，游了一遭，看不出甚麼異狀來。

我勉力鎮定心神，沈聲道：「巴圖，我已將剛才我看到的情形，告訴過你了，現在，我決定進去看看。」

巴圖的聲音立時傳了過來：「先回來和我商量一下！」

我回答道：「不必了，我有小型攝影機，我相信我這次冒險進去，只要能夠生還的話，一定大有所獲。」

我聽得巴圖喃喃地在道：「如果能生還的話，唉！」

我沒有再理會他，只是道：「現在我已推開大石，我向下沈去了！」我向海底的那個洞穴沈去。

我自問經歷過許許多多冒險的經歷，但是卻沒有一次像如今那樣的，我竟向海底的一個洞中沈下去，我大約下沈了十碼左右，便已踏到了實地。

這時，我又看到，在我前面的，是一扇門，伸手推去，門應手而開，展現在我前面的，是一條極長的甬道，甬道中相當明亮，清澈的海水，閃耀著淺藍色的光芒。

那條甬道，是斜斜向上的，我看不到它的盡頭處情形如何，因為人在水中，看不到水面上的情形。

這時，我多少已有些明白了。

我明白：這條甬道，必然通向白衣人總部，那極可能是一個大岩洞，岩洞的原來入口處，一定已被他們封住了。

我順手將門關上，向前繼續游了出去，等到一聲水響，我終於冒出了水面之際，不出我所料，那果然是一個大岩洞。

岩洞中的光線，十分明亮，但是卻沒有人。

我從水中爬了起來，上了岩石，找了一塊可以隱藏的大石，躲在石後，然後再仔細打量著那岩洞的情形。

我第一眼，就看到了那岩洞中有一扇金屬門。

而那金屬門的上半部，則有著許多閃耀明滅不定的小燈。那當然是一扇電子門，離我大約有七八碼遠近。

我在尋思著，我已經快要到達目的地了，但是我是不是能走進這扇門去而不被發覺呢？

我一面想著，一面已按下了攝影機的自動掣，那樣，每隔半秒鍾，我所攜帶的超小型自動攝影機，便會拍上一張相片。

我躲在石後，尋思著怎樣才能不被對方發覺而走進那扇門去，可是想來想去，不得要領，我正待不顧一切，到了門前再想辦法時，忽然聽得那門上發出了一下尖銳的聲響來。

我本來是一步已然跨了出去的，但這時卻又縮了回來，仍然躲在石塊之後。

在那一下尖銳的聲響發生之後，約莫過了兩秒鐘，我又聽到了金屬的移動聲，那扇門打了開來，一個白衣人，向外走來。

那白衣人走出來之後，門又自動關上。

但是在那扇門一開一關之間，我卻已看清，門內又是一條甬道。

第十部：白衣人醜惡的真相

而那白衣人出來之後，向前走來，他走得十分快，在他來到海邊上的時候，停了一停，我聽得自他的身子中，發出一種異樣的聲音來。

自他身上所發出的那種聲音，十分難以形容，就像是錯了紋的唱片，再用不適當的速度去播放。我當然不明白那一陣古怪的聲音是甚麼意思，或許他是在喝問「石後是甚麼人」也說不定。

我仍然躲在石後，一動也不動。

然後，我看到了那白衣人的身子，抖動了起來，那件白色的衣服，齊中裂了開來。

在那件白色的衣服齊中裂了開來之後，有一個物事，從白衣服中，走了出來。

那時，我的眼珠，幾乎奪眶而出，我要竭力地咬住我的舌頭，才能使自己不發出任何的聲音來。

我從來未曾見過那麼醜惡的東西！

那簡直不是東西。

實在難以形容，因爲那不能算是甚麼，勉強要形容的話，那東西看來，倒很像一隻用舊了的地拖。但是那地拖卻有兩隻柄。

那東西大約有四呎高，它的下半部，只有兩根棍子也似的東西，那兩根棍子也似的東西，也不是平滑的，而是有著許多膿包一樣的隆起。

如果光是膿包也似的隆起，或者還不至於會給人以如此醜惡的感覺，偏偏那些隆起的物事，在不斷地緩緩膨脹，到了一定的大小之後，又癟了下去，此起彼伏，看來實在是難看之極。

在那兩根棍子也似的物事之上的，則是一個圓筒形的東西，從那圓筒形之上，有許多一絲一絲縷縷的東西，倒掛了下來。所以我才說它像是一把用舊了的地拖。

我雙眼定定地看了那東西許久，我的腦筋才轉了過來，我明白了，那東西，就是白衣人，就是想要消滅地球人的「人」！

我看到那東西自那件白衣服中走出來之後，那件白衣服仍然兀立在石上，像是用鐵皮製成的一樣。

那東西不斷發出那種古裡古怪的聲音，然後，我又看到他身上的幾條「觸鬚」（我只好這樣稱呼那些條狀物）動了起來。

看來，他身上所有的觸鬚，都可以自由地伸長，其中有兩根，甚至伸得長到七呎左右，「拍拍」地打著水，像是他在白衣中悶得太久了，這時出來，玩一下水，散一下心。

他「玩」了足有十分鐘，才退回到了那件白衣之中，那件白衣服，又合了起來，看來，他仍是一個和地球人相彷的白衣人。

但是如今我卻已經知道，包在白衣之中的，竟是那樣醜惡的一個東西。

那東西回到了白衣中之後，卻並不回去，而是一步跨進了水中，沈了下去。

直到白衣人消失在水中，我才如夢初醒。我真懷疑剛才那一段時間中，我是不是曾經呼吸過，我如夢初醒之後，心中不禁十分後悔我剛才沒有採取行動！

因爲我的手中，有著殺傷力極強的箭槍，只要我一發射的話，這東西一定凶多吉少！

但是，那種想法，在我的心中，也只不過是一閃而過，因爲我立即又想到，我殺了這東西之後，下一步又該怎樣呢？

除非我能殺死他們的全部，要不然，只殺死了他們中的一個，又有甚麼用處？

我該怎麼辦？我蹲在石後，不斷地在想著：我該怎麼辦，我又等了大約十分鐘，只聽得一聲水響，那白衣人已從水中，爬了上來，向那扇門走去，他來到了門前，伸手在門口的一排按鈕中的幾個，按了一按。

他的手，我本以爲他們是戴著手套的，但現在我已知道，那手套之中，全然不是手，而只是五根運動靈活的觸鬚而已。

在按了幾下之後，門便自動地打了開來，那東西走了進去，門又關上。

我又看清了門內的情形，門內是一條甬道，甬道之中並沒有人，那也就是說，如果我走進了那道門，我有機會躲起來不被人發覺。

當然，剛才那東西拍打海水，從白衣走出來等等情形，早已攝入相機，如果我能夠進這扇門，再安然而出，那麼我想，我搜集的證據，可以說夠多了。而且，剛才那東西按動那些掣的時候，我已記下了次序，如果那便是開門的方法，那我可以打開這扇門。

在我還未曾進去之前，我又按下了和巴圖的通話掣，我低聲叫道：「巴圖！巴圖！」

可是我一連叫了七八聲，塞在我耳中的通話儀中，卻沒有傳來巴圖的聲音，這是甚麼緣故？我和巴圖間的聯絡，爲甚麼中斷了？

我又叫了兩分鐘之久，仍然得不到巴圖的回音，這不禁使我十分擔心，但是在如今這樣的情形下，我勢不能退出！

我決定先進去再說，是以我從大石之後，走了出來，來到了那扇門前，照著剛才那東西的手法，按動了五個掣鈕。

那扇門打了開來，我立時閃身而入。

一走進了門，便急急向前走出了幾步，來到了另一扇門前，背靠門站定。

我一面站定，一面用背去頂那扇門，因爲我如果可以將那扇門頂開的話，就可以有一個藏身之所，再作下一步的打算。

我背部才一用力，那扇門竟立時打了開來，我心中一喜，連忙後退了一步，退進了那門內，又連忙將那扇門關上，鬆了一口氣。但是，我那口氣還未鬆完，便聽得我的身後，傳來了一個生硬的聲音道：「哈，我們的朋友又來了，朋友，這已是第三遭了！」

一聽得那聲音，我幾乎僵硬——

我自己也不知我僵直地站立了多久，才轉過身來，看到我面前站著一個白衣人。

正如那白衣人所說，我們相見，這已是第三次了，至少在我的記憶之中，這也是第二次了。

但是這一次，卻和第一次大不相同，這一次，我已知道了在白衣人之中，竟是如此醜惡的一個滿是觸鬚的東西，那怎能不令人毛髮直豎？

我一聲也不出，那白衣人卻漸漸向我走來，我突然尖叫了起來，道：「別靠近我！」

那白衣人站住了，但是他卻道：「你講錯了，是你接近我，你到我們這兒來的，怎說是我接近你？」

我大聲道：「這兒是地球，而你們是從三十萬光年之外來的，誰接近誰？」

白衣人被我駁倒了，他無話可說，只是來回踱著，過了半晌，才道：「朋友，你這樣做，實在十分愚蠢，我們在地球上，除了你之外，絕沒有第二個人知道。」

我回答道：「這是我的不幸，但是也可以說，還是你們的不幸。」

他道：「你沒有反抗的餘地！」

我陡地揚起手來，扳動槍機，四支有著極其鋒銳的箭鑽的箭，「嗤嗤」地射了出去。

那四枝箭，都射中了他的身子。

可是，那麼鋒銳的鋼鑽，竟然不能射穿那件白色的衣服分毫，我想要打開那扇門，向外逃去，但是當我才一轉身之際，我的肩頭，突然一緊，像有一隻手向我搭過來。

但是，當我回過頭去一看之際，我尖聲叫了出來。

那不是一隻手，搭在我肩頭上的不是一隻手，而是一根觸鬚。

那觸鬚的直徑，約有一寸，它已緊搭在我的肩上，將我向後拉去，我一翻手，握住了那根觸鬚，可是立即有另一根觸鬚，纏住了我的手腕。

緊接著，我的腦後，又受了重重的一擊，那一擊，使我陷入了半昏迷狀態之中，完全失去了抵抗能力，身子向後，倒了下去。

我並沒有昏迷，但是我知道在這樣的情形下，我最好裝著我已然昏了過去。

我最擔心的是那具小型攝影機，它藏在我的頭髮之中，如今已搜集到了足夠的資料，可以令得巴圖採取行動。

但如果那具小型攝影機失去了的話，就甚麼都完了。

我倒在地上之後，我聽得那白衣人發出了一下如同嘆息也似的聲音來。

接著，我被人抬了起來，開門處，又有一個白衣人推著一張擔架也似的東西，走了進來，我被抬上去推了出去。

我進入了一間極大的房間中，有八個白衣人在，他們圍住了我，看他們的情形，分明是在討論著應該如何對付我。

但是，我卻聽不到他們的聲音。

我思疑他們之間是可以心靈相通的，他們一定相互間可以知道對方的心意，因爲我未曾聽到過他們相互間交談。

他們圍住了我，足有十分鐘之久。

而在那十分鐘中，我一直在假裝昏迷。十分鐘之後，有一個白衣人轉身離去，他立即又再出現，他推了一輛車子前來，在車上的是一具十分複雜的儀器。

我知道，那一定就是他們要進一步消除我記憶的那具儀器了！

我是不是繼續假昏迷呢？還是我應該「清醒」過來，和他們大打出手？

我還在考慮我應該怎樣，他們已經先採取行動，他們之中的一個，突然發出了「刷」地一聲響。

隨著那一聲響，他那件白衣的當中，出現了一道裂縫，而就在那道裂縫之中，有兩條蛇也以的觸鬚，直伸了出來，纏住了我的一雙手。

我禁不住大聲叫了起來，在我的大聲叫喊中，第三根觸鬚，又裂衣而出。

那一根觸鬚，粗得像手指一樣，在空中揮舞了一下，像是一根鞭子一樣，擊在我的頭上！

那一擊之力，十分之沈重，令得我再也叫不下去。

而幾乎是在同時，那推著儀器的兩個白衣人，也將儀器推得更近，自那儀器之中，發出了一陣「吱吱」的聲音。

那只不過是電光石火，一剎那間的事，而在那一剎那間，事情又發生了變化，又是兩根觸鬚，纏住了我的脖子，令我喘不過氣來。

然後，便是兩股光束，一起射向我的太陽穴。

再然後，我的視力突然消失。

我不說我看不到東西，而說我的視力消失，那是有原因的，因為我這時所感受的，十分奇特，我並不是看到一片黑暗，我的眼前，只是一片灰濛濛地，但是我根本看不到任何東西。

我勉力掙扎著，想要轉動身子，但是那幾根觸鬚的力道，卻非常之大，令得我一動也不能動，我所可以動的，只是雙腿，不斷地蹬著。

在那時候，我的腦中，開始就想起了許多奇怪的、年代久遠的事情來。那些事，本來全是毫無意義的，而且是早已忘記的了。

但是如今，這些事卻一一浮上了心頭，這些事之瑣碎，使得記起了它的我也感到吃驚，例如小時候撕下了蒼蠅一邊的翅膀，讓蒼蠅團團打轉，又例如極小的時候，撒嬌要吃冰糖葫蘆等等。

幸運的是，我早有了準備，戴上了那「假髮」，我相信它能保護我的腦部，當我終於昏了過去，醒來之後，在海邊，我完全知道曾發生過甚麼事！

睜開眼，我就看到巴圖，他也不知道爲何會中斷聯絡，我向他說了經過。

我道：「我們的對手，來自外太空，在我們看來，可以發射水底火箭的潛艇是了不起的武器了，但是在他們看來，卻等於是有人抓了一支牙簽，去向手槍挑戰一樣！」

巴圖作出了一個極之無可奈何的表情，道：「如今我們連牙簽也沒有！」

我道：「我們擺下了大陣仗去和他們對敵，容易暴露，如果就是我們兩個人，他們反倒不注意。」

巴圖沈默著，並不回答我。

我吸了一口氣：「巴圖，如果你感到太危險，你可以退出。」

巴圖沈聲道：「如果不是好朋友，爲了這一句話，我就可以和你打架。」

我道：「你不能怪我，剛才你不出聲，我不知你心中在想些甚麼，不得不這樣對你說。」

巴圖突然笑了起來：「你以爲我膽怯猶豫？當然不是，我只不過在想，我們這樣潛水下去，有甚麼能力去戰勝他們？只怕一切仍然是歷史重演，我們又被擒住，然後，我們有關的記憶再度消失！」

我點頭道：「你的話有道理，我只好告訴你，這本來是一件死馬當做活馬醫的事。」

巴圖豪爽地笑了起來：「好，那麼我們就去醫那匹死馬吧！」

我和巴圖一直來到了巴圖藏著一些工具的岩洞中。

巴圖有著全套的水肺和許多氧氣筒，還有一具可以攜帶兩個人以及多筒氧氣的海底潛水器。

巴圖指著這些東西笑道：「你看怎麼樣？我看足夠了。」

我喜出望外了，那具潛水器可以減少我們不少麻煩，我們各自套上水肺，然後將潛水器推到了海中，將之發動，我們兩個人伏在上面，一手抓住了潛水器，一手抓著一枝魚槍，我們腰際間的皮囊中，還有不少實用的東西。

潛水器的前進速度並不是十分快，也正因為如此，所以我們可以看到清澈的海水中來往的一切美麗的魚類。它們的形狀之怪異和顏色之艷麗，超乎人的想像力之外。

我們操縱著潛水器，經過了好幾簇珊瑚礁，然後，突然停了下來。

停了下來的原因，是因為我們看到了前面約兩百碼處，有一個奇異的東西，正在移動著，那絕不是海中的怪生物，當那東西漸漸浮出了水面的時候，它還帶著一件白色的衣服，而那東西——唉，雖然我已不是第一次看到他了，但是我仍然難以用適當的形容詞來形容出他的模樣來。

我們停在一大堆淡黃色的珊瑚礁之後，看著那些東西進了那件白色的衣服中。然後，我們看到了那「白衣人」在海水之中，像是一隻鐘形的水母一樣，自得其樂地在飄來飄去，看來這傢伙像是在度假！

我按下了無線電通話儀的掣，道：「巴圖，你看到了沒有？」

「看到了！看到了！」巴圖的聲音，顯得十分急促：「我正在想，如果能夠將他活捉的話──」

巴圖在講那句話的時候，顯然還只是調謔性質的。

但是他的話，卻令得我的心中陡地一動，我忙道：「這是一個絕妙的主意。」

巴圖轉過頭來望著我，他的套在圓形透明罩中的臉上，現出了一種十分難以形容的神情來，好像他是望著一個瘋子一樣。

我重覆道：「巴圖，我們活捉他，如果我們可以活捉他，我們一定可以佔上風，他們曾對我說過，在他們的星球上，生命極之寶貴，和我們地球人將生命看得如此之低，截然不同，如果我們捉到了他，並使他的生命受到威脅，那就對我們有利！」

巴圖道：「這倒的確是一個好主意，可是該如何下手？」

我道：「必須等他從那件『白衣服』中走出來時再下手，希望他會再度走出來。如果他穿著衣服，那我們無能爲力，這件衣服，對他有絕對的保護作用。」

巴圖道：「那還必須他向我們接近，才有辦法！」

那「白衣人」在我們討論要活捉他之時，竟真的向我們飄過來了！

我忙道：「千萬不能讓他發現！」

巴圖立時向旁移去，我跟著他，我們迅速地移近了一叢濃密的昆布之中，有一隻很大的章魚，本來是匿在昆布叢中的，由於我和巴圖突然闖了進去，那隻章魚的身子一縮，倒射了出來。

那「白衣人」離得我們更近，而那隻大章魚，卻是向著那「白衣人」直射了過去的。

那白衣人的來勢突然止住，那條大章魚卻還在直撞了上去，突然之間，我們都清晰地看到，白衣裂開，兩條觸鬚直甩了出來。

巴圖連忙舉起了槍，我按下了他的手臂：「不，我們要活捉！」

那「白衣人」的觸鬚，和章魚的觸鬚不同，它黑而直，並不是如同章魚觸鬚那樣，前尖後粗，而且，它顯然更有力。

因為，那兩根黑色的觸鬚，一伸出來，攪起了一陣水花，便已重重地擊在那條大章魚的身上，大章魚一受到了攻擊，身子立時縮成了一團，但是它的身子，卻像是深水炸彈一樣，向後倒退了回來。

也就在那一刹那間，我們看到「白衣」整個裂開，那「白衣人」（我只好這樣稱呼他，雖然他全身找不出一點人的樣子來）也向前疾追了過來。

我們離大章魚和那「白衣人」只不過二十碼，因爲我們可以將那「白衣人」看得再淸楚也沒有。

那「白衣人」在海水中行進的速度之快，出人意料，當那條大章魚的身子，剛擠進了一個恰好可供它容身的岩洞之後，那「白衣人」便追了上來。

章魚的八條強有力的觸鬚，和「白衣人」的觸鬚一齊揮動著、糾纏著，看樣子，那「白衣人」像是想將這條大章魚硬拖出洞來。

鄰近的海水，被他們弄得氣泡不斷地向上升，我們都爲這種驚心動魄的爭鬥，驚得呆住了，我們相信已經失去了好多機會，我才陡地省起：「巴圖，這是我們下手的時候了！」

巴圖道：「可是，怎麼下手？」

「有網麼？」

「有，網連結在潛水器之上。」

我大喜：「那再好也沒有了，我們合力將網罩下去，然後，讓潛水器帶著網向前駛去，我們再跟在後面，這樣更容易成功！」

我們游出了那一大叢昆布，到了珊瑚礁的另一邊，潛水器正停在那兒，我們將潛水器的速度，調整到了最高的一檔。

然後，我們伏在潛水器上，向那「白衣人」游去。當距「白衣人」只有十碼左右的時候，那「白衣人」顯然發覺身後有甚麼東西在向他襲來！

他突然一個轉身，放棄了那條大章魚。

我們都看到，那「白衣人」正面向我們箭也似疾地射來，我們更可以看到他身上那兩排發出藍色的光芒的「眼睛」。

也就在那一剎那間，巴圖的手指，用力按下了漁網的發射器，一陣水花迸處，強力的發射鉤，將一張本來是用以捕捉最凶惡的虎鯊的網，張了開來，向那「白衣人」當頭罩了下去，而且，立即收緊！

我們兩人也在那一剎那間，一齊鬆開手，任由潛水器在無人操縱的情形之下，急速地向前，直射了出去。

第十一部：俘虜了一個外星人

我們看到那「白衣人」在網中竭力掙扎著、扭動著，以致潛水器在前進的時候，尾部的水花，大得像是一朵白雲一樣。

我們兩人心中的興奮，難以形容，我們緊緊地握著手，然後向前游去。

在我們游出了幾十碼之後，潛水器去得更遠。

若不是潛水器的尾部有著因「白衣人」竭力掙扎而生出的那一大團水花，那我們一定看不見那潛水器。

又游出了十來碼，我們來到了那件「白衣」的旁邊。

巴圖一伸手，拉住了連接在衣袖上的手套，拉了那「白衣」，一起向前游去。

我急於想追上那「白衣人」，而帶著這樣一件衣服，顯然減低速度，於是我道：「巴圖，拋開它！」

巴圖卻提醒我道：「不，你曾經說這種人一直是穿著這種『衣服』的，我想這『衣服』對他，一定有特別的作用，我們已捉到了俘虜，不能過分虐待他，所以帶著這件『衣服』可能有些用處。」

我道：「你的打算固然好，可是我們快追不上那具潛水器了！」

巴圖笑道：「你放心，向前去，是橫亙在前的一大片珊瑚礁，還有不少是露出水面的，潛水器一定在那兒受到攔阻．如果有咖啡的話，我們慢慢地喝上一杯再去不遲！」

我聽得他這樣說，心中放心了不少，我不再反對他帶著那件「白衣」，反而抓住了另一隻「袖子」，向前游去。

那件「白衣」並不沈重，我從它中間的裂口處望進去，發現那件「白衣」，簡直和小型的潛艇差不多，在「衣服」的內邊，有許多按鈕和儀器。

當我第一次見到「白衣人」的時候，我以為那只是一個人，穿著一件異樣的白衣而已。但到如今，我才知道，實質上，是一個異樣的生物，躲在一個人形密封的裝置裡面！

因為那件「白衣」，的確像一個小型的太空船，當「白衣人」走動之際，只不過是「白衣」下面的小輪在轉動而已，而我以前，還以為那是白衣太長，蓋住了人的雙腳！

「白衣人」的身子並不大，他大約只有四呎來高，在那件「白衣」之中，有著相當的活動餘地。我們一面觀察著那件白衣，一面盡力向前游去，半小時後，我們看到了那一大片珊瑚礁。

凡是珊瑚礁集中的地方，海水也必然特別明澈，有如透明一樣。

那一大片珊瑚礁，橫亙在前，足有三哩長，而當我們游得更近之際，我們都看到了我們的那具潛水器，它果然被珊瑚礁攔住了去路。

我們也看到了那張網，網中那個「白衣人」仍然在掙扎著。

但當我們愈來愈接近的時候，他卻靜了下來。

我和巴圖一齊用力划了幾下，游了過去，我們站在珊瑚礁上，直起了身子，胸部便已出了海水，我們用力地拖著，將網拖了起來，向珊瑚礁的高處，走了十來步，等到我們的足已浸不到海水之際，那個「白衣人」也完全被我們拖出了海面。於是我和巴圖兩人，第一次在太陽光之下，看清楚了那來自別的星球的生物。

我不能說他醜惡，因爲他來自別的星球，他看我們，也一定同樣感到噁心。但是我看了他一眼之後，卻再也不想看第二眼！

巴圖的感覺，顯然是和我一樣的，我們兩人都轉過頭去，我除下了頭上的圓罩：「你，是我們的俘虜，你可明白甚麼是俘虜？」

那「白衣人」發出了一陣音節十分快的聲音。那毫無疑問是一種語言，而有別於野獸的叫嚷，但是我們卻一點也聽不懂。

這時候，我們又聽到了「拍拍」聲，我們不得不轉過頭去，我們看到他的一條觸鬚，自網孔中伸出來，正在拍打著那件也被我們移上了珊瑚礁的白衣。

我道：「巴圖，看來他想要回他的衣服。」

巴圖忙道：「那怎麼行？他如果一有了『衣服』，要對付我們，太容易了。」

我苦笑道：「可是如今他講的話，我們一個字也不懂，我相信在『衣眼』中有著通譯的儀器，那麼，我們可以和他展開談判，你以爲怎樣？」

巴圖老實不客氣地道：「我認爲你太天真了，他回到了衣服中，何必再和我們談判？」

我偶然一低頭，只見到有一條觸鬚正在漸漸地接近巴圖的足踝，我忙道：「小心！」

巴圖縱身一跳，跳開了四五呎，他恨恨地道：「你看，還要將『衣服』還給他麼？」

「可是，不那樣，僵局沒法打開。」

「我有辦法，」巴圖揚了揚手，道：「你將手中的魚槍對準他，人盡可能匿在珊瑚礁之中。」

「那你怎樣呢？」

「我？我胡亂地去按他『衣服』中的各種掣鈕，其中總有一個可以使他的同伴知道他已然遇了難，而趕來救他！」

我呆了一呆：「他的同伴來了，我們豈不要糟糕？」

巴圖笑了起來：「你可別忘了，我們的手中有王牌啊，這是人質，而你手中的魚槍，又正對準了他，那怕甚麼？」

我道：「你肯定我手中的魚槍可以致他於死命麼？」

他道：「我想是可以的，你看，魚槍才一對準了他，他的眼光，你看看。」

我轉過頭去．這時我手中的魚槍鋒亮的尖簇正對準了那「白衣人」，那「白衣人」寶藍色的眼光，變得更加明滅不定。

我和巴圖兩人，其實都不能確知他的「眼睛」光芒明滅不定是不是真的表示恐懼，但是我們除非讓他進他的「衣服」去，否則，是只好採取巴圖的辦法了。

我點頭道：「好，你就去亂按鈕吧。」

巴圖走到了那件豎立在珊瑚礁上的「白衣」之前，伸手進去，按動著裡面的按鈕，那在網中的「白衣人」則仍然在不停地說著甚麼。

約莫過了一分鐘之久，我和巴圖兩人，都不由自主，失聲叫了起來。

因爲，有四個白衣人已冒出了海面！

巴圖在尖叫之後，立時大聲道：「別接近我們，要不然，你們的同伴，就會喪命。」

那四個頭部已出了水面的白衣人，果然不再前進，只聽得其中的一個道：「你們很了不起，你們兩人，實在很了不起！」

我用力將魚槍對準在網中那「白衣人」，唯有使這個白衣人的生命受到威脅，才能保障我們的安全。我不敢有絲毫疏忽，是以我並不講話。

巴圖的回答十分得體，他道：「你們說得不對，並不是我們了不起，而是你們使我們變得了不起，你們想佔據我們的星球，這使我們非了不起不可！」

那幾個「白衣人」又向前走前了兩碼，他們的半邊身子，都在海水之上了。

巴圖再一次嚴重警告：「如果你們再向前逼近一呎的話，那麼我們立即下手！」

那領頭的「白衣人」發出幾下難聽的笑聲：「好，我們就站在這兒，請問，你們要甚麼樣的條件，才能釋放我們的同伴？」

這一問，令我和巴圖兩人，盡皆一呆。

那「白衣人」又道：「我們不以為你們知道我們是甚麼人，你們早已忘了，是不是？」

我沈聲叫道：「巴圖！」

巴圖立時向我走來，我將魚槍交給了他，由他去繼續瞄準在網中的那個白衣人，然後我走向前去：「你們完全錯了，我甚麼都記得，一點也沒有忘，你們使我記憶消失的手術失敗了！」

接著，我便舉出了幾件在他們總部中所發生的事情，以及揭露了他們想毀滅地球人的陰謀。

那「白衣人」不斷地道：「這怎麼可能？你腦膜上記憶細胞已被凝結，你不可能記得這些事的。」

我「哈哈」大笑：「可是我卻記得！這證明你們的手術失靈，或許你們對地球人的研究還不夠，你們自以為靈的手術，其實一點用也沒有！」

「白衣人」苦笑了一下：「也許。」

我們之間，沉默了半晌，「白衣人」道：「現在，我們要得回我們的同伴，你想怎樣？」

我緩緩地道：「可以，條件是：你們立即離去，離開地球，再也不許動地球的腦筋，去找別的星球，作爲你們移民的對象。」

那「白衣人」不出聲，我回頭望了望巴圖，巴圖面上的神色，表示他的心中也十分緊張。我當然也很緊張，因爲我知道對方接受我這個條件的可能性，微之又微，我等了約兩分鐘，才聽得「白衣人」道：「沒有可能，我們對地球已作了長時期的研究，而且我們已做好了一切準備！」

他頓了一頓，又道：「而且，我們揀中了地球，也有原因，地球人自古以來，就熱衷於自相殘殺，總有一天，地球人會自相殘殺到一個也不剩，就像一個患了癌癥的人，我們只不過使一個遲早要死的人早一點死去，而且，還可以使地球人少受許多痛苦！」

我冷冷地道：「不論你說得多麼堂皇，即使就是你所舉的例子那樣，殺死一個患癌癥的人，也要被判死刑。」

他道：「你堅持要我們中止計畫？」

我點了點頭：「是！」

「白衣人」道：「那我們說不攏，向地球移民，是我們星球歷時多年的一個決定，這是極重大的一件事，我們在作出這場決定之初，曾經預算會有一場戰爭，犧牲一個人，在我們來說固然痛心，但只好犧牲！」

我心中感到了一股寒意，我們制住了他們中的一個，想和他們談判，最重要的一點，就是我們自以爲抓住了他們不想犧牲一個人的弱點！

可是如今，在那「白衣人」的話中，卻已表明，在必要犧牲的時候，他們不怕犧牲！

他們既然不怕犧牲，那我們制住了那個「白衣人」，還有甚麼用？

我的手心已在冒冷汗，海風吹來，也似乎格外地冷，我還想挽回：「我不相信你們肯犧牲這個人！」

那「白衣人」的回答，更令我喪氣，他道：「我們星球上，自從克服了一種最致命的病癥之後，已有許久未曾有過死亡，但是移民勢在必行，我們八個人從自己的星球出發，到地球上來，抱著必死之心前來，叫你的朋友放開魚槍，不必要的犧牲，對你們，對我們，都絕無好處。」

我後退了幾步，來到了巴圖的身邊。

巴圖的面色可能比我的更難看，他的手已幾乎握不住那魚槍，終於，他的手向下一垂，他手中的魚槍，「拍」地一聲，落在珊瑚礁上。

我也沒有俯下身去將魚槍拾起來，他們不怕犧牲，任何的威脅都不起作用，只有怕犧牲的膽小鬼，才會對各種各樣的威脅怕得要死。

那四個「白衣人」以極快的速度上了珊瑚礁，自一個「白衣人」的「手」部，射出了一股光束來，將網弄開，另一個「白衣人」則將那件「白衣」取了過來，那章魚也似的東西，立時鑽進了「白衣」之中。

兩個「白衣人」連忙護送著那「白衣人」先沒入了海水之中。還有兩個「白衣人」，則仍在珊瑚礁上，對著我和巴圖兩人。

我們對峙了相當久，一個「白衣人」才走向前來，伸手在我的肩頭上拍了一下：「我想，我們可以成爲朋友。」

我尖聲道：「你和一個你將要殺死的人做朋友？而我又會和一個將要殺我的人做朋友？你是甚麼意思？」

或許是由於我講話的聲音太尖利了，是以引得那「白衣人」多少有點不安，他後退了一步，才道：「這就是所謂悲劇！」

我根本不去理睬他，他又道：「我想，你們兩位至少可以接受一項邀請，你們是不是肯來參觀一下我們的基地？」

巴圖冷冷地道：「有甚麼好參觀的？」

那「白衣人」道：「那或許可以使你們知道，以地球人的能力而論，想和我們作抗拒，絕不可能，而且，你們也可以瞭解我們的一片苦心，我們實際上已有了毀滅地球人的辦法，這辦法是我們一到地球便有的，但因爲這辦法要使地球人受到極大的痛苦，所以我們才不願意使用它。」

我突然忍不住而大笑了起來：「多麼慈悲爲懷啊！」

「你可以嘲笑，但我們所說的是實情。」白衣人的聲音雖然是通過了傳譯儀才能使我們聽懂的，但是我們也聽得出他的聲音，相當誠懇，「你們應該接受這個邀請。」

巴圖微笑道：「到了你們的基地之後，就可以再被你們施行失憶手術？」

那白衣人的回答，倒是出乎我們意料之外的，他道：「我們並沒有這個打算，尤其是對於他——」

他講到這兒的時候，向我指了一指，又道：「我們已在他的身上，失敗了兩次，當然不會再去作第三次嘗試。」

巴圖又道：「那麼，你們可是準備將我們軟禁起來？」

白衣人道：「爲甚麼你總是想到我們不懷好意呢？」

這一句話，令得巴圖陡地發作了起來，他先罵了五六句極其粗野難聽的粗語，然後才道：「你們懷好意？你們好心到要殺死地球上所有的人。」

白衣人一字一頓：「是的，我們從來也不否認這個企圖，但是我們的企圖，基於一個前提，地球人終將全部死光，而且死得極其痛苦！」

巴圖咆哮道：「放你的狗臭屁，那是地球人自己的事，就算地球人總不免要全部死亡，那也是地球人自己的事，與你們有甚麼相干？」

白衣人道：「當然有相干，非但和我們有相干，還和許許多多星球上的高級生物有相干，地球上的人類有權自己毀滅自己，但是你不能說地球上的人類在毀滅自己的同時，也害死他人，這就像一個人可以自己用炸彈炸死自己，與人無尤，但如果他在鬧市之中炸死自己，同時也損及別人的話，那一定會受到制止。」

巴圖厲聲道：「你別再在這兒嚇人，地球人的自我滅亡，與你們這些遠在好幾十萬光年以外的八爪魚，又有甚麼相干？」

白衣人的聲音卻十分平靜：「這個問題，先生，我和你講，你也不明白，不錯，整個宇宙中，有著億萬星球，地球是其中極其渺小的一個，但是它卻也是宇宙中的一分子，和其他的星球有著互相牽引連帶的關係，這就像一架飛機中，有著數以萬計的零件，其中一個出了毛病的話，飛機就失事了。」我和巴圖兩人都沒有出聲，因爲白衣人的那種說法，的確不容易辯駁。

白衣人續道：「我們估計，地球人的毀滅必然是在一場驚人的核子戰爭中發生。最後核戰的結果，不但地球上的生物完全毀滅，而且地球也會分裂，成爲無數團溫度高達數百萬度的核子氣團，在宇宙中亂衝亂撞，而且，由於地球消失的緣故，整個宇宙的平衡，也就消失。」

白衣人講到這兒，略停了一停：「首先是太陽系的星體，失掉了原來運行的規律，它們將會相撞，而相撞的結果，是導致太陽系星球的毀滅，然後，反應像水圈一樣向外擴展，終於將會波及整個宇宙，你說，我們能夠坐視不理麼？」我和巴圖互望了一眼，仍然不說話。而巴圖心中的怒意顯然已消失了，我可以看得出來，代之而起的是沮喪。

我想了一想：「你的話，只是片面的。」「白衣人」又道：「我們不妨坦白地說，邀你們前去的目的，是想你們去看一下我們的科學發展程度，從而使我們考慮選擇一部分地球人，做別的星球的移民的可能性！」

巴圖和我，立時明白了他的意思。他是想將地球人分爲兩大類，一類是該死的，一類是不該死的。

然後，地球仍由他們來佔據，而不該死的那一類，便由他們相助移民到另一個星球中去。

看來他們好像已退了一步。但是這只是他們的如意算盤，固然，他們認爲該死的那些人，可能真是該死的，但是正如巴圖所說，這是地球人自己的事情，和他們一這些外太空的八爪魚有甚麼相干？

但是我卻知道，至少他們暫時對我們不會有甚麼惡意。

所以我用手蹬了蹬巴圖，然後道：「好的，我們可以去看看，我們怎麼去？」

那「白衣人」道：「太簡單了！」

他轉身和另一個「白衣人」一起沒入海水之中，不一會，他們又浮了上來，我看不出他們的身邊多了甚麼，但是當他們向我和巴圖漸漸接近之際，我卻看到似乎有一種甚麼透明的東西。

接著，我只覺眼前閃起了一陣眩目的光芒。

在那一刹那間，我是甚麼也看不到的。

我尖聲叫了起來，叫道：「巴圖！」

同時，我也聽得巴圖叫了我一聲，而等到我出了一聲之後，那陣光亮已消失了。

我呆了一呆，光亮消失之後，我仍有大約兩、三秒鐘的時間看不見東西，然後，我的視力恢復了，我看到巴圖在我的身邊，那兩個白衣人也在。

但是，我們卻已不是在露出水面之上的珊瑚礁上，而是在一間白色的房間之中。我可以肯定，前後只不過三秒鐘！

他們是使用甚麼交通工具，把我們在那麼短的時間中移到？

我看到巴圖的神情，顯然他的心中，也有著同樣的疑惑。

那「白衣人」道：「請先來看看我們前來的交通工具。」

我和巴圖跟著他走了出去，經過了一個甬道，來到了一個岩洞之中。

那岩洞向著海，有著一道十分窄的甬道，我以為可以在這兒看到一座極大的宇宙船，但是到了岩洞之後，我實在看不到甚麼。

然而，還未曾等我發問，一塊巨大的岩石，自動移開，另一塊大石升了上來，在石上，有一件橢圓形的東西。

那東西不會超過八呎長，大約兩個人可以抱得過來，是銀灰色的。

那「白衣人」已指著那雪茄形的東西：「這便是我們來到地球的工具，若干時間之後，這種工具，將會把我們的同類，大批大批地帶到地球上來。」

我強抑著心中的反感：「我記得你說過，你們的星球離地球十分之遠，那麼你們要飛行多久，才能到達地球？」

「白衣人」道：「這是一個你們地球人無法瞭解的概念，你們總是以時間來計算距離，你們有一個公式，時間乘速度，就等於距離。在地球表面上的運動，大體上來說，都可以用這一個公式來計算，然而，一出了地球，天體的運動，這個公式便不適用。」我和巴圖都瞪著那「白衣人」，因爲我們都覺得這傢伙是在信口雌黃。

那「白衣人」又道：「你們感到詫異，是不是?因爲那超乎你們的想像之外。譬如說，有一個星球，距離地球六十萬光年，用你們的公式來算，那就是說，用光的速度來飛行，要六十萬年，才能夠到達那個星球。」

「難道不是那樣麼?」巴圖不服氣地反問。

「不是那樣，在我們來說，只要經過五個或者六個宇宙震盪，就可以到達。」

「甚麼叫宇宙震盪？」

「那是宇宙間的一種震盪，十分難以解說明白，它是超乎時間、速度之外的另一種運動，這種震盪，可以改變時間，也可以改變距離，我們也未曾學會切實地掌握它，但是，我們卻已使我們的太空飛行工具，投入這種震盪之中，使得星與星之間，轉瞬可達。」

我和巴圖互望了一眼，我和他兩人都莫名其妙。

「白衣人」又道：「當然，要你們明白，十分困難，因爲有一些名詞以及必要的解釋等等，地球人還都沒有這種語言可以表達，這就像現代的地球人，要向古羅馬時期的地球人解釋電視的原理一樣，絕難解釋得明白！」他講到這兒，略頓了一頓，才又道：「我告訴你們這些，就是要使你們知道，地球人在地球上，雖然已是最高級的生物，但是在整個宇宙中，卻還極其低能，所以我們發現地球可以供我們居住，而要將地球人盡皆殺死，實在絕無不道德可言。這就像地球人發現一個山洞可以居住，而將原來住在山洞的動物趕走一樣，是天經地義的事情。」

巴圖冷冷地道：「可是我們是人，不是野獸，而且，你所說的甚麼震盪，誰知道是怎麼一口事？你能立時回到你們的星球去，又再來？」

卻不料那白衣人竟立時點頭道：「可以的。」

巴圖道：「那好，你送我們到你的星球中去看看！」

「白衣人」搖頭道：「不能，你的身上，充滿了細菌，我們的星球上，消滅細菌已有許多年了，我們沒有疾病，也沒有死亡，如果你到了我們的星球之上，那你等於是千萬億個死神的化身！」

巴圖的兩道濃眉，在突然之間，向上揚了起來。

我和他在一起久了，知道他一有這個表情，就是他的心中突然想到了一些甚麼重大事情的象徵。但是當時，他卻並沒有說甚麼，只是隨口問道：「原來是那樣，那麼，這種飛船的動力是甚麼呢？」

第十二部：無法回答的問題

那個玻璃罩子，罩著一座儀器。

我很難形容出那儀器的正確樣子，大體上來說，它像是一座電子計算機，但是它有許許多多像普通飯碗那樣的半圓形的東西，正在緩緩轉動。

巴圖一直來到玻璃罩之前：「這就是麼？」他一面說，一面用手指叩玻璃罩，發出「得得」的聲音，又問道：「爲甚麼用罩子罩著？」

白衣人道：「因爲怕有甚麼東西撞到了控制儀，一撞到，宇宙的震盪就可能和飛行船發生關係，飛行船就可能納入震盪的軌道之中。」

「那你們就回不去了，是不是？哈哈！」

白衣人也笑道：「那倒不至於，飛行船會在我們的星球上著陸，那樣，我們的星球又可以派新的船來接我們的。」

「原來如此！」巴圖繞著那玻璃罩不斷地轉動，像是對這具儀器表示很大的興極，他不但自己看，而且也拉著我一起看，他一面看著，一面還發出許多讚嘆詞句來，而且還進一步言不由衷地道：「真是進步，地球人望塵莫及！」

然後，他又指著那儀器上一個白色的把手，道：「我猜這一個一定是總控制了，對了麼？」

「白衣人」像是因爲聽到了巴圖的讚嘆而心中高興，是以語音十分輕鬆：「是的，我再帶你們去參觀別的設置。」

「好的，好的。」巴圖在忽然之間，變得十分合作起來。

「唉，你還不明白，它是沒有動力的，宇宙震盪會使它前進。」

「他媽的，」巴圖罵了起來，「它停在這兒，宇宙震盪就會將它帶走了麼？」

「是的，我們有儀器可以控制，它隨時可以離開地球。」「白衣人」又作了一個出乎意料之外的回答。

巴圖的悻然之色已然消失了，他像是對這個問題十分有興趣一樣：「我們是應邀來參觀的，那麼，我希望看看那個儀器，那控制宇宙震盪的儀器。」

「可以的。」

「白衣人」轉過身，向前走去，我和巴圖仍然跟在他的後面。在巴圖要求去看那控制宇宙震盪的儀器之際，我已經知道他的心中一定在轉著甚麼念頭。

果然，我們才並肩走出一步，他便用肘踫了踫我的身子，我轉過頭去看他，只見他的神色十分莊重。

我呆了一呆。因爲巴圖是一個天塌下來也不在乎的人，我認識他的時間不算短，未曾在他的臉上見過那麼嚴肅的神情。

而且，就在我開口想問他之際，他卻已然先開了口：「別問我甚麼。」我自然不再出聲，他既然叫我別問，自然有他的理由。那「白衣人」帶著我們經過了好多條走廊，才來到了一間房間中，那間房間的門推開之後，在門內的，是一個相當大的玻璃罩子。

仍是那白衣人走在前面，巴圖用極低的聲音，向我說了一句話。我的確是聽到他對我講了一句話，聲音很低，可是我就是沒有聽懂他在講甚麼。

我呆了一呆，他又將那句話講了一遍。

這一次我聽懂了，巴圖這時和我講的，是屬於蒙古語系中的一種——達斡爾語。這種只有達斡爾族蒙古人才用的語言，別族蒙古人也聽不懂，巴圖有蒙古人的血統，他對各種蒙古語，都有十分精湛的研究。而我對多種土語都十分精通，當然可以與他交談。

由於他一直是在說英語，突然之間，講了那麼一句達斡爾語，是以我一時之間，腦筋轉不過來，等到他第二次講的時候，我自然聽懂了。

他在問我：「你知道我想到了甚麼？」

在我聽懂了這句話之後，以下便是我和他兩人之間一連串的對話：

「我不知道，你想到了甚麼？」

「我有了拯救地球的辦法。」

「甚麼辦法，快告訴我。」

「你不聽到他剛才說麼？他們的星球上，早已沒有了細菌，如果我到他們的星球上去的話，那麼便等於是千萬死神的化身。」

「是的，你是說——」

「我去！」

「你去？」

「是的，他們要向地球移民，就是因爲他們的人太多，我去了之後，帶去的無數細菌，必將令得他們的星球上，引起極多人死亡！」

「恐怕不能吧，他們這幾個人在地球上，總不能不和細菌接觸，爲甚麼他們不死？」

「那或者是他們接受了預防注射的緣故，而在他們自己的星球上，他們是早已消滅了細菌的，自然不會有任何預防的工作，就像我們，總不會有預防恐龍的設備一樣！」

「可是你怎麼去呢？」

「那太空船，我想我可以擠得進去，我一擠進去，你就打碎玻璃罩，我就出發了。」

「那你怎麼回來呢？」我追問巴圖。

「我？我沒有想到要回來。」

我們的對話，在這兒略告一段落，我聽到了巴圖的這一句話，我才知道他那莊肅之極的神氣，是由於他決定犧牲而來的。

過了好一會，他又對我道：「我現在所想的，只是一個問題，希望你能夠幫我回答！」

我的心中十分亂，我甚至沒有搭腔。

巴圖卻並不理會我的不回答，仍然道：「我只是在想，他們的話十分有道理，地球人的確是卑鄙、自私的，而且地球人也正在走著自我毀滅的道路，我是不是值得去救地球人呢？」

這個問題，我可以說是難回答到了極點。

如果我說值得，那我無疑是鼓勵巴圖有去無回，去作犧牲。如果我說不值得，那麼我豈不是等於說地球人該死，不必設法去挽救地球人的危機？

我苦笑著，不出聲。

巴圖的雙手，緊緊地握著拳：「你回答我，我是不是值得那樣做的！」

我仍然沒有出聲，過了好一會，我才道：「巴圖，你的問題，使我太難以回答了。」

他點頭道：「是的，我知道。」

他頓了一頓之後，忽然又道：「但是，我已經決定這樣去做。」

我驚訝地望著他：「爲甚麼？你心中的問題，已經想通了？」

巴圖徐徐地道：「我想已經想通了，我想到，地球人雖然有不少是極下流、極無恥的，但是何嘗又沒有高尚的、具有智慧的？」

我沒有出聲。

巴圖續道：「你想想，地球數千年的文明，可以說是智慧和愚蠢、正義和邪惡鬥爭的紀錄，這種交戰，在地球的每一個角落之間進行著，甚至在每一個人的內心之中進行著。當交戰正在進行之中，我如果斷定邪惡必然勝利，這不是太武斷了？」

巴圖的話，令得我心情激動起來，我忙道：「巴圖，你來掌握那控制儀，我到他們的星球去！」

巴圖緩緩地搖了搖頭：「當然不，你的牽掛太多，你有妻子，而我只是一個人，我來歷不明，無牽無掛！」

我的心中，感到說不出來的難過，喉頭像是被甚麼東西硬塞著。

終於，我道：「巴圖，放棄你那個念頭吧，你那個念頭，是一個傻瓜念頭。」

巴圖居然點頭承認：「不錯，我的念頭是一個傻瓜念頭，可是你還有比我這個傻瓜念頭更好的主意沒有？我想你沒有了。」

在我們前面的「白衣人」，轉過身子來：「你們在交談些甚麼？」

我忽然道：「我們在討論一頭老鼠，你知道地球上有這種動物麼？」

「白衣人」的聲音，多少有點異樣：「當然知道，這是極其可怕的動物——你們討論及老鼠，究竟是甚麼意思？」

我和巴圖互望了一眼，因爲我們都聽出了「白衣人」聲音中的異樣。

於是我將聲音裝得格外平靜，我道：「沒有甚麼，只不過我們剛才看到，有一頭老鼠正在腳前奔過，我們正在奇怪——」

我的話還未正式講完，出乎我意料之外的事情便發生了。我當然沒有看到甚麼老鼠，而我之所以這樣講，目的是試一試「白衣人」對老鼠有甚麼反應。

但是我絕未料到反應竟來得如此迅速、如此強烈！

那「白衣人」的身子，突然向上，飛了起來，那真是飛起來，事實上，他們的那件「白衣」，根本是一件萬能的飛行囊，裡面有著各種各樣的按鈕，可以操縱它來作各種用途的。

但是，他卻立即落了下來，他以極快的動作，伸「手」握住了我們兩人的手臂，失聲道：「真的麼？可是真的？」

巴圖立時向我使了一個眼色：「看錯了，是我踢到了一塊石塊，看來和老鼠差不多！」

我連忙接口道：「正是，光線不夠強，而且，接觸的全是白色的，刺激眼膜，生出幻象來了。」

那「白衣人」鬆開了我們，又呆立了一會，才轉過了身去。我試探著問道：「你們對老鼠，似乎有著特殊的……不滿，是不是？」

我本來是想說「特殊的恐懼」，但是我想了一想，覺得還是說「不滿」，比較好些。

那「白衣人」倒十分坦率：「是的，但其實我們也不必怕它的，我們的保護罩，可以防止任何有害物體的侵襲。」

巴圖接著問道：「那麼，你們怕老鼠，爲甚麼呢？」

那「白衣人」道：「並不是怕老鼠本身，而是寄生在老鼠身上的細菌，許多細菌，在每一隻老鼠——不論何等種類的老鼠身上都有，而那些細菌，就是在許多年前，在我們的星球上造成大死亡，幾乎使我們絕種！細菌能在一秒鐘之內，令得我們身內主要的生長素失效，快得使人難以防禦！」

我和巴圖又互望了一眼。

我忽然想及的「老鼠」，竟會有這樣意想不到的效果！

我又問道：「那麼，你們後來是怎麼制止細菌猖獗活動的？」

「白衣人」道：「首先，是保護罩，如同我身上的一樣，但形狀有所不同，我們身上的是根據地球人的樣子來製造的。保護罩使我們保存了百分之一的人，然後我們利用一種射線，將這細菌消滅。我們在地球上，不敢暴露在空氣中，在我們還未消滅地球上對我們有害的細菌之前，我們只能在海水中展露身子活動一下，被你們硬拖到空氣中的我們的夥伴，將會受到傷害，但幸而海上的空氣十分乾淨，所以你們才不致成爲兇手。」

巴圖忍不住笑了起來：「原來你們這樣弱！」

「你錯了，我們已戰勝了細菌。」

「可是你們仍然得人人罩上保護罩。」

「那是因爲我們在地球上，你以爲我們在自己的星球上，也是那樣麼？」

那「白衣人」講到這兒，又推開另一道門，讓我們去看這間房間中的科學儀器設備。

但是我和巴圖兩人，對於那些稀奇古怪的儀器，卻再也不感興趣了。

因爲這時，我們已然得到了一個結論，那便是：只要我們能將一頭老鼠，送上他們的星球去，那麼，就可以對這些八爪魚一樣的高級生物，造成極大的損害！

但是，我們面臨著的困難是：我們從甚麼地方，去弄得一頭老鼠呢？

巴圖顯然也在同時，想到這一個問題了，他輕輕地一蹦我：「我們可能離開幾天再回來麼？」

我道：「去捉一頭老鼠再來？我看不大可能，我想——」我在講「我想」這兩個字的時候，實在我還未曾想到甚麼的。

但是，那兩個字一出口，我卻突然想了起來，我忙踏前一步，向那「白衣人」道：「我們已參觀了你們的許多設備，但是未曾看到你們對地球上生物的研究，難道你們沒有從事這項工作？」

我的希望是：他的回答是「有的」，那麼他將會帶我們去這種實驗室，其中有幾頭老鼠，也不是甚麼特別出奇的事。那麼，我們便可以動腦筋，在實驗室中，偷一頭老鼠來應用。

可是，「白衣人」的回答，卻使我失望了，他道：「當然有的，但是這種研究工作，我們都是在原地進行的，而且，現在已經告一段落！」

我大失所望，只好再試試巴圖的提議：「那麼，我想知道一件事，你帶領我們來參觀你們的設備，目的究竟何在呢？」

「白衣人」站定了身子：「我想在你們看到了我們的實力之後，你們應該打消阻止我們行動的念頭。」

我冷冷地道：「如果你以爲我們就會坐著等死，那未免太可笑了！」

「白衣人」道：「事實上你們非如此不可，如果你們離開這兒之後，再想對我們發動大規模的進攻，那就等於迫使我們對地球人提早行動，而由於十全十美消滅地球人的辦法還在研究階段，是以提前實行的結果，便是使地球人遭受極大的痛苦！」

他一面說著，一面又推開了一扇門，道：「請你們看看這兒。」

這一間房間十分大，至少有三千平方呎左右，在房間中，是許多根銀白色的管子，向上通出去，穿過天花板，不知通向何處。

而在那些管子的基部，則是一個巨大的圓球，直徑大約七呎左右。

我和巴圖都莫名其妙，齊聲問道：「這是甚麼？」

「這就是我們現階段可以消滅所有地球人的武器，只要在我們的總控制中一按掣鈕，那麼，大量的輻射線便會散佈全球，那情形就像是每一個人都處在同初級原子彈爆炸的附近一樣，受輻射線所灼傷，要受極大的痛苦而死去！」

我還未曾講甚麼，那「白衣人」又道：「而你們兩人，如果不要輕舉妄動，那麼我可以向你們保證不用這種辦法，而一種全無痛苦的辦法，是一定可以研究出來的，你們如果不信，可要看看一頭老鼠，如何在這種輻射線中死亡的痛苦情形麼？」

一頭老鼠！這一次，是我和巴圖兩人叫了起來。

「是的，爲甚麼你們如此驚奇？」

「噢，沒有甚麼，」我連忙掩飾著，「我是以爲這兒不應該有老鼠的。」

「我們只不過拿老鼠來做試驗，事實上，我們是大可以用地球人來做試驗的，但是我們卻不想地球人多受痛苦，請你相信我們對地球人的善意——地球上的人類，終將在自相殘殺中，在極大的苦痛中全部消滅，而我們可以使地球人免於這種痛苦。」

老實說，要我們相信他們，對地球人的「善意」，那簡直是絕不可能的事，於是我們根本不置可否，只是道：「我們願意看老鼠痛苦死亡的情形。」

那「白衣人」道：「好的，請進來。」

他向房間中間走去，站定了身子，然後，一定是通過了「白衣」之中的控制鈕，他進行操縱，在地上，有一具正方形的控制台升了起來。

在那座控制臺上，有著一隻相當大的玻璃盒，在那隻玻璃盒中，約有二十頭黑色的老鼠，尾粗而亮，身大而肥，是所有老鼠之中，最令人憎厭的一種。

我看到那些老鼠，便笑了起來：「你們是怎麼捉到這些老鼠的？」

「白衣人」道：「這全是受我們雇用的地球人，接受我們的命令，捉來給我們的。」

「白衣人」又轉頭望了我一眼：「我們在保護罩裡面，甚麼都不怕。」

我道：「當然，你不必以爲我會提出一頭老鼠來嚇你，但是我卻先要檢查一下這些老鼠，以免你們先給老鼠服食了甚麼毒藥，然後再來誇張甚麼輻射的威力。」

「白衣人」略爲猶豫了一下：「好的。」

我走向前去，在我要求「檢查」一下那些老鼠的時候，我就決定要偷一隻。這隻玻璃箱中有二十多隻老鼠，有的擠在一起，有的正在上下奔竄，我不相信我偷了一隻之後，便會被「白衣人」發覺。

我來到了控制台之前，那玻璃盒的盒蓋，便自動打了開來，我伸手進去，箱中的老鼠，都縮向一角，我奇怪他們爲甚麼不跳出來，我的手在老鼠堆中搞著，終於，我抓到其中一頭較小的。

我的身子，就靠在那玻璃箱，我如果將那頭老鼠，從玻璃箱中提出來，「白衣人」看不到，但是將之提出來之後，放在甚麼地方好呢？

我略想了一想，身子微微側了一下，那時，我和巴圖兩人，都還是穿著潛水時穿的橡皮衣的，這種橡皮衣，大多數在身側都有兩個袋。一個是放鋒利的匕首，給你在潛水時遇到鯊或是別的甚麼凶惡的東西時用的，另一個袋相當大，是放雜物的。

我已經想好了，那一個袋用來放這頭老鼠，當真天衣無縫。

我一側身之後，用極快的手法，將那頭老鼠，塞進了那橡皮袋之中，然後，我後退了一步，道：「我檢查過了，那些老鼠，全都和我一樣健康！」

在我退後來時，「白衣人」向前，走了過去，我來到巴圖的身邊，巴圖向我眨了眨眼：「得手了？」

我道：「得手了。」

巴圖忙道：「給我，我先將它放在飛船中去，然後你再設法去發射火箭。」

我搖頭道：「我去放好了。」

當我在想到「我去放好了」之際，我絕不是想避免危險，因為不論是將老鼠放入火箭，或是去偷偷使用控制器，確是十分困難和危險的事情。

而這時，我之所以要去將老鼠放入太空船去，是因爲我不想將老鼠轉手，引起那白衣人的注意之故。巴圖也沒有反對我的意見，他道：「那你去吧。」

我有點為難：「用甚麼藉口離去呢？」

巴圖道：「小便！」

我呆了一呆，這幾乎是近於兒戲了！

但是，這卻又的確是我暫時離開的一個好藉口。

於是，我大聲道：「巴圖，你在這兒看著那些老鼠，我出去一會兒。」

「白衣人」立即道：「你到哪兒去？」

我十分鎮定地笑了一下，道：「我想你對地球人的研究還不夠，你想我到甚麼地方去？我不以為你們這兒有廁所。」

「白衣人」不再說甚麼，而我竟然就這樣走了開去。一出了這間房間，我立即加快了腳步，我順著甬道，向前匆匆地奔去，我沒有遇到甚麼人，在這兒，他們一共只有八個人，而這些人一定都忙於他們自己的工作，所以我一個人也沒有踫到。

當我終於來到了那個飛行體的時候，我心頭劇跳，我們的計畫是不是可以完成，就全靠我是不是能夠將那頭老鼠放進這飛行體之中！

我先繞著那飛行體轉了一轉，發現在一端有一個可以開啓的門，我在那門上摸索著，按下了幾個掣。在我按下了第三個掣鈕之際，那扇門打了開來。

這時，我的心中更緊張了，緊張得我伸手入袋之際，竟似乎抓不到那頭老鼠。

我勉力鎭定心神，終於捏得那頭老鼠吱吱地叫著，然後將它放進了那飛行體之中，將門關上，便迅速地向前，奔了出去。

我一面奔出，一面發出極大的聲音，叫道：「巴圖，巴圖！」

我是想巴圖知道，我的行動已然完成了！

我聽到了巴圖的回答，在我一面向前奔、一面大叫之際，有好幾扇門打了開來，被打開的門中，都有「白衣人」站在門口看著我。

我必須替巴圖製造機會，我大跳大叫，我的樣子十足像是中美洲土人的巫師一樣，我在地上打滾，發出種種怪異的聲音以及怪異的動作。

那些站在門口的「白衣人」被我所吸引，不再站在門口，而是向我走了過來，他們圍在我的身邊，我一面滾著，一面數著他們的人數。

在我身邊的一共是六個白衣人。

他們一共是八個，其中一個，可能因爲被我和巴圖拖出了空氣之中，是以正在治療和休養。而還有一個，當然是陪著巴圖的那個了。

我必須繼續維持我的怪動作，直到那一個也來到爲止。我跳了起來，向一個「白衣人」撲了過去，我雙臂勾住了那「白衣人」的「頸」，雙足在他的「身」上，用力地亂踢著，一方面，我仍然不斷地發出可怕的怪叫聲。

這樣的現象，約莫維持了兩分鐘，我所期待的那一個「白衣人」來了。看來，八個白衣人中，只有那一個是可以和我們通話的，他才趕到，便叫道：「停止，停止，你在幹甚麼，快停止！」

我跳了下來，喘著氣：「你怕甚麼，我又沒有法子傷害你們的，你們想要消滅所有的地球人，難道反倒怕我麼？太可笑了！」

那「白衣人」向前走來：「好了，你們可以回去了，在你們離開這兒之前，我必須再提醒你一件事，我剛才對你講的那一番話，希望你不要忘記，你別逼我們採取極端的手法。」

我「啊」地一聲：「我倒忘了，你的所謂極端的手法，究竟可以造成甚麼樣的痛苦，我還未曾參觀哩！」

我這句話剛一講完，便聽得「打」地一下爆炸聲，傳了過來。隨著那一陣爆炸聲的，便是一陣十分異樣的碎裂之聲。

再接著，在我身後——也就是我剛從那兒來的岩洞的方向，傳來了一下驚人的震動。

那一下震動給人的感覺，十分特異，它並沒有聲音發出來，我可以發誓，一點聲音也沒有，但是那卻是極之劇烈的一次震盪，我的身子幾乎因之站立不穩！

而那七個「白衣人」，他們的身子，也搖了一搖，那「白衣人」發出了一下憤怒之極的聲音。他們不約而同向前迅速地移動著，奔向那出事的岩洞。

我呆了一呆，站穩了身子，我看到巴圖向我奔了過來，我連忙迎了上去，巴圖的神色，極之倉皇，他一見我，便道：「怎樣了？怎樣了？」

我忙答道：「我想我們已經成功了，你怎樣了？」

巴置道：「我們快設法離開這兒。」

我道：「你可是受傷了麼？」

巴圖搖著頭，但是他的樣子，卻實在像是受了傷，但是從他向前奔出的那種速度來看，他卻又不像是受了傷，我跟在他的後面，向甬道的一端奔去。

我們很快地使到了甬道的盡頭，那兒有一扇門在，我和巴圖兩人，合力將之拉開，但是那卻並不是我們想像中的出口，而是另一間銀白色的房間。

這時，那幾個「白衣人」所發出的聲音，已然傳了過來，我們除了暫時先躲上一躲之外，沒有選擇的餘地了。

是以，我立即關上門，巴圖在房間中團團亂轉，我又忍不住問道：「巴圖，甚麼事？」

巴圖苦笑了一下道：「剛才，剛才我在炸毀那玻璃罩、按動宇宙震盪的控制鈕的那一剎那間，我以爲我一定再也見不到你了！」

我知道巴圖一定經歷了非同小可的驚險，但是前後只不過是那麼短的時間，他究竟經歷了一些甚麼呢？我心中實在納罕。

但是，我還未曾問出來，已聽得門外傳來了那「白衣人」的聲音。那「白衣人」的聲音是十分憤怒的，我們都聽得他道：「你們快走！我們實在再不願見到像你們那樣卑鄙的生物！」

我立時道：「我們也想離去，但我們如何離去？」那「白衣人」道：「你們按那個淺黃色的掣鈕，千萬別按其他的掣鈕。地球人實在太卑鄙了，破壞成性，你們的行動，全是未開化的生物的行動！」

巴圖想要和他爭辯，但是我卻搖了搖手，止住了他，同時，我已在門旁找到了那個黃色的掣鈕，準備伸手按上去。

然而，巴圖卻一伸手：「你相信他的話？」

我忙道：「我沒有理由不相信，因爲聽他的話，他們似乎以爲我們做了一件十分無意義的事，而不知道我們已做了一件大事。」

我講話的聲音不高，但是在門外的「白衣人」卻聽見了，他立時喝問道：「你們做了些甚麼？」

不等他這一句話問完，我一手拉住了巴圖，一手已向那個黃色的掣鈕上按了下去。

以後，我一直未曾明白我們是怎樣來的和怎樣離開的。當我按下掣鈕之際，我的眼前出現了一片極其灼亮的光芒，刹那間，我覺得我的人已不再存在！

然而，立即我的耳際傳來了轟隆的浪花聲，一個巨浪向我蓋了過來，我人在水中，本能地游動起來，當我在浪退去之後，浮出海面之際，我看到巴圖也在不遠處，向我游過來。

我們兩人互相揮手，叫嚷，漸漸接近，然後，又向看得到的陸地游去。

後來，我苦苦思索「白衣人」將我們「送」走，或是將我們帶到他們的總部中去，用的可能是和他們的太空飛行相同的辦法，那不是「飛行」、「運動」，而是一種和此類概念完全不同的移動，我們被一種神奇的不可知的力量，移到了另一個地方！我之所以會如此想的原因，是因爲當我和巴圖兩人，爬上了那陸地之後——那是一個小島，我們遇到了一群在島上露營的男女。

他們口操法語，歡迎我們的「加入」，一問之下，我們才知道自己已來到了法國南海岸的一個小島之上！

而事實上，我們的神智都十分清醒，我們都清楚地記得，幾秒鐘之前，我們還是在那間白色的房間之中的。

我們借到了一艘快艇，上了岸，然後，輾轉又來到了馬德里。

那時，已過去了二十四小時了。在那二十四小時中，我和巴圖，時時刻刻都害怕白衣人的報復，但是，地球上各處，卻都和平時無異。

我和白素取得了聯絡，白素趕來和我相會。那一天晚上，明月如畫，我和白素兩人，手挽手地沿著白楊林在散步，四周圍十分之幽靜。

忽然，白素向我道：「前面好像有一個人！」

我呆了一呆：「不會吧！」同時我也提高了聲音：「甚麼人在前面？」

前面的濃密的林子中，忽然傳來了一陣聲音，接著，一個「白衣人」走了出來，白衣人！

這真使我緊張到了極點，我連忙伸手一拉，將白素拉到了我的身後，一時之間，實在不如該怎樣才好，我可以說從來也未曾這樣手忙腳亂過。

因爲我知道，我的身手雖然不錯，但是要和那種「白衣人」對敵，我卻如同嬰兒，毫無防禦力量！而且，我又自己知道做了一件「好事」，如今「白衣人」找上門來，那自然是東窗事發了！

那「白衣人」直來到了我的面前，才道：「你不必驚惶，我們要回去了，你們的所作所爲，已使我們星球上的人口，減少了五分之三！」

我覺得十分內疚：「你……不準備報復麼？」

「白衣人」搖頭道：「不，我們不會那樣做，現在，我們不須要向地球移民，但是你要記得，地球人總會自取滅亡，那時，將連星球本身也受到禍害，你或許可以看得到，或許看不到，你是對地球犯了罪，而不是做了好事！」

我聽得冷汗直淋，勉強答道：「如果地球人不再走自殺之路，那麼我所做的就有意義了。」

「白衣人」失聲道：「會麼？地球人會麼？」他一面說，一面已迅速地移了開去。

但是他的聲音，卻一直在我的耳際響著，直到今天，我像是仍在聽到那「白衣人」的聲音：「會麼，會麼？」

地球人會不再走自殺之路麼？會麼？

這是一個無法回答的問題。

（完）

倪匡珍藏限量紀念版 11

衛斯理傳奇之原子空間

作者：倪匡
發行人：陳曉林
出版所：風雲時代出版股份有限公司
地址：10576台北市民 生東路五段178號7樓之3
電話：(02) 2756-0949
傳真：(02) 2765-3799
執行主編：劉宇青
美術設計：許惠芳
業務總監：張瑋鳳
出版日期：2023年5月倪匡珍藏限量紀念版一刷
版權授權：倪匡
ISBN ：978-626-7153-94-9
風雲書網：http://www.eastbooks.com.tw
官方部落格：http://eastbooks.pixnet.net/blog
Facebook：http://www.facebook.com/h7560949
E-mail：h7560949@ms15.hinet.net
劃撥帳號：12043291
戶名：風雲時代出版股份有限公司

風雲發行所：33373桃園市龜山區公西村2鄰復興街304巷96號
電話：(03) 318-1378
傳真：(03) 318-1378
法律顧問：永然法律事務所 李永然律師
北辰著作權事務所 蕭雄淋律師

行政院新聞局局版台業字第3595號 營利事業統一編號22759935

定價：340元

國家圖書館出版品預行編目資料

衛斯理傳奇之原子空間 ／ 倪匡著. -- 三版. --
臺北市：風雲時代出版股份有限公司，2023.03
面；公分 倪匡珍藏限量紀念版

ISBN 978-626-7153-94-9（平裝）

857.83 112000197